古人解憂療鬱帖

廖泊喬 著

目次

第貳篇 解憂篇

第叁篇　療鬱篇

推薦序

世說新語

遠東聯合診所身心科醫師
吳佳璇

人們閱讀經典文學時，常賦予時代以及個人的新意。廖泊喬醫師的新作《古人解憂療鬱帖》，就是這樣一本趣味盎然的書。

我是痴長泊喬十數年的大學學姊，高中時老愛將三民書局出版的《新譯宋詞三百首》，和物理化學教科書一起放進書包，讀累了方便隨手一翻。雖然少女情懷總是詩，心裡仍不免嘀咕，古人怎麼成天醉茫茫，不喝酒難道寫不出來嗎？

多年後，我成為精神科醫師，再接觸年少喜愛的唐詩宋詞，免不了「職業病」發作，覺得這些文豪要不有明顯的憂鬱傾向，要不就是個酒癮者……

但專攻成癮醫學的泊喬想得更多，他用唐宋八大家歐陽脩以茶代酒的成功戒酒故事，鼓勵他的病人；更用寫下「八千里路雲和月」等金句的愛國詞人辛棄疾，同理酒癮者對成癮物質又愛又恨的心情……。我相信他的策略，一定打動許多為酒所困的現代心靈，願意為自己的人生，做出改變。

這回，他走得更遠，用當代精神醫學與心理學的觀點，詮釋古典文學常見的憂、恨、愁等情緒元素。當我收到初稿，忍不住為泊喬的旁徵博引與融會貫通鼓掌叫好。例如他把唐詩的〈長恨歌〉和戲曲名作《長生殿》，用精神科大前輩伊莉莎白・庫伯勒・蘿絲（Elisabeth Kübler-Ross）醫師提出的「悲傷五階段」來解讀，談唐玄宗如何面對自己賜死心愛妃子楊玉環的悲痛。

除了引經據典，泊喬的聯想力，才是為文學與醫學搭橋的關鍵。他用近年盛行的「周產期憂鬱症」概念，重新解讀《白蛇傳》，推斷法力高強的白素貞，要不是孕中情緒困擾，不一定會輸給法海和尚，被收在雷峰塔……。讀到這裡，我忍不住建議泊喬，請慎重考慮投入戲曲創作，用現代人的、科學的觀點，世說新語，寫出二十一世紀的《白蛇傳》，與更多奇幻美麗的故事。

推薦序

迎向黑暗情緒，活成一道光

新北市立丹鳳高中圖書館主任／作家
宋怡慧

當你面對靜寂襲來的蒼涼，喧囂之外的孤獨，該如何排遣？遇到陷入鬱境的朋友，我們要如何做才能讓他們轉換絢麗的場景？當你翻讀廖泊喬《古人解憂療鬱帖》，或許就能找到如明燈般的指引。無論從唐宋文人抑或是明清「傳奇」人物，他一面用醫學專業娓娓說理，一面用文人的浪漫風流，拂去你心底的暗黑之域。瀏覽十八個從罹憂到解憂的敘寫，你感知主角時而如濃茶，時而如澄水的心情，微微濡濕的眼角，是走進理性與感性的天平，試圖為生命找到平衡的可能。泊喬以流暢溫婉的筆觸，陪伴讀者度過相仿的情緒幽谷，找到憂鬱困境的答案。

全書分成三個部分，首先泊喬善引明清「傳奇」，來讓讀者理解憂鬱症會出現的具體樣態：唐玄宗失去摯愛楊貴妃會陷入哪些悲傷與憂愁的表徵？《牡丹亭》的杜麗娘擺渡在現實與夢境之間，如何為愛而死、為情復生？明代傳奇《爛柯山》的崔氏為情投水自傷，到底是求愛不得的萬念俱灰？抑或是想以自殘作為朱買臣因而回頭的一個籌碼？明代高濂《玉簪記》猶如現代偶像劇，男主潘必正與女主陳妙常衝破禮教、相思氾濫成愁，看來相思不是病，病起來卻真要人命，雙方都深受情緒的煎熬；《白蛇傳》不談白素貞與許仙「剪不斷理還亂」的情思，選擇女主產前、產後因失衡的憂鬱來處理。當你遊走在傳奇的幾齣場景時，泊喬彷彿從情節跳出來，正襟危坐地要讀者正視悲傷五階段，好好處理傷慟的情緒，要有序地從失溫的生活找到重新燃起的熱情，以及母親產子之後可能會面對的深長憂鬱。跟著泊喬的建議，你不用燃盡生命的能量，依然能尋到愛、擁有愛。

第二部分則是透過宋詞文人憂鬱的例子，幫助讀者找出其原因與該面對的時程：李煜從愛情到國事，都處於兩難的抉擇，若從「問君能有幾多愁？恰似一江春水向東流」來探索，如春水洶湧而至的愁懷，當然耗費心神，誰不瀰漫在悲痛、哀愁的情緒低氣壓？至於，六十三歲的父親晏殊、十六歲的兒子晏幾道，父子面對家道中落，呈現老年人與年輕人不同憂鬱的情緒。再看抑鬱的秦觀，面對諸事不順的襲擊，形成內在鬱結的風暴，不只讓他難以振作，油然而生的絕望、無助，讓他選上酒朋友為伴，長期以酒解憂，反成癮病。至於，黃庭堅雖處於艱困的仕途，樂觀的他仍用意志力去面對窒礙難行的人生處境，成為宋人中處理情緒的優質典範。最後，你從朱淑真二十四首《斷腸集》窺見：字句盈滿「愁懣」之氣，未見喜悅歡愉的心境。洎喬從正反事例，細膩地剖析憂鬱症的階段與徵兆，面對家人離世之苦、仕途貶謫之難、情愛失去之痛，可選用詞人積極之例，鼓舞低潮的自己、驅鬱奮起，同時，再以醫學觀點提供讀者寬慰心靈的情緒解方。

第三部分則以唐詩人滿是瘡瘢的憂鬱困境，詩人像是人生提燈者，為墜落的靈魂，找到被溫柔同理的方向，使其掙脫情緒羈絆，不如回歸快樂自在人生。你可以看見初唐四傑盧照鄰因風疾的病兆，不只體力每下愈況，還因毀容的折磨，選擇投潁水自殺的悲劇人生；孟浩然則是逆轉困局，在神隊友的陪伴下，放低人生標準，透過遊山玩水，放鬆、紓壓、保持愉悅、滿足的心適力。地表最強的情緒管理大師王維，則是本作正面調適情緒的神例，無論面對喪妻、貶謫、安史之亂的偽官風暴，透過獨處、靜觀、自我覺察等方式，找到心平氣和、安身立命的情緒掌控力。但，柳宗元就沒有王維幸運，受到讒言、貶謫之憂，情緒起伏跌宕，導致視力模糊、身體孱弱，就在負面情緒要擊垮他時，永州山水的療癒力，讓他滌盡心煩氣躁，學會轉念。即便像李賀罹患了身心症，洎喬要讀者別擔心——憂鬱症是可靠藥物控制的，就像傷風感冒，只要對症下藥就能痊癒。最後，以善用閒心調整逆境的杜牧為例，即便人生兜兜轉轉——政治現實、家人羈絆、經濟壓力，都可以透過睡眠、運動、彈性力，找到情緒的正確出口。王維、杜牧這兩位唐代正念詩人的行徑，也能提供陷入憂鬱之谷的現代人，起而模仿、效法。

《黃帝內經》曾記載：「怒傷肝、喜傷心、思傷脾、憂傷肺、恐傷腎。」憂鬱之人必是心肝脾肺腎都會有鬱結。心理的傷，身體都會記住，煙籠寒水的黛玉、愁緒滿懷的屈原，兩人都困在情緒的牢籠中，雖然嘗試要解開心結，卻被孤單、寂寞的憂鬱心緒打敗，連身體也跟著承受巨大的崩壞感。或許，我們都要學習豁達的蘇軾，憂鬱情緒來臨時，可以學著面對、接受、放下情緒，甚至尋求外界幫忙，讓自己有機會釋放壓力，跳出情緒的牢籠，尋到一方豁達的人生美境。在憂鬱的情緒裡，這本書猶如一個先行者，它陪伴讀者，在孤獨的生命氤氳中，尋到與情緒相處的自適，可謂是你不能不讀的快樂之書。最後，讓我們都能成為泰戈爾詩句下的生命勇者：把自己活成一道光，因為你不知道，誰會藉著你的光，走出了黑暗。

楔子

說到憂鬱，你心中浮現的人物是誰呢？

文學中提到經典的「憂愁」人物，林黛玉可能是許多人想到的第一位，她纖弱多病、多愁善感、多慮多思，對詩文則有極大的才華與熱情。在曹雪芹的《紅樓夢》中，就塑造出了這樣一個典型的「黛玉」形象。

《紅樓夢》創造了許多經典畫面與詩文，其中的名場面之一，便是林黛玉和男主角賈寶玉，在春日中一同翻閱當時的禁書《西廂記》，他們倆一字一句看著，情愫也在兩人心中默默滋長。「共讀《西廂》」成為兩人感情發展的一個里程碑，對林黛玉而言，或許也是少數美好而難忘的一刻。

而後，賈寶玉被人叫走離開，林黛玉獨自一人回房。她心頭沉沉地，似乎若有所思。此時，來到了《紅樓夢》另一個經典名場面，林黛玉聽見遠方的戲文歌聲，朦朧間，她的心緒也與之共鳴：

原來姹紫嫣紅開遍，似這般都付與斷井頹垣。[1]

這段歌詞來自於《牡丹亭》，女主角杜麗娘感嘆著在眼前的本當是繁花似錦的迷人春色，而今卻因無人賞識，美景也都成了破敗的斷井頹垣。雖然杜麗娘明著提到的是春光有限，卻同時也暗中透露著自己的滿腹憂傷與青春易逝感。林黛玉聽到了這段曲文後，引起了她深深的共鳴。剛剛她才與賈寶玉偷偷地看著禁書，青春情懷正當萌芽，轉瞬之間，卻良辰不在、美景消逝。林黛玉想到了自己，會不會自己的心上人，有一天也將轉身離去？

林黛玉滿腹愁緒地聽著曲文唱詞，心中回想之前讀過的春日詩句，既有嘆息著歲月無情、各自凋零的春花——水流花謝兩無情；[2]也有哀痛地訴說凋落的春花與春天一起離去，好景一去不復返——流水落花春去也，天上人間。[3]不知不覺中，林黛玉想起方才讀到的《西廂記》曲文：

花落水流紅，閒愁萬種。[4]

春日飛花紛紛落入溪水之中，染成了一片紅，一片落花帶著一份憂愁，這麼多的落花似乎承載著千萬份不願離枝的愁緒。春花盛開有時，飛殘有時，同樣面對落花的林黛玉感受到文字透露出的哀愁，再想到自身處境，眼淚便隨著感傷情懷一湧而出。見到柳絮紛飛，「飄泊亦如人命薄」[5]，林黛玉也不免拿之與自己未來的命運相比擬，繼而感到孤獨又悲傷。

林黛玉的情緒基調是感傷憂愁的，感官敏銳的林黛玉到了春日不免「傷春」，而「傷春」情懷，則是歷代文人透過感官體察、不斷歌詠的主題。

最容易引發傷春情懷的，莫過於暮春落花。「淚眼問花花不語，亂紅飛過鞦韆去」[6]，歐陽脩的傷春，是看見零落紛亂的春花飛至遠處；「一片花飛減卻春，風飄萬點正愁人」[7]，杜甫的傷春，也是來自於他看見春色一點一滴地衰減而觸發；「惜春春去，幾點催花雨」[8]、「更能消、幾番風雨，匆匆春又歸去」[9]，李清照與辛棄疾的傷春，則來自於無論他們如何珍惜、把握，春天仍舊依時離去，春花仍舊受到風雨摧殘而飛落逝去。

春日萬物蓬勃生長，最美好也最活潑，同時，春日也是最短暫、最容易逝去的。傷春不一定是文人們多愁善感，觸景生情，而是感官引發了天生既有的思緒，便會在春日到來與離去的景物對映下，引起或多或少的傷感情懷。

但林黛玉與這些傷春文人有些不同之處。有著敏銳感官的她不只傷春，面對氣溫轉變、景物變化快速的秋天，林黛玉也免不得「悲秋」。

秋夜，林黛玉隱隱發現窗外已然都變為秋天景象，「那堪風雨助淒涼！」[10]聽著雨聲的她，不能忍受此時無情的風雨襯得秋日更顯淒涼。林黛玉難以入眠，對著燈臺上晃動的燭火，「牽愁照恨動離情」，牽動了愁怨和離別的情緒。一整夜連綿不斷的秋雨，「燈前似伴離人泣」，在她聽起來，好像都是在陪伴著自己哭泣。林黛玉越聽越愁苦，不知道今晚風雨什麼時候才會停，「已教淚灑窗紗濕」，但自己今夜的點滴眼淚已灑上而沾濕了窗紗。

林黛玉的憂愁還不僅如此，她這樣的情緒，似乎是反覆播放著的旋律，讓她時不時地便會聯想到「死亡」。

林黛玉在與賈寶玉一起讀《西廂記》之前，她正拿著花鋤花掃，要把落下的桃花埋入「花塚」之中。在聽完《牡丹亭》後沒幾天，林黛玉和賈寶玉發生了一些誤會，她無處解釋，心中煩悶也無處排解，只好一個人走到「花塚」旁哭泣，邊哭邊吟出了著名的〈葬花吟〉[11]，成為林黛玉自訴身世遭遇與離苦愁恨的代表，也成為整部《紅樓夢》最感人的哀慟之聲。

〈葬花吟〉的開頭也是從眼前飛花著手：「花謝花飛花滿天，紅消香斷有誰憐？」林黛玉看見殘花被春風吹得漫天飛舞，顏色褪盡、香氣不再，因而被勾動了情緒，不知道有誰會如同自己一般，去可憐、同情這些花？林黛玉越吟越悲哀，她不希望這些花兒落下後，隨風掉落到骯髒的河溝之中。因此，她要埋葬它們，不讓它們沾染到任何一點髒汙。

葬花時，林黛玉對花說著話，心中想的卻是自身處境，她哀傷地訴說：「花兒啊，你們今天死去，是我來收葬你們。但我也不知道哪一天會忽然離世？今天我葬花，大家都笑我癡情。但等到哪一天我死去之後，又會有誰來埋葬我呢？」[12]在詩的最後，她說道：

試看春殘花漸落，便是紅顏老死時。一朝春盡紅顏老，花落人亡兩不知！

林黛玉看著春花漸漸飄落，想到的是青春少女轉為衰老死亡的那一刻。她悵然地想，一旦春天消逝，自己也將隨之老去消亡。花飄落、人死去，是不是什麼都不知道、誰也不記得誰了呢？

林黛玉並不僅在此刻想到死亡，對她而言，死亡意念似乎是如影隨形。林黛玉在曹雪芹前八十回的《紅樓夢》中留下的最後詩句，是在中秋節與史湘雲的月下聯詩，[13]一個人出上聯，另一個人對下聯。當史湘雲作出上句「寒塘渡鶴影」之後，林黛玉對出了「冷月葬花魂」，意境絕美，一出口便讓史湘雲甘心認輸。林黛玉的「冷月葬花魂」是什麼意思呢？月亮清冷的光輝，埋葬了凋落的花兒。然而，若是哪一天林黛玉自己香消玉殞，冷月是否也會同樣埋葬了月下吟詩的自己呢？

在後四十回續的《紅樓夢》中，當林黛玉聽聞心上人賈寶玉和薛寶釵定婚的消息後，便一病不起。她在絕望的病榻邊，燒去了自己的詩稿，再過沒多久，林黛玉便含淚離開了人間，這時，她才十七歲。

參考資料

蓋琦紓，〈《紅樓夢》中的疾病書寫——林黛玉的病情敘事與隱喻〉，《高醫通識教育學報》，二〇〇七。

面對憂鬱，我們不孤單！

林黛玉的憂愁，有人歸因於與她父母早亡有關，有人解讀為天性上的多愁善感，也有人認為是她在大家族賈家中壓力過大，甚或是來自身體上的體弱多病。無論如何，林黛玉的憂鬱情緒，在時間以及強度上，似乎都超出常人一些，甚至因此無法參與生活中的某些聚會活動。然而，林黛玉的憂愁確是一個典型，在許多讀者心中，立下了難以替代的深刻形象。

有時候，你可能感覺到愁苦、煩悶；有時候，你可能觀察到旁人低落、憂鬱；有時候，你很想幫助自己向前走；有時候，你會希望更瞭解他人憂鬱時是怎麼想的？究竟發生了什麼事？要怎麼做才能幫上忙？

情緒是由腦部所管控，憂鬱時，大腦中會出現怎樣的變化呢？憂鬱症（major depressive disorder）作為一個精神科疾病，顯示出了大腦真的有些變化，不論是從腦部的影像學來看，還是從生理藥物治療的效果來看，都能證實這點。而隨著治療的進行，越來越多科學證據顯示，大腦這樣的變化是會隨著時間而回復的。

以全世界統計數據來看，若是根據失能（disability）[14]的影響力，將所有疾病做排名，那麼，在二〇二〇年之後，造成人類失能的第一名便是憂鬱症。若是用整體因疾病所需要付出的成本負擔來看，憂鬱症也名列前茅，占據第二。從臺灣的研究統計來看，根據衛生署國民健康局推估，全臺灣有大約兩百萬人有憂鬱症的表現，近乎十位民眾中就有一位受到憂鬱症狀的困擾。

只是，這和「憂鬱」或是「憂鬱狀態」有什麼不同？憂鬱不應該是正常的、每個人都可能經歷的一段情緒嗎？要怎麼從「憂鬱」辨認出「憂鬱症」呢？若是從生理與現代生物精神醫學的角度來解讀「憂鬱症發作」，它會有怎麼樣的特性？通常會持續多長時間？怎樣才能避免惡化呢？《古人解憂療鬱帖》這本書希望能提供各位讀者一個精神科醫師的觀點，從過去人們憂鬱的情狀，討論到現今的憂鬱特性，一路閱讀下來，我們會發現，我們並不孤單。

生命中總是有失落與困頓的時候，心情難免為此低落痛苦，思考也難免轉為負面。但此時，總是會有各種方法能幫助我們一步步前進，過程中，雖然可能碰上此路不通的情況，也可能須要披荊斬棘，但總有一天在穩穩走過後，會看到自己的成長與改變。這本書提供了不同的人生風景，翻閱時，或許會與某位過往人物有感而契合，希望這本書能透過不同時空的情境給予讀者一點安慰與鼓勵。憂鬱降臨，並不是那麼無助，有許多方法都能讓自己感到更舒暢一些。

如果你準備好了，就請翻到下一頁，讓我們開始解憂療鬱吧！

••••推薦書單

林妤恒、白琳，《小鬱亂入，抱緊處理》，圓神，二〇一七。

第壹篇

別愁篇

辨別憂愁、道別憂愁！

一個人有喜怒哀樂各種情緒，那憂愁、鬱悶、焦慮、煩躁又是什麼？憂鬱情緒如何影響生活，人們最不願見到的又是什麼？第壹篇，就讓我們從明清傳奇的主角人物中，來一同辨別憂愁，分別出一般情緒與憂鬱疾病的不同，進一步，我們就有更多機會能與憂愁道別！

原應比翼雙飛，唐玄宗在楊貴妃死後過得如何？

歷史中開創唐代開元盛世的唐玄宗，在位後期卻出現了安史之亂，許多人指向唐玄宗專寵楊貴妃才導致這場禍事，為此，唐玄宗被迫在馬嵬驛賜死楊貴妃！後世文人感受到唐玄宗的痛苦與憂愁，化為文字極力描繪，清代洪昇所著的傳奇《長生殿》，更用整整一折〈哭像〉來鋪陳唐玄宗的心情轉折，其中，唐玄宗的反應正好可以用「悲傷五階段」來解讀！

一騎紅塵妃子笑，無人知是荔枝來。（杜牧〈過華清宮〉）

杜牧只用兩個特寫鏡頭描寫一句話，相當含蓄地揭露了皇帝為討寵妃歡心而無所不用其極！但杜牧應該相當挫折，沒有想到一千多年後的今天，考試中的考題不太關心「這首詩的作者是哪一位？」較少人強記這是杜牧的詩作，反倒喜歡考「從妃子、荔枝等暗示可看出，這是在描述哪兩位的愛情？」比起作者本人，更多人關心的是故事的主角——唐玄宗與楊貴妃！

史書微言大義地特別記載了這一段：「妃嗜荔支（枝），必欲生致之，乃置騎傳送，走數千里，味未變，已至京師。」[1]要有多快的速度，才能讓荔枝經過千里運送而味道不變？有人把這一段當成國君荒唐昏庸與貴妃恃寵而驕的明證。

李白是兩人甜蜜愛情見證者

然而，換個角度，同時也有人想，唐玄宗顧不得眾臣的反對與史官的記載，為了博得愛人一笑，仍下達這樣的命令，如此的愛情有多深厚？楊貴妃要有多美麗，才能讓夫君願意這樣做？李白是位重要見證人。當時唐玄宗與楊貴妃在沉香亭前賞牡丹，便要李白進宮為他們寫出新詩，那便是有名的〈清平調〉！

雲想衣裳花想容，春風拂檻露華濃。若非群玉山頭見，會向瑤臺月下逢。

李白奉旨創作，既要形容當前盛開的牡丹花，還要同時描繪眼前的貴妃美人，這對他來說不是難題。他先形容這位美女是如此美麗，雲霞想成為她的衣裳，連花都想替她點綴妝扮。再來，李白還要把老闆唐玄宗寫進來。他描述貴妃受到君王寵愛之後更加美豔動人，就如同春風潤澤，吹拂過欄杆，花上沾著晶瑩的露珠而更顯顏色鮮豔。最後，李白把楊貴妃直接比喻為仙子。他說，如果不是在群玉山上見到這位美女，那就是在西王母的瑤臺上才能遇見她！

據說李白在短時間內一揮而就，詩句不露痕跡地讚揚楊貴妃的美貌。〈清平調〉共有三首，第三首中的「名花傾國兩相歡，長得君王帶笑看」一句更把楊貴妃的美色、牡丹的豔麗與唐玄宗的愛戀欣賞三者緊密結合在一起。李白的詩句可以說是兩人當時的愛情見證，這段愛情，歷久不衰，長年是民間百姓之間街談巷議不斷的話題。

美好的愛情，悲淒的現實

可惜，好景不長，楊玉環被唐玄宗封為貴妃十年後，也就是天寶十四載（西元七五五年）那年，安史之亂爆發。隔年，唐玄宗帶著楊貴妃從長安（今中國陝西西安）逃到蜀地（今中國四川成都），路上經過馬嵬驛時，軍士又餓又累、憤恨不平，覺得是楊貴妃與堂兄楊國忠造成了這場禍事。以陳玄禮將軍為首，軍士們要求唐玄宗要處死楊貴妃與楊國忠，才願意繼續追隨他。唐玄宗不得已，只好賜死楊貴妃，之後再讓陳玄禮等人檢查，軍隊才得以重新整隊，繼續前行，[2]史稱「馬嵬驛兵變」。

楊玉環的故事在馬嵬驛死去時也就結束了，那唐玄宗呢？他的愛妃過世了，還是被自己賜死的，不知道當時他有多痛苦？再加上當時唐玄宗仍在名為「幸蜀」的逃難中，兒子李亨卻跑到靈武自立為君，雖然尊封自己為太上皇，但他心裡明白，實權已不在自己身上，這讓他的未來蒙上了深深的陰霾。

白居易成為兩人生死愛情代言人

五十年後的白居易揣想了唐玄宗當時的心情，當時的玄宗應該是又悔又愧，對楊貴妃也是日日思念吧？一天，白居易和好朋友陳鴻、王質夫一同出遊，提到了兩人的愛情故事，王質夫建議白居易：「若沒有厲害的人把玄宗與貴妃的事寫出來就可惜了。你詩寫這麼好，又這麼多情能感動人，不如就試試看吧。」[3]

於是，白居易寫下了〈長恨歌〉，而同遊的另一位好友陳鴻，則替這首詩歌作傳，放在〈長恨歌〉之前，這便是同樣知名的唐人傳奇〈長恨歌傳〉。白居易等人寫作當時的皇帝是唐憲宗，是唐玄宗的五代孫，能以當朝皇帝的祖宗為主角來書寫，白居易和陳鴻也真是大膽。

〈長恨歌〉第一句是寫「『漢皇』重色思傾國」，雖是假借發生在漢朝的事情，但句句都在寫唐玄宗與楊貴妃的愛情故事。白居易極力形容楊貴妃的美麗——回眸一笑百媚生，他也和杜牧、李白一樣，寫到唐玄宗如何寵愛楊貴妃——後宮佳麗三千人，三千寵愛在一身。在無數後宮佳麗中，皇帝的寵愛都集中在了楊貴妃一個人身上。

美好的愛情若加入了現實兵變，會是怎麼樣的強烈對比呢？白居易描繪了楊貴妃死去當下的速寫畫面——「六軍不發無奈何，宛轉蛾眉馬前死」。陳玄禮帶領的六軍停滯，要求賜死楊玉環才願意前行，而畫面便停留在無可奈何的唐玄宗與情意深厚卻被賜死的倒地美女身上。「君王掩面救不得，回看血淚相和流」，這時候的唐玄宗悲痛欲絕，美好的愛情化為動亂中的悲劇。

楊貴妃過世了，詩歌情節到這裡悲劇收尾也行。但白居易想追寫，因為唐玄宗那時還留在世上，他在經歷了生離死別之後會是怎樣的景況？〈長恨歌〉花了相當大的篇幅來描述唐玄宗的自處，有悲傷寂寞、有夜半失眠、有懷想憶舊、有觸景生情。「**悠悠生死別經年，魂魄不曾來入夢**」，唐玄宗對楊貴妃的思念從未停歇，陰陽相隔一整年，他疑惑為什麼日夜思念的貴妃都沒有進入他的夢中呢？

夢中找不到便在天地間繼續尋覓。詩歌末尾，白居易層層渲染唐玄宗的那份情意執念。「**上窮碧落下黃泉，兩處茫茫皆不見**」，他請了道士來幫忙找楊貴妃，但上天下地仍找不到她的蹤影。

最後的最後，終於在虛無縹緲的仙山中找到。原來楊貴妃也在仙山中思念著他，雖然兩人分別在天上與人間，但「**天長地久有時盡，此恨綿綿無絕期**」。白居易想要傳達的，便是天長地久總有盡頭，但唐玄宗與楊貴妃的生死之情如同人世間你我的真情，是久遠而沒有盡期的。在白居易的筆下，唐玄宗的真情歷久未消，而他的痛苦悲傷、懊悔自責，似乎透過這樣的追尋，在漫長時間中逐漸放下了。

從〈哭像〉觀察唐玄宗的悲傷五階段

白居易不是用高不可攀的君王角度去描述唐玄宗，而是把他當作一個實實在在有感情

悲傷五階段（The Five Stages of Grief）

美國精神科醫師伊莉莎白．庫伯勒．蘿絲（Elisabeth Kübler-Ross）於一九六九年所提出。她認為人們在面對悲傷時會有五個階段，分別是否認／隔離、憤怒、討價還價、沮喪／憂鬱和接受。每個人在每個階段經歷的時間不一樣，五階段不一定是按照順序出現，也可能不斷往返，或是停留在其中某一階段。

五階段	常見語句
1. **否認／隔離**：不相信並否定事實	我不相信……；我不覺得會這樣……；這件事不可能。
2. **憤怒**：面對現實感到憤怒和自責	都是因為……；這就要怪……；我早就說過偏偏你不聽。
3. **討價還價**：產生「為了令傷痛離去而不惜一切代價」的想法	如果當初……，現在可能就……；如果我多做一些，是不是情況就會不同。
4. **沮喪／憂鬱**：內心逐漸冷靜下來，剩下沉默和憂鬱的心情	這讓我相當難過；我很捨不得。
5. **接受**：情緒和生活回歸正常，開始接受現實	很不幸發生這件事；也只能這樣了；至少曾經……。

的人，以「情」字貫穿整篇詩歌，更花了大篇幅去揣想唐玄宗在楊貴妃死後的心境。到了元代，白樸繼續創作出雜劇《梧桐雨》，而清代洪昇的傳奇《長生殿》更是細緻地步步探索了唐玄宗的悲傷與表現。

一個人面對失去（loss）時，身心會有各種反應。「失去」包含親朋遠去、感情生變、工作結束、弄丟事物等，是從原先「有」到「無」的一段過程。人世間的重大失去莫過於死亡，失去生命之後便再也回不來。唐玄宗碰到的失去，便是愛人楊貴妃的生命永遠不再回來，更難以言喻的痛苦來自於，這是出於他自己的命令。

我們要來從《長生殿》傳奇中的〈哭像〉一折，觀察唐玄宗的傷痛表現。若是用「悲傷五階段」的角度來看，相信能更理解唐玄宗的反應與表現。

✺ 第一階段——否認／隔離（Denial and Isolation）

唐玄宗在馬嵬驛親自賜死了最心愛的楊貴妃，這應該是任誰都無法接受的巨大悲慟。碰到這麼痛苦的外在刺激，腦部會自動開啟保護措施，預防自己因為殘酷的事實而陷入過於劇烈的情緒中，其中，最決絕的方式或是否認外在發生的整個事件，或是不願相信、不去接觸，全然把自己隔離起來。這便是悲傷的第一階段「否認／隔離」。

〈哭像〉中的唐玄宗從馬嵬驛逃經劍閣、留「幸」成都，請工匠用檀香木雕成楊貴妃的樣子，看到刻像之後，唐玄宗終於崩潰了。而在這之前，唐玄宗一路上都是築起心牆，將痛苦的情緒與自己分隔開來，在他看到楊貴妃刻像的那一剎那，他開頭唱出的，便是典型的「否認／隔離」心境：

別離一向，忽看嬌樣。待與你敘我冤情，說我驚魂，話我愁腸。[4]

唐玄宗苦苦地對著刻像喊了聲「妃子啊，好久不見」，他似乎僅僅覺得兩人只是小別一陣，楊貴妃根本沒有離開。看著刻像，唐玄宗自然而然地想要訴說他最近有多麼痛苦、多麼害怕，他似乎忘記或沒有注意到，這些害怕與痛苦，全然是和楊貴妃的死亡相關。

唐玄宗不自覺地在這一大段逃難生活中，否認了貴妃的死亡，看著刻像，唐玄宗似乎仍然疑惑：「怎不見你回笑龐，答應響，移身前傍？」眼前的楊貴妃怎麼不言不語、不聲不響，連稍稍靠近自己也不肯？終於，唐玄宗才猛然看到了現實面，驚訝地大喊一句：「呀，原來是刻香檀做成的神像！」

唐玄宗在現實中失去了貴妃，但若是不去接觸現實慘狀，不用承認自己情感地否認一切，似乎也算是當下保護自己的策略之一。

✺ 第二階段——憤怒（Anger）

遇到重大事件刺激而把自己隔離起來，是神經最先進行的自動保護措施，然而隔離並不是長久之計，隨著時間過去，腦部會嘗試去面對現實狀態，並感受這些浮上來卻難以處理的情緒。可以想見的是，當面對現實的痛苦實在太強，難過、挫折等不舒服感在一時之間難以消化，若此時的情緒轉換為「生氣」，似乎會好過一點。不管是怪罪自己，或是化成怒氣轉移到他人身上，都能找到理由、有個抒發的出口，以減少面對現實所帶來的不舒服感。如此，對自己或對其他人生氣，便是悲傷的第二階段——憤怒。

〈哭像〉之中，唐玄宗第一個想到的怪罪對象，便是勸他要殺掉楊貴妃來安定軍心的陳玄禮將軍。唐玄宗唱到：

> 惡噷噷單施逞著他領軍元帥威能大，眼睜睜只逼拶的俺失勢官家氣不長，落可便手腳慌張。[5]

唐玄宗不滿陳玄禮以將軍自恃，眼睜睜地看自己失勢而慌張；他也埋怨陳玄禮在路途中刻意延遲緩慢；更記恨陳玄禮在自己落魄時鼓譟軍民，假借六軍名義來強逼自己賜死貴妃。[6] 唐玄宗把內心複雜的負面情緒轉向其他人，透過憤怒，才能稍稍釋放他隱忍許久的情緒。有了這樣的情緒開口，唐玄宗似乎也不再全然否認愛妃已然過世的事實。

✺ 第三階段——討價還價（Bargaining）

憤怒的情緒盤踞在腦中，要冷靜思考是很困難的。當憤怒逐漸平息，理性思考才開始有空間運作，然而，情感上仍然無法面對這麼大、這麼直接的痛苦刺激，這時候，思考的主題便會迂迴地轉變，從最初的全然否認，到悲傷的第三階段——討價還價。這一件事能否透過什麼方式恢復原狀？無論透過任何手段或方法都好，只要能改變發生的事實，或僅僅延後發生的時間，自己便可以稍稍緩和痛苦的情緒，暫解揮之不去的內疚與罪惡感。

唐玄宗怪罪陳玄禮並發洩了一陣情緒後，便開始想：「自己是不是能夠多做一些什麼事？是不是只要那樣做，楊貴妃或許就不會死了？」唐玄宗這時的高張情緒仍占大部分，因此他的討價還價沒有往最根源的造反緣由去思索，也沒有往國政人事去想，唐玄宗僅是很直覺地回憶不久前賜死楊貴妃時的情境：

> 我當時若肯將身去抵擋，未必他直犯君王；縱然犯了又何妨，泉臺上，倒博得永成雙。[7]

唐玄宗猜想，若是自己意志能強硬些，陳玄禮就不會如此逼迫，這樣或許楊貴妃能保住一命；唐玄宗更想，陳玄禮這樣逼迫自己也不要緊，自己跟著楊貴妃一同死去，在陰間兩人仍能重逢，是不是這樣就能永遠在一起了？不管怎麼做，唐玄宗想的都是「若自己多做或少做什麼」，現在就不用這麼痛苦，一個人面對艱難的處境了。

這時候唐玄宗接受楊貴妃過世了嗎？理性上他明白，情感卻仍然放不下。討價還價的過程，便是一步一步在情感上逐漸接受的過程。

✺ 第四階段——沮喪／憂鬱（Depression）

當情感上真的準備接受這件事實，會慢慢感覺到憤怒與討價還價不那麼有用，甚至只是不願意直接面對的藉口。當感官一觸碰到浮起來的事實，痛苦便會直接襲來，這就是悲傷的第四階段——沮喪／憂鬱。這樣的憂鬱是多層面的影響，從心情低落、思考負面、無助無望感，甚至到體力下降等生活改變，身心會用許多方式表現出來。憂鬱便是因為這時已不用其他方式逃避痛苦，當與事實直接面對面，便需要時間一步步消化。

唐玄宗回顧著往事，思考是否能做些什麼挽回一切，心中感受也越發明顯。他問自己：「**如今獨自雖無恙，問餘生有甚風光！**」[8]雖然自身安好，但只有自己一個人的未來，還有什麼值得留戀呢？「**只落得淚萬行、愁千狀！**」只剩自己在人世間痛苦憂愁。「**人間天上，**

此恨怎能償！」分隔兩地，唐玄宗自問，要怎麼彌補自己的內疚與苦痛，又有誰能明瞭呢？

唐玄宗的痛苦心情，讓他的思考也都較為負面。他後悔自己無法抗拒臣民的逼迫，也自責沒有跟著楊貴妃一同死去。自唐玄宗看到楊貴妃刻像的那一刻起，他就全然否認，仍自顧自告訴自己，兩人僅僅是小別。然而，當眾人把貴妃刻像入廟安座後，唐玄宗才在一次次的上香與敬酒中，揭開原本努力逃避面對的情緒。他極力抒發自己的痛苦：

> 記當日長生殿裡御爐傍，對牛女把深盟講。又誰知信誓荒唐，存歿參商！空憶前盟不暫忘。[9]

唐玄宗回憶，當初兩人在長生殿裡的海誓山盟，就如同織女牛郎一般，誰知道當時的信誓旦旦，都變成了無法兌現的荒唐之言。唐玄宗哀痛地說：「現在兩人一生一死，像是參星商星永不相見，只剩下自己一個人獨自空想，片刻不忘。」

「今日呵，我在這廂，你在那廂，把著這斷頭香在手添悽愴。」唐玄宗真實地感受到失去一個人的痛苦，這時真的是陰陽相隔了。眼前的香正好在唐玄宗面前斷裂，傳說這是要遭到家破人亡的報應，但他已無法壓抑爆發的情緒，老淚縱橫的他只能哀戚地完成祭拜儀式。

✵第五階段——接受（Acceptance）

隨著時間過去，心情逐漸平復，雖然眼前的痛苦現實仍然沒有改變，但心中已開始瞭解現狀就是這樣，做什麼努力都不能也不會改變了，這便是到了悲傷的第五階段——接受。接受人生的失去，帶著這段「失去」與伴隨的記憶，重建自己的生活。

祭拜儀式結束後，唐玄宗終究要離開祠廟，與楊貴妃分別，這些，他都明白，但他要用什麼方式接受呢？

> 出新祠淚未收，轉行宮痛怎忘？對殘霞落日空凝望！寡人今夜呵，把哭不盡的衷情，和你夢兒裡再細講。[10]

唐玄宗淚猶未乾，對著夕陽雲霞，不情不願地上了馬。他知道，回到行宮後，就只剩下他一個人了。理性上，唐玄宗接受了這樣的事實，但感情上，他多麼希望仍可以回到以往兩人相伴的時光。唐玄宗只好盼望著白日無法實現的願望能在夢中實現，期望自己在夢中能與楊貴妃好好暢談心底的話。唐玄宗就是帶著這樣的寄託，繼續度過他獨自一人的後半生。

解讀唐玄宗的身心狀態
——失去重要他人的傷慟反應

唐玄宗眼睜睜看著楊貴妃離開人世，之後傷心了一大段時間。他獨自一步步走過了悲傷的五個階段，直到終於回復。如此，唐玄宗所面對的是一般人都可能面臨的傷慟（bereavement）反應，也就是一個人失去，或被剝奪某些人事物時的身心狀態，尤其常指「失去重要他人」時的反應。

「傷慟」是許多人失去摯愛後曾有過的經驗，因為「失去」而引發的強烈悲傷與痛苦，會與憂鬱症症狀有許多類似的表現。兩者同樣會傷心、會難過、會失眠，也會失去胃口，然而傷慟幾乎被認定是一個普遍的反應。其中，傷慟與憂鬱症症狀（關於憂鬱症症狀，詳見頁58）雖然不容易區分，但就細節來看，仍然有些程度上的差別。

傷慟反應與憂鬱症症狀的比較

傷慟反應	憂鬱症症狀
負面情緒主要來自於空虛與失落感。	持續憂鬱的心情、無法感受到快樂。
雖因悲傷而痛苦，但同時仍可伴隨幽默感與正面情緒。	對任何事情都感到不快樂或不幸。
悲傷程度可能在幾天至幾週之內減弱。	持續憂鬱的時間較傷慟反應的悲傷久。
情緒起伏與聯想到離去的親友有關。	持續憂鬱的心情無關特定思緒或是心事。
保有自我價值與自信感，若有自我貶低等自責想法，通常與死去的親人有關。	覺得自己毫無價值，甚至討厭自己。
想到死亡時，主要是想到要和死去的親人一起離世。	想要結束生命的原因是覺得自己毫無價值、不值得活下去、無法處理憂鬱的痛苦。

推薦書單‧‧‧‧

瑪麗—法蘭西絲‧歐康納（Mary-Frances O'connor），《悲傷的大腦：一位心理神經免疫學者的傷慟考，從腦科學探究失去摯愛的傷痛與修復》，臉譜，二〇二三。

一夢而亡！杜麗娘為什麼在夢後便死去了？

不分男女，唐玄宗為了愛情而苦恨，杜麗娘也同樣為了愛情而憂煩，她僅僅因為思念夢中之人生病而死，最後卻又起死回生。明代湯顯祖《牡丹亭》中，相當細緻地刻劃了杜麗娘角色與她的情緒表現。

《牡丹亭》花了許多篇幅，從〈驚夢〉、〈尋夢〉、〈寫真〉到〈離魂〉，讓杜麗娘自己說出了她的憂鬱，進一步，讓我們一同辨別曲詞中這些憂鬱症症狀的各層面表現。

她夢到，有人輕輕拉著她轉過芍藥欄，去到花園假山之後；她夢到，那人緩緩鬆開她的衣扣、解開她的衣帶；她似乎感覺到，他的雙手正撫摸著自己的臉頰，親吻著自己；之後，她和他便在花園中雲雨歡幸[1]……

不僅如此，她夢醒之後記憶尚新、餘味猶存。隔天，她又去了趟花園，在牡丹亭旁尋找到夢中之處，便又重新細細地回味了一番。夢中他在這將自己帶到石頭後邊，是如何推倒，又怎麼親吻自己，之後他的動作又輕又慢，把自己弄得服服貼貼[2]……

這幾段〈野戰〉情節露骨得像是情色小說，寫的是人共同的生理需求與欲望，從幾個關鍵字中，大家應該可以猜到，這便是經典中的經典，明代傳奇——《牡丹亭》，寫的是女主角杜麗娘一夢而亡的感人故事，寓含了作者湯顯祖想要傳達的深意——**情不知所起，一往而深**。

杜麗娘如何一往而深呢？湯顯祖在〈驚夢〉這一段，讓杜麗娘先遊賞花園，而後做了這一場春夢。夢中，男女主角相遇又分開，杜麗娘重遊舊地〈尋夢〉之後，卻發現什麼都不見了，她相思成疾、鬱鬱寡歡，〈寫真〉畫了自畫像，最終於二八年華時香消玉殞。這大概是傳奇小說中最有名也最為人所稱奇的夢了。

不僅如此，湯顯祖在傳奇故事的後半段，還安排了杜麗娘死後在陰間遊蕩〈魂遊〉，讓男主角柳夢梅〈拾畫〉撿到杜麗娘的自畫像，〈玩真〉拿著畫來賞玩，在一系列安排緊湊而難以想像的情節後，柳夢梅找到了杜麗娘，而杜麗娘也順利起死回生！

其中，什麼是所謂「一夢而亡」？杜麗娘是怎麼過世的？杜麗娘經歷了哪些事？湯顯祖描述了許多杜麗娘心情低落的表現，在不同層面之中，他又是怎麼去描寫的？

湯顯祖在創作的當時一定參考了許多周遭的例子，才能描寫出女主角那麼幽微的情緒變化。我們暫時擱置杜麗娘亦真亦幻、起死回生的部分不討論，先來吟味湯顯祖描繪出來的《牡丹亭》情節，與杜麗娘所表現出既複雜又隱微的情緒，是多麼地貼近人心，以致能引起古今觀眾深刻共鳴，流傳至今。

讓我們一起來欣賞湯顯祖在《牡丹亭》中的〈驚夢〉、〈尋夢〉與〈寫真〉這三段中，是如何濃筆描繪出栩栩如生的杜麗娘！

心情低落是主要表現

時間回到〈驚夢〉，這年的某個春日，杜麗娘上完了陳最良老師嚴肅的《詩經》課後，喚醒了蟄伏已久的青春情懷。她與丫鬟春香瞞著其他人，準備要去家裡的後花園看花賞春。〈驚夢〉開頭便是「夢迴鶯囀，亂煞年光遍，人立小庭深院。」[3]黃鶯清脆的叫聲將杜麗娘從夢中喚醒，她感嘆著雖然周圍春光燦爛，讓她眼花撩亂，但自己卻獨自站在一個小又深的家院之中，聽教誨、守規矩，在家也只能做做針線活兒。杜麗娘有些厭煩了，想要透透氣，當時她的心情是這樣的：

> 剪不斷，理還亂，悶無端。

杜麗娘的愁緒來得毫無緣由，要剪剪不斷，想理清卻更加紛亂。她似乎有點疑惑，為什麼自己心情悶悶的，是因為沒有自由，還是其他什麼原因？這時的杜麗娘，清晨剛起來，有點惆悵煩悶，雖然前一晚的妝粉尚未卸掉，[4]和平常不太一樣，但整體來說還沒有太明顯的異樣。

杜麗娘梳妝打扮後，便和春香一同去後花園。「不到園林，怎知春色如許！」她帶著興奮的心情去遊賞，卻勾動了一些心事，覺得眼前春色與青春年華好似都被辜負了，她乘興而去，卻敗興而歸，回家後懷著滿滿的情緒：

> 沒亂裡春情難遣，驀地裡懷人幽怨。[5]

杜麗娘對著大好春光，不明緣由地難以排遣情緒，又突然像在想著誰，引發了滿腹的幽怨。賞春之後，杜麗娘的憂愁表現得更為明顯，她感嘆著青春逝去，也觸動了許多心念。杜麗娘給了這樣的愁悶一個理由：「遷延，這衷懷那處言？」一定是因為自己的生活與感情都被延誤了，但心中的煩悶可以對誰說呢？「淹煎，潑殘生，除問天！」杜麗娘埋怨著自己的苦命，怎麼會遭受如此煎熬？大家都不明白，唯有問老天爺了！

然後，她睡著了，並做了一場夢。夢中，她遇見了一名男子——柳夢梅。如本文開頭幾段所描述，「和你把領扣鬆，衣帶寬，袖梢兒搵著牙兒苫也，則待你忍耐溫存一晌眠」[6]，兩人在花園中有一段愉快美好的時光（人與人的連結）。

然而，夢醒後男子不見蹤影，杜麗娘心懷憂傷、悵然若失。隔天，她決定一個人再去花園重溫記憶。在這一段〈尋夢〉中，杜麗娘一路尋找也一路回憶，從湖山石邊、牡丹亭畔到芍藥欄前都杳無人跡。她的記憶回到了男子一連串的行為舉止，「他興心兒緊嚥嚥，嗚著咱香肩。俺可也慢掂掂做意兒周旋」[7]，就如同本文開頭描寫的，這是她人生第一次的美好體驗。她走到了梅樹邊，悵然地想：

這般花花草草由人戀，生生死死隨人願，便酸酸楚楚無人怨。[8]

眼前這些花草可以任人珍惜愛憐，但是人呢？如果人也可以自由地隨其所願決定生死，

憂鬱症症狀主要表現

那麼自己就算感受到了其中的酸楚苦澀，也不會怨天尤人了。

杜麗娘傷心自憐卻不忍離去，放眼望去卻無人知她心底事，她只能暗暗在花園哭泣，[9]不知不覺中，她再次打盹睡著。但這次她卻什麼也沒有夢見，說要尋夢，現在卻是找也找不到了。杜麗娘無處安放這些心緒，憂鬱表現更加明顯。

下一段〈寫真〉中，杜麗娘擔心自己形容憔悴消瘦，便對著鏡子描畫容顏，還要春香請人把畫裱起來，用盡最後的心神，總算替自己留下一幅自畫像。〈寫真〉更深刻地描繪出了杜麗娘的憂鬱狀態：

逍遙，怎剗盡助愁芳草，甚法兒點活心苗！真情強笑為誰嬌？淚花兒打迸著夢魂飄。[10]

杜麗娘心情低落，哀愁的感覺像是不受拘束的蔓生青草，怎麼剷除都除不完，一不注意又長出來，整個人都沒有什麼動力，就像是雖想點燃火苗卻完全點不起來。除了憂鬱情緒，杜麗娘似乎也感受不到外在的快樂刺激，這時連強顏歡笑都做不到，整天渾渾噩噩的，不自覺就又哭了出來。這時，她應該是鬱症發作（major depressive episode, MDE）。

憂鬱，絕不只有情緒低落、憂鬱等表現，杜麗娘的憂鬱發作症狀中就不僅僅表現在情緒之中，最明顯的，還是在她的生活作息都不同以往了。

日常生活作息隨之改變

杜麗娘除了低落憂鬱的情緒，從〈驚夢〉、〈尋夢〉再到〈寫真〉的這段時間中，她的生活作息也都改變了，而最明顯可以觀察到的，便是杜麗娘的睡眠與飲食，都和以前很不一樣。

在〈驚夢〉的開頭「夢迴鶯囀」中，杜麗娘是被清晨鳴叫的黃鶯喚醒，清晨而起，這時她的睡眠還沒什麼特別之處。但當天杜麗娘遊完花園，便覺得悶悶不樂，體力也較為不支。

回家後，她埋怨著自己命苦，說著說著，便覺得身體疲憊，僅靠著桌子，也沉沉睡著。[11]

人們午睡的時間通常較短，睡眠的深度也較淺，而淺眠時容易做夢，此時杜麗娘就做了個美夢。夢中，她遇見了那位讓她心動的男子。然而遊園驚夢的當天晚上，杜麗娘「**困春心遊賞倦**」[12]，就算她心裡睏、身體倦，「**也不索香薰繡被眠**」，連本來要薰一薰被子的常規睡前活動，都懶懶地沒什麼心思。杜麗娘從這天晚上開始便都睡不好了。

她是怎樣睡不好呢？她還有其他像是飲食方面的改變嗎？隔一天，在杜麗娘將要尋夢之前，她連問了四個問題，雖然句句是問句，卻分別指向她生活作息改變的不同面向。

杜麗娘問自己：「**為甚衾兒裡不住的柔腸轉？**」[13]她因為情思纏綿，克制不住自己想東想西而睡不著；「**這憔悴非關愛月眠遲倦，可為惜花，朝起庭院？**」她折騰了一晚，精神憔悴，但這與賞月或賞花這些事物並不相關，而是因為她有心事，同時，從「**眠遲倦**」與「**朝起**」短短幾個字中，可以發現杜麗娘雖然疲累，卻躺了較久後方能入睡，但仍然一到清晨便起床，整體睡眠時間減少了。

「**睡起無滋味，茶飯怎生咽？**」[14]杜麗娘除了睡的時間不夠，睡得不深、品質也不佳，因此，她人雖起床了，卻沒什麼精神、無精打采的。另外，杜麗娘也發現自己飲食方面的變化，平常慣吃的食物，現在連吞都吞不下。吃不下也就罷了，杜麗娘還提到「**甚甌兒氣力與**

擎拳？生生的了前件。」自己甚至沒什麼力氣能舉起手來、端碗舉杯，但有走過「吃飯」流程，也算是吃過了。這裡可以看到，杜麗娘的食不下嚥，來自於整個人沒有胃口，換句話說，是連「想」吃的欲望都消失了。

到了下一段〈寫真〉的開頭，春香便從側面的觀察說出了杜麗娘的變化。她發現杜麗娘在逛完花園之後，生活作息變得不一樣了，她懷疑杜麗娘是因為「傷春」，整個人才變得如此身形消瘦。[15]但杜麗娘卻表示春香並沒有看出箇中原因。而杜麗娘之所以要「寫真」畫自畫像，便是因為在春香的提醒之下，她照了照鏡子，發現自己形容憔悴、人都瘦了，「**哎也，俺往日豔冶輕盈，奈何一瘦至此！**」[16]她悲嘆，若是自己死去了，便再也沒有人知道自己的姣好容貌了。

從春天到了秋天，在這半年間，杜麗娘便是這樣「**寢食悠悠**」地度過，茶不思、飯不想，若是讓人替她量體重，不知道會改變多少？她夜間睡不著、白天又沒精神，整個人因為憂鬱症發作，影響到飲食、睡眠等生活作息，生了病後恍恍惚惚、痴痴迷迷，終至死亡。

體力下降與活動力減少

除了基本生活作息被影響，杜麗娘的活動力，或是說她的動作與行為表現，也都和以往有很大的不同。

在還沒去遊賞花園前，杜麗娘的動作是這樣的：「停半晌、整花鈿。沒揣菱花，偷人半面，迤逗的彩雲偏。」[17]這時候的杜麗娘滿心地想要精心打扮，她看了看頭髮，停了一下，便仔細地整理髮飾，沒料到從鏡中看到自己的半張臉後竟自顧自地害羞起來，把髮髻都弄歪了。遊花園前，她穿戴整齊，把自己打扮得美美的後才出發。

遊完花園之後，因為情緒開始憂愁，她的身體氣力也不一樣，杜麗娘說到：「甚甌兒氣力與擎拳？」[18]自己沒什麼力氣，連舉手端碗都有困難，她強撐著剩下的一些體力，靠意志力再次去花園尋夢。然而，她什麼人都沒有見著，還因為體力不支，走到一半便在梅樹旁睡著，而後被春香發現叫醒。回家之路走得緩慢，[19]到家後，「軟咍咍剛扶到畫闌偏，報堂上夫人穩便。」[20]杜麗娘整個人軟綿綿的，走路都要人扶，連平時會向母親請安的習慣，也因太耗體力而自行免去了。

除了體力下降、活動力減少，杜麗娘也對什麼都不太感興趣。在〈寫真〉中，「春歸恁寒悄，都來幾日意懶心喬。」[21]杜麗娘想：「春天已過，夏天就要來臨，但自己心中怎麼都還是靜靜冷冷的？這幾日以來，天天都懶懶的沒什麼幹勁」；「竟妝成熏香獨坐無聊。」畫好妝後，卻還是坐著不想動，百無聊賴、什麼事都不想做；「甚法兒點活心苗！」杜麗娘對一切事物都沒有興趣，就像雖想要點燃火苗，卻是怎麼都點不起來。而自畫寫真，幾乎是杜麗娘這半年中，最後一個能提起幹勁去做的事了。

轉為較負面的思考模式

杜麗娘本就是一位觀察敏銳、心思細密的人，在遊賞花園時，她的思考靈活、觸類旁通，透過她的景物揀選與刻劃描述，這一段成為《牡丹亭》中大家最耳熟能詳的曲詞：

> 原來姹紫嫣紅開遍，似這般都付與斷井頹垣。[22]

杜麗娘剛進入花園時，首先接收到的是外在視覺刺激，是萬紫千紅的滿園春色。外在影響內心，這時她應該露出賞春的愉快心情，然而，多走幾步後，她在園內也看見了斷井殘垣的殘敗景象，她想到，就算如此好景也不長久，想著想著，心情轉為煩悶，她開始傷起了春來。

> 良辰美景奈何天，賞心樂事誰家院！

遊園當下的良辰、美景，所感的賞心、樂事，在杜麗娘眼中應該都是好事情啊。然而她反覆思量之後，想著這些美麗的景物風光卻無人欣賞，實在有負蒼天，而又有哪些人家會有這些讓人感到舒適愉快的好事呢？也就是說，杜麗娘眼看著美景，心中想的卻是好景不長，好事終將落空。

杜麗娘反覆琢磨著，眼前的美景為什麼反讓自己憂傷？她擔心自己處在深閨之中，什麼都不能做，因而辜負了大好時光。[23]看到了晚開的牡丹花，她終於說出思索良久後憋在心中的話：「**牡丹雖好，他春歸怎占的先？**」[24]眼前的牡丹雖然美麗，卻是到春天都快過完了才綻放，無法在繁花盛開的春天占得先機。杜麗娘回過頭來想到自己的處境，不也與這牡丹類似嗎？不僅無法占得先機，自己的青春年華也在一天天中被蹉跎辜負了。

遊玩花園之後，杜麗娘情緒轉為憂鬱，思考更為負面，覺得沒有希望的「無望感」與大家都幫不上自己忙的「無助感」也更為明顯。

「**觀之不足由他繾，便賞遍了十二亭臺是枉然。**」[25]杜麗娘知道這花園百看不厭，但她心中還是認定，自己就算遊賞了園中所有亭臺，也是徒勞無功，不能解決自己的問題。懷著這樣的無望感，杜麗娘只能悵然回家，想著怎麼隨意打發日子。

從遊園到驚夢，再到隔日尋夢尋不到人，杜麗娘的無望感更深，她想得越多，越像鑽入一條死巷中，找不到出口。「怎賺騙？依稀想像人兒見。」[26]杜麗娘反覆想著各種可能的解釋，甚至開始把夢中經歷當成是什麼人把自己給騙到了手！「那來時荏苒，去也遷延。」為什麼時間漸漸過去，自己卻仍然什麼都不能做？當時的雨跡雲蹤，現在卻都不見了，自己停在這裡，也沒有任何人能幫得了忙。

在思考轉為負面後，更明顯而影響更大的便是她想到了「死亡」。接在無助與無望感之後，杜麗娘第一次提到死亡：「生生死死隨人願，便酸酸楚楚無人怨。」[27]她想到：「如果人也可以自行決定活著或死去，那就不會像現在這樣怨天尤人了。」雖然杜麗娘提到死亡，但那可能只是她一時的氣話——不如死了算了。不過，若反覆提及這個主題，就必須謹慎看待。

杜麗娘在花園沒找到人，睡著後被叫醒正準備回家時，她聽到杜鵑鳥的叫聲，便又滿懷思慮，啟動了負面想法的循環：「難道我再、難道我再到這亭園，則掙的箇長眠和短眠！」[28]她悲觀地想著，會不會下一次來到這個花園，如果不是在短眠——也就是夢中——來到，便是進入長眠才能來這兒了。很明顯地，杜麗娘所說的長眠，便是死亡。她想著，若人身軀一死去，靈魂便能自在遊走了。

到了〈寫真〉，杜麗娘描繪著自己容顏時是在想什麼？她主要是想到了自己的死亡。在作畫之前，杜麗娘便說了：「若不趁此時自行描畫，流在人間，一旦無常，誰知西蜀杜麗娘有如此之美貌乎！」這裡的無常便是較為委婉的死亡的說法，畫完之後她說：「堪愁夭，精神出現留與後人標。」[29]自己承受了如此的愁苦甚至死亡，至於她美好的精神與面容，就等自己死後讓有緣人來稱揚讚美吧！杜麗娘留下了這幅讓後人見證自己憂愁的自畫像後就過世了。

寫真之後……杜麗娘怎麼了？

〈寫真〉之後，到了下一段〈詰病〉，這時杜麗娘已經「生病」了半年。杜麗娘的母親從側面觀察，覺得女兒「舉止容談，不似風寒暑濕」，但杜夫人卻仍然不知道她得的是什麼病，又或是怎麼得到的。再到〈診祟〉一段，杜麗娘病得更重，著急的杜夫人請了人來診治，這兩人分別是中醫師陳最良（也是之前幫杜麗娘上《詩經》課的老師）與石道姑。

陳最良說杜麗娘得的是君子病，要用中藥「使君子」來醫治，搭配酸梅，來化解男女相思心酸之症，最後再用「梔子仁」、「當歸」當作瀉藥排毒，合起來便是「之子于歸」，這樣的解方涵意為：女子出嫁後，疾病就能順利化解！

道姑呢？道姑則說杜麗娘在花園被鬼迷惑，才會混亂癲狂。她拿小符、唸咒語，又是掛旗幡、又要施展掌心雷，花招百出，杜麗娘也只能婉轉地請她離開。杜麗娘沒什麼力氣地看著陳最良與石道姑一前一後為自己「診治」，她其實比誰都明白，那是自己心理的問題。

終究，到了〈鬧殤〉一段，杜麗娘的病從晚春到了中秋，這半年，她瘦骨嶙峋，不哭不笑，反應呆慢，整個人病得更加嚴重且藥石罔效。在中秋節這天，杜麗娘吩咐完後事，拜別父母後便死去了，只留下傷心而不解的家人。

從〈驚夢〉、〈尋夢〉與〈寫真〉的憂鬱發作症狀表現，到〈詰病〉與〈診祟〉的多方情緒觀察，再到〈鬧殤〉因病而亡，與其說杜麗娘是因夢而亡，不如說從情緒低落、生活作息改變、活動力減少與思考轉為負面可看出，杜麗娘的憂鬱發作症狀是不容忽視的。

●●●●參考資料

李惠綿，〈從「春」的意象閱讀《牡丹亭・驚夢》〉，《戲劇學刊》，二〇〇六。
蔡振家，〈浪漫化的瘋癲——戲曲中的大腦疾病〉，《民俗曲藝》，二〇〇八。

杜麗娘留下的暗號

——認識「憂鬱症症狀」

〈驚夢〉時，杜麗娘心情不佳，惆悵與煩悶情緒自然顯現出來，可以發現，她看待外在刺激時的反應與想法已經開始較為負面，但這還算一般可以理解的情緒反應。此時，杜麗娘的生活作息還沒有明顯受到影響，體力也還不錯，能自行梳妝，有精神去花園賞玩。這時，她的負面情緒與想法來自於外在的刺激，能觀察到杜麗娘有憂鬱情緒的表現，但還不一定是病症。

〈尋夢〉時，杜麗娘的心情憂鬱表現得較為明顯，開頭她就心事重重，因而睡不好也吃不下，連拿起碗的力氣都沒有。她反覆思量之後，好不容易決定要去昨日逛過的花園，卻又忍不住觸景傷情，體力不濟，逛到一半便累得睡著。而重遊花園之後，杜麗娘不禁哭了，她的思考也更趨於負面，無助、無望感加深外，她看到梅樹便想到葬在樹下，多次想到死亡。這時，杜麗娘已有較為明顯的憂鬱發作症狀表現。

〈寫真〉時，杜麗娘吃不好、睡不好，整個人瘦了一圈，她沒什麼體力、也沒什麼動力，做起事來都覺得懶懶的、提不起勁，而她的想法也停留在過去，繞不出來。同時，杜麗娘覺得無助，感覺沒有人能幫得了自己，好不容易用盡心力畫出了自畫像，卻也是因為想到自己即將死亡，而她希望死後能有人記得自己，所以畫完畫像之後，便覺得再也沒有什麼值得做的事了。這時，杜麗娘的憂鬱發作症狀，已經影響到了整個生活。

讓我們看看精神科的「鬱症發作」在DSM-5之中的診斷準則：

鬱症發作

A. 以下五項（或更多）症狀在兩週中同時出現，造成先前功能的改變，並且至少包含以下症狀之一：①**憂鬱情緒**或②**失去興趣或愉悅感**。

1. 幾乎整天且每天心情憂鬱，可由主觀報告（如：感到悲傷、空虛或無望）或是由他人觀察得知（如：容易哭泣）。
2. 幾乎整天且每天明顯地對所有活動失去興趣或愉悅感（主觀報告或他人觀察）。
3. 體重明顯減輕或增加（如：一個月內體重變化超過5%），或幾乎每天食慾降低或增加。
4. 幾乎每天都失眠或嗜眠。
5. 幾乎每天精神動作激動或遲緩（別人觀察到，不只是主觀感受不安或緩慢）。
6. 幾乎每天疲倦或無精打采。
7. 幾乎每天自我感到無價值感，或者有過度或不恰當的罪惡感（可能達妄想的程度；不僅是對生病自責或內疚）。
8. 幾乎每天思考能力和專注力降低，或是猶豫不決（主觀報告或他人觀察）。
9. 反覆想到死亡（不只是害怕死亡）；反覆有自殺意念而無具體計畫，或有自殺舉動，或有具體的自殺計畫。

B. 這些症狀引起臨床上顯著苦惱，或在社交、職業與其他重要領域功能減損。

C. 這些症狀無法歸因於某一物質或另一身體病況的生理效應。

憂鬱症發作不僅僅會表現在情緒上，從想法思考、行為動作，甚至到生活型態都會改變，而這些改變，除了自己可能主觀察覺，也可能是透過旁人側面觀察發現。其中，食慾可能大增或是大減、睡眠可能失眠或嗜睡、精神動作可能激動或遲緩，不同人的鬱症發作表現可能南轅北轍，而共同的部分，便是原先的生活與功能表現有著明顯的改變。

大家可能有發現，若是把杜麗娘在文中的表現，與憂鬱發作症狀表現來做對照，情緒低落、生活作息改變、活動力減少、思考轉為負面等，在九項診斷準則之中都有一個到多個相應項目。杜麗娘從春天到秋天，大約半年的時間，都是處於鬱症發作的狀態，而這些症狀表現，也讓杜麗娘無法維持本來應該可以做的事，使她的日常生活功能都有明顯的改變。

情緒低落是比較容易發現的。情緒會與以往不一樣，如杜麗娘所表現的，一大段時間中一整天心情都很低落，或是另一方面，也有些人會覺得「高興不起來」，因此，在面對平常習慣、喜歡做的事情時，會變得較沒有幹勁，對日常生活的事物也感到興趣缺缺。

思考轉為負面是憂鬱發作表現中較難察覺的。不論是接觸到什麼、感覺到什麼，透過大腦接收而傳出來的這些訊息，都會自動帶上負面的色彩。因此會自怨自艾、覺得自己沒什麼用、對自己不抱有希望與期待、更覺得外在世界沒有什麼能幫助自己，如此下去，就會進一步對自己的生存價值產生懷疑，甚至會覺得是自己拖累、辜負了他人，影響最深的，便是開始有一了百了、自我了斷的自傷／自殺想法，而這些想法可能具體成為計畫、甚至行動。

從湯顯祖在《牡丹亭》中的敘述可以發現，當年他能寫出這樣的鬱症發作，現今，我們也一樣能觀察到相同的情況。因此，湯顯祖寫的「情不知所起」是從過往到現今都會出現的。若以此重新來看《牡丹亭》對杜麗娘的描寫，也可以說是杜麗娘的「『鬱』不知所起」。表面上，她的憂愁是和做夢內容、青春自憐有關，但這可能是較為表面的原因，深思起來，其背後並沒有什麼真正特別的原因，可能僅僅和當時的生理變化有關，也就是說，這樣的病徵在杜麗娘身上會發生，在你我身上也同樣可能會出現。

鬱症發作不等同於憂鬱症

憂鬱症（或作「鬱症」，major depressive disorder）的表現包含「鬱症發作」，然而憂鬱症的定義更為嚴謹，除了要有「鬱症發作」之外，過去不能有過「躁症發作」（manic episode）或「輕躁症發作」（hypomanic episode）的表現，也不能用其他疾病，比如說思覺失調症、情感性思覺失調症，或是因使用其他物質的影響等去做更好的解釋。（頁218）

也因此，杜麗娘是不是罹患了憂鬱症或是躁鬱症，可能還需要更多的觀察。

••••延伸閱讀

李荷妮，《我的疾病代碼是F：從不知所措到坦然面對，與憂鬱、焦慮、輕微強迫症共處的真實故事》，聯經出版，二〇二一。

名詞解釋

憂鬱症

或作「鬱症」，是一種腦部疾病，如同上述 DSM-5 之中的診斷準則，診斷疾病時較為嚴謹，有較多考量。為考量閱讀性，於本書中皆以「憂鬱症」表示。

鬱症發作

憂鬱症為一種慢性疾病，疾病中可分作急性期和維持期（詳見頁 179）。鬱症發作特指其中的急性期，包含從發作初期、低谷期到逐漸恢復期，於急性期時需要及早處理與治療。

憂鬱症狀表現（depressive symptoms）

憂鬱症狀表現可能為情緒、思考、行為、生活作息上有相應改變與表現。然而，憂鬱症狀表現並不等同於憂鬱症，例如，情緒低落是一種憂鬱症狀表現，卻不一定符合憂鬱症之診斷。如文中提到，目前憂鬱症之診斷更為嚴謹，需要有較多項的症狀表現、持續達一段時間與影響到日常生活，這些都是憂鬱症的臨床診斷重要考量因素。

具有詩意的病症
——潘必正的「相思病」

杜麗娘夢後相思，抑鬱而亡。明代高濂《玉簪記》中的男主角潘必正則是患了「相思病」而一病不起，從〈琴挑〉、〈問病〉、〈偷詩〉到〈秋江〉一連幾折中，我們發現了潘必正與女主角陳妙常輪流相思病發與好轉的箇中原因！傳奇故事人物中，和潘必正一樣得了「相思病」的人比比皆是，讓我們也一同來理解所謂相思，在現今解讀下會是怎麼樣的情緒狀態。

才子佳人是傳奇劇本中最常出現的搭配，劇情不外乎是兩人（也可以是鬼）在某處相遇後便一見鍾情、兩情相悅。有些相處了幾段美好時光，有些互贈定情物，便理所當然地私訂終身。然而，卻又因為某些不可抗力的緣由，使得兩方必須分開，又在經過了種種難關，最後雙方終於如願相聚重圓。

明代高濂的《玉簪記》，就是典型的才子佳人故事。男主角是重考生潘必正，他因為生病無法考試，只好去到姑母主持的道觀裡寄住休養。女主角的設定比較特別，是修道女子陳妙常，她因戰亂與家人失散，便帶髮寄居在道觀中，而觀主就是潘必正的姑母。男女主角在〈茶敘〉的時候一見鍾情（其實也就只是邊喝茶邊聊天），雖默默互有好感，卻沒敢透露什麼。

兩人彈琴，內藏密碼「談情」

〈琴挑〉中，某夜，睡不著的潘必正有點煩悶，便四處晃晃，晃著晃著，聽到遠方傳來了哀悽的琴音，他一探，原來是月夜中彈琴的陳妙常。發現有人偷聽的陳妙常有點驚訝，卻仍然禮貌性地邀請潘必正也彈一曲。這位撩妹達人潘必正既然愛慕著陳妙常，便藉著琴曲做些試探，彈的是訴說「我沒有太太，可憐啊！」[1]的曲詞，雖說是「無妻」曲，聽在旁人耳裡卻可能如同「求偶」曲。陳妙常聽出來了，表面上裝作沒聽出什麼，但回敬之曲詞意涵卻是「我好孤單寂寞冷！」[2]

潘必正當然聽出來了，他進一步出言試探，卻讓以禮自持的陳妙常很是生氣。無奈的潘必正只能先離開現場，但他沒走遠，反而想偷窺一回，偷聽陳妙常的一舉一動，觀察她有沒有流露出在感情上的蛛絲馬跡。果然，陳妙常一人獨處時說道：「**我見了他假惺惺，別了他常掛心。**」[3]自己只是假裝面冷嘴硬，其實心中仍然相當掛念。潘必正聽得不很清楚，心中卻動了希望兩人在一起的念頭。

回到家後，潘必正想著陳妙常，想到兩人的身分，再回頭看看自己的處境。他想著，對方的態度不是太明朗，或許只是月夜無人時說說，或許此刻正在不遠處也同樣想著自己，不知這段感情是否還有譜……。「**許多心事共誰言**」，潘必正苦惱地想著，這些心事能和誰說呢？他因此想出了一場「大病」，驚動了大家！

接下來的劇情便是〈問病〉，姑母將要帶著陳妙常來探潘必正所生的「病」。

問病、問病，潘必正究竟生的什麼病？

看到姑母與陳妙常前來探望，潘必正當然要有些誇大地訴苦，又說這個病莫名地嚴重，又說這個病很難照護，他娓娓提到了自己的生病症狀：「這病兒好似風前敗葉，這病兒好似雨後花羞態。」[4]說自己因為生了病，整個人奄奄一息，衰弱的身體就像是乾枯快被風吹落的葉片，美好的容顏也被疾病折磨得好似被雨淋過後狼狽不堪。接著，潘必正還說出了他的心理狀態：

> 我難擺開，心頭去復來。黃昏夢斷，夢斷天涯外，我心事難提淚滿腮。

好不容易將煩心事丟到一旁不去想，它卻自動再度出現，反覆如此，鬱結於心。潘必正無法舒展這樣的鬱悶，他從早想到晚，連在睡夢中，這樣的煩惱仍在心內盤旋，無人能訴說。正當潘必正邊訴苦邊淚流滿面，他的姑母不知道是不是假裝聽不懂，此時插了話：「你生的病該不會是感冒吧！」

潘必正自己知道生病緣由，「傷懷，不為風寒眼倦開」，當然不是因為受到風寒人懶身倦。潘必正給出了更多的提示：「堪哀，只為憂愁頭懶抬」[5]。他感嘆著自己的處境堪憐，而原因就在眼前，就是眼前心上人讓自己「憂愁煩惱」！

從頭到尾，潘必正都知道自己的生病原因，而他就想要博取陳妙常的同情！在姑母與陳妙常兩人還沒到來之前，潘必正自顧自地提到，暮秋中自己所感受到的都是愁緒，「**一枕相思頭徹尾，如何消遣些**」[6]，自己為了這不分日夜的思念而感到愁煩，他只好問自己，要如何做才能稍微消遣憂愁呢？而當兩人探完病正要離開，潘必正竟直接脫口而出：「**心病還須心上醫！**」也就是說，潘必正知道自己患的是「心病」，而這病就是有名的相思成疾——相思病！

還好，陳妙常聽出端倪，但她在觀主前不敢明言，只得迂迴地軟言相勸，要他放寬心，好好安定情緒，有機會會再過來探望，潘必正也依言表示會好好休息。沒想到，陳妙常和觀主探完病後，卻換陳妙常變得不太對勁！

陳妙常問完病，換她也生病！

〈問病〉中，陳妙常聽到了潘必正的情意，雖暗暗知曉與自己的心意相合，但現實中卻不可得，於是她感到孤單、淒涼，不知不覺就流下淚來。她整個人恍恍惚惚，就這麼想著想著，思緒也不知道飛到哪兒。[7]但她明白，自己這就是相思病：

難提起，把十二個時辰付慘悽。沉沉病染相思，恨無眠殘月窗西，更難聽孤雁嘹嚦。8

陳妙常染了這相思病，一天二十四小時都相當難熬。她思緒滿懷，難以入睡，看著月亮漸漸下沉，自己也昏昏沉沉地提不起勁，聽到飛雁的叫聲，更讓她感到煩悶。陳妙常將自己的相思情懷寫成詩詞，在煎熬了整晚沒什麼睡之後，她不禁感到疲憊，不知不覺便睡著了。

沒想到，潘必正在這時竟然來到了陳妙常這兒。大家可能很疑惑，潘必正不是應該還病著，怎麼有力氣說出門就出門？此時出現的潘必正，一副就是大病已癒的樣子，看起來體力恢復、精神也都回來了。推敲起來，潘必正似乎是聽到陳妙常來訪時的安慰與其中透露的情意，覺得事情有希望，因而相思病就自動痊癒！

潘必正不僅出門轉往陳妙常居處附近溜達，還偷闖進陳妙常的房間。他一進去看到桌案上陳妙常的詩稿後，就發現了她的心事，得知她也正為「相思」而苦，因而開心極了。他藏起詩稿，喚醒陳妙常，然後有恃無恐地唸出片段相思詞句，想要嚇唬嚇唬她。詩的其中兩句是這樣的：「一念靜中思動，遍身慾火難禁。」9陳妙常吐露的是自己一丁點的相思，在寂靜之中就快要顯露出來，沒想到，相思最終成為如火般燃遍全身的慾念，讓她難以壓抑！

聽到了自己所寫的詞句被唸了出來，陳妙常又著急又羞愧，接著又看到潘必正藏著的詩稿，才不得不承認自己的相思與情感！當彼此都知道對方的情意後，兩人當下即不管禮教束縛，也不去想後果將會如何，隨即對天發下海誓山盟，互定終身！此時，陳妙常的病症也似乎突然好轉了，「**把往日相思一擔兒拋**」[10]，潘必正與陳妙常兩人的相思病可說是不藥而癒，果真是潘必正自己說的「**心病還須心上醫**」！

之後，兩人便在花前月下相約見面，度過一小段幸福的時光。然而好景不常，兩人的情愫終究紙包不住火，觀主發現後，便要潘必正趕緊離開道觀、赴京應考，一點道別機會也不給他們。〈秋江〉中，觀主還親自將潘必正送到渡船頭，看著潘必正離去。

在觀主也離開後，陳妙常再也忍不住，她勇敢跨出追尋愛情的一大步，趕忙僱了一艘小船，急急奮力追上潘必正。江上風浪大，一開始只能隔著江水叫喚對方，終於站上同艘船後，兩人又喜相見、又悲離別，互贈信物後，講好未來一定要重逢成眷屬，最終，兩人才依依不捨地揮淚道別。

可想而知，這一別離，潘必正與陳妙常又要重新煎熬地度過無盡頭的相思時日、流不盡的相思之淚了。

張君瑞也是相思病苦主

除了潘必正與陳妙常患有「相思病」，《西廂記》中的男主角張君瑞也是「相思病」的苦主。

張君瑞對崔鶯鶯一見鍾情，但對方是大小姐，自己只是小書生，兩人只能暗中傾吐情意，要想成婚，定會碰到重重阻力。張君瑞愛戀崔鶯鶯，想念她卻不能在一起，幾天下來，他茶不思、飯不想、面容消瘦、臥床不起，[11]也和潘必正一樣得了「相思病」。作者王實甫怕大家沒注意到，還特別在正名標誌出「**張君瑞害相思**」！

張君瑞知道這病與崔鶯鶯有關，說只要喝下崔鶯鶯的口水，便可以痊癒。[12]之後，還是有賴崔鶯鶯派出的丫鬟紅娘，捎上了「特別」涵義的藥方[13]給張君瑞。張君瑞單靠藥方痊癒，之後在紅娘穿針引線之下，他與崔鶯鶯有情人終成眷屬。

不管是《玉簪記》或《西廂記》中的主角們，或是更之後的明清傳奇，時常都會出現「相思」這個主題。因為相思得病的人也比比皆是，無怪乎有人會說「十部傳奇九相思」。疾病因為相思而出現，相思又是來自於感情，情真意切卻不可得而生病，相思病似乎在文學中被賦予了一種美麗的意象。

‧‧‧‧參考資料

王澤儀，《清初傳奇中的相思病表現與意義》，國立暨南國際大學中國語文學系碩士論文，二〇〇八。
許懷之，《高濂《玉簪記》研究——從文學劇本到崑曲演出》，國立中央大學中國文學研究所碩士論文，二〇一〇。
李惠綿，〈論《玉簪記》對明話本、雜劇及其女冠文化之衍義——兼論改編崑劇小全本結構之得失〉，《中國文學學報》，二〇一八。

潘必正的相思隱含的意義

——憂鬱情緒、憂鬱症與焦慮的異同

相思，是一種可想而不可得、憂傷而痛苦的情緒狀態，雖然痛苦，但一想到當時邂逅後萌芽的情意、過往相處的時光，卻又帶著甜蜜與迷濛感，若再想到對於未來的美好憧憬想像，與現實中的重重挑戰，又會不斷地左思右想，難以終止。但所謂的「相思」，真的是種病嗎？

相思病不一定是「病」，它可能是憂鬱情緒的表現，也可能是較為嚴重到近似「憂鬱症」的「疾病」。

憂鬱情緒與憂鬱症的差別

憂鬱情緒與憂鬱症之表現因人而異，兩者不容易做區分。雖然對於症狀嚴重程度、持續時間與影響生活與否等主題上不能一概而論，但兩者仍有一些差別。

憂鬱情緒與憂鬱症的比較

	憂鬱情緒 （depressed mood）	憂鬱症 （major depressive disorder）
症狀表現	負面情緒表現增加，感到低落憂愁；正面情緒感受減少，感覺不到快樂的事情、對外在事物不感興趣。兩者表現近似。憂鬱症較可能有自殺 / 自傷想法。（參考頁 58）	
飲食、睡眠	可能受到影響。	受到影響較大。
體力、活力	可能受到影響。	受到影響更為明顯。
憂鬱情緒之原因	多與急性或長期壓力有關，通常與某特定生活「事件」相關。	可能與壓力有關，也可能在沒有特定壓力之下憂鬱症發作。
時程	通常在事件發生三個月之內出現，在事件結束後症狀緩解恢復。	通常持續數月甚至數年。與事件不一定相關，就算事件結束之後仍無法恢復。
憂鬱程度	強度較低，起伏較小。	強度較強，情緒起伏較大（然兩者不易區分）。
日常生活	大致上能維持日常功能。	於工作、人際、家庭等日常生活較難維持。
工作、學業表現	有時無法專心、有小錯誤，但能自我掩飾。	自己與旁人可能都有發現與過往表現有不同之處。
遇到開心的事情	仍可以感受到快樂。	較難感受快樂，心情難以因外在事物而改善。
自我觀察	雖然發現自己不太一樣，但自認能撐過去，須要消耗更多心神維持。	就算想要撐住，但心神體力皆不足，可能因此有挫折感。
旁人發覺	旁人不一定能發現自身異狀。	旁人能明顯發現異狀，可能進一步表達關心，也可能難以理解為什麼變化甚大。

憂鬱情緒與焦慮狀態的差別

「相思病」除了憂鬱情緒外，還有一部分是對未來的不確定性，有著期待與擔憂，甚至因而感到焦慮不安。可以說，相思是「憂鬱情緒」與「焦慮狀態」的綜合體！

焦慮狀態（簡稱焦慮）與憂鬱一樣，都是一般人正常的情緒反應。對於未來將要發生、尚未發生，甚至很低機率會發生的事情，感到擔憂或害怕。又或是在面臨壓力或某些情境下，很多人會因而感覺到緊繃、不安或無法放鬆，甚至知道自己有點擔心過頭卻難以回復原先狀態，這些都是焦慮的可能表現。同時，身體上的症狀表現也隨著焦慮而生，從頭暈頭痛、胸悶胸痛、心跳加速、呼吸困難、腸胃道不適到全身疼痛、痠麻、無力等，這些都可能是焦慮這樣的心理不適所帶來的身體不適。

然而，須要區別的是，若是焦慮症狀過於嚴重，或是持續的時間太久，影響到了一般日常的生活，而和原本的壓力事件所帶來的壓力不成比例時，這樣可能就是「焦慮症」（anxiety disorder）。焦慮與焦慮症的關係，就如同憂鬱與憂鬱症，是有程度差別、影響差別，是須要做出區別的。

最無預警而來的焦慮是「恐慌發作」（panic attack），可能沒有特定原因，便突然感到極度緊張或焦慮，同時甚至有心悸、胸痛、快暈過去、將要窒息的感覺。這些症狀可能在幾分鐘內出現又很快地緩解恢復。有些焦慮表現，可能受到某些特定事物或情境刺激，產生強烈的害怕感，這樣稱為「畏懼症」（phobia），比如說懼高症、社交恐懼症（social anxiety disorder）等；有些情況則是不管遇見大小事情，都會過度擔心或較為緊張兮兮，甚至明明知道不須要想太多卻不自主繼續想下去，這樣沒有針對特定煩惱對象與情境的焦慮就稱為「廣泛性焦慮症」（generalized anxiety disorder）。

焦慮是一種緊繃的狀態，不僅是情緒緊張、起伏較大、容易被小事情惹怒，時常也會出現全身肌肉緊繃、難以放鬆，因而感到痠痛不適。同時，焦慮會讓人一下擔心這兒、一下擔心那兒，相當耗體力，所以會感到全身疲憊，加上晚上也可能煩惱到睡不好，讓人有時很難集中精神、專注在一件事上。

罹患憂鬱症的人之中，超過一半有程度不同的焦慮症狀表現。而憂鬱症與焦慮症在許多症狀上也有類似的表現，比如說，都可能感到煩悶、不安，會有失眠等表現。但也有許多不同的地方，以下表格中則是兩者可能可分別之處。

••••延伸閱讀

阿滴（都省瑞），《按下暫停鍵也沒關係：在憂鬱症中掙扎了一年，我學到的事》，如何出版，二〇二一。

憂鬱與焦慮的比較

	憂鬱 （depression）	焦慮 （anxiety）
表達時較常使用之字彙	低落、憂愁、哀傷、悲戚、沉悶、痛苦。臺語：「鬱卒」（ut-tsut）。	焦慮、害怕、擔心、緊張、煩躁、恐慌。臺語：「厚操煩」（kāu-tshau-huân）
相關形容情緒的成語	悶悶不樂、抑鬱寡歡、愁眉不展、懷憂喪志、索然無味。	坐立不安、提心吊膽、憂心忡忡、心如火焚、如坐針氈。
主要的核心表現	心情憂鬱低落。對事件或活動的興趣降低，較難感受到快樂。	心情焦慮不安。對事件或活動過度擔憂，自己也覺得這樣的擔心害怕難以控制。
與事件的先後關係	對於過去已發生的事情，與原先的期待不同，因而感到「失落」，影響情緒而難過苦悶。	對於未來尚未發生的事情感到「害怕」，因而擔心可能發生什麼危險，預先給予負面印象。
生活	減少或失去生活的樂趣，甚至平常感到有興趣的事物也受到影響。	由於有太多正在煩惱擔心的事情，因此無法再去多關心生活其他事物。
生理反應 （參考頁 196）	有時出現頭暈頭痛、腹脹腹痛、全身多處肌肉、骨頭、關節疼痛等。	表現多樣。以恐慌發作為例，會突然感到頭暈、心悸、胸悶胸痛、冒冷汗、喘不過氣、快暈過去等感覺。
特別想法	無助無望感、罪惡感較多，有自殺／自傷想法。自覺「我是不是連累到其他人了？」	擔憂可怕的事情即將來臨而保持緊繃狀態。自覺「我快要撐不住了！」
共病	憂鬱與焦慮常常同時出現，在事件還沒發生之前焦慮，事件發生之後轉為憂鬱，若是兩者相關症狀同時出現，那更須要積極及早面對。	

有焦慮特徵的憂鬱症（major depressive disorder with anxious distress）

在憂鬱症發作同時，可能也會伴有焦慮症狀的表現。焦慮表現常出現整個人坐立難安、難以專心，因而容易受到刺激而激動或緊繃，很擔心有什麼可怕的事件發生，自己難以控制。若憂鬱症中伴有這樣的焦慮症狀表現，整體憂鬱嚴重度增加，整個人可能在工作表現、人際互動、生活自理能力等影響更為明顯，自殺／自傷的危險性也較高，整體對於治療的反應較為不理想。

「覆水難收」背後的悲劇，女主角崔氏之後怎麼了？

不是每段感情都像潘必正與陳妙常那樣順利，共結連理又分道揚鑣的人也所在多有。明代傳奇《爛柯山》中的〈癡夢〉、〈潑水〉，講的就是在雙方離婚後，女主角崔氏希望男主角朱買臣能重歸於好的故事。但就如同「覆水」般「難收」，崔氏想得卻不可得，她最終決定投水而亡。

崔氏這樣的自我了斷，想法是怎麼成型、行為是怎麼完成的呢？是否和憂鬱有關？或是有其他的可能？

從覆水難收原本的故事說起……

覆水難收，直白地翻譯是倒到地上的水難以收回，比喻一件事情發生之後便難以挽回。相信大家應該都聽過這個成語，而這個成語的典故來由則是個悲情的故事。[1]

漢代朱買臣家裡很窮，每天都上山砍柴以賣錢度日。他的妻子嫌他窮，覺得朱買臣這樣沒有出息，便要求和他離婚。朱買臣留不住妻子，寫下休書，讓她自行離開。幾經周折，朱買臣中舉做官、光榮回鄉，他的前妻在路上攔住他，希望可以重歸舊好。於是，朱買臣讓人潑水於馬前，告訴前妻，只要她能將這些水收回來，兩人就能破鏡重圓。可想而知，最後前妻終歸沒有辦法收回這些水，最後，她自殺而亡。這就是成語「覆水難收」與「馬前潑水」的典故來源。

這則故事記載於《漢書．朱買臣傳》中，原先故事版本的後半段，是朱買臣在上任回鄉的路上，遇到了正在修路的前妻與她改嫁後的丈夫，他便停下車來，請隨後的車馬載著他們，一起到他做官的宅園之中，並給予他們工作、食物，對兩人應該是不錯的。然而，過了一個月，「妻自經死」，也就是朱買臣的前妻突然「上吊而亡」。而後，朱買臣給了她丈夫一些錢，請他把前妻好好安葬。[2]

故事乍看之下沒什麼特別，卻讓後來的人們很感興趣。為什麼朱買臣的前妻要自殺？

是因為她覺得慚愧、不甘受辱？自殺前她在想什麼？若她沒有離開朱買臣，現在可能是官夫人，那麼她的心境變化又是如何？

看完故事後的眾人，紛紛幫忙腦補劇情

唐代李白看完這則故事後，寫下一句「會稽愚婦輕買臣」[3]，暗諷這位朱買臣前妻（會稽愚婦），瞧不起貧窮苦讀的朱買臣，之後則後悔了。隨著時代更迭，不僅詩人對故事有興趣，後世劇作家更依照故事的輪廓繼續進行創作，稍微改動情節、增添人物血肉，一步步創造了朱買臣與他前妻的立體形象，刻畫兩人內心五味雜陳的情緒。

元代雜劇《漁樵記》[4]便在朱買臣上任後與前妻相逢這段過程大做文章。劇作家讓前妻說出心中的話，她苦苦哀求朱買臣：「朱買臣，你若不認我呵，我不問那裡，投河奔井，要我這性命做甚麼？」

然而，朱買臣聽到之後並沒有心軟，他狠下心來表示：「折莫你便奔井投河，自推自跌，自埋自怨！便央及煞俺也不相憐！」[5]就算她對自己有所埋怨，要投河自殺，自己也一點都不會可憐她。劇本寫到此處，兩人僵持不下之時，便是全劇高潮的經典場面——朱買臣將水盆放在前妻面前，讓前妻將水潑出去之後，要求她只要順利收完水，兩人便可「再

成姻眷」[6]！

當然，這是朱買臣在刁難她，提醒她過去的事已經無法追回，因此兩人不可能相認。但故事結局峰迴路轉，前妻的父親出面說明，表示當時前妻逼朱買臣離婚，是為了激發他的上進之心。朱買臣知道了事實真相，夫妻才重歸於好。

《漁樵記》中，故事主要刻劃的人物還是只有男主角朱買臣，情節則是典型的「十年寒窗無人問，一舉成名天下知」的復刻版。劇作家將朱買臣從窮苦時的抑鬱不平，到發達後的富貴驕橫，相當有力地做了對比。而這位前妻在《漁樵記》僅是一個配角，角色性格不鮮明，內心世界更少被描述，這是當時背景的侷限，也是劇作較為可惜之處。

終於，到了明代傳奇《爛柯山》，劇作家以朱買臣夫妻互動為情節主軸，而朱買臣的妻子也在這劇中大放異彩。劇作家不僅形塑出她立體的性格，細微地描述了她心境的轉變，還給她了一個「姓」——崔。而這位崔氏便是本文的第一女主角。

《爛柯山》中的崔氏

《爛柯山》之中，朱買臣一樣是屢試不第、每考不中，妻子崔氏不耐貧苦而求去，朱買臣不得已只好寫下休書。這一折〈逼休〉相當有戲劇性，崔氏忍受不了飢寒交迫，丈夫朱買臣也一籌莫展。劇作家於此細緻地刻劃了她從情緒不滿到逼迫寫休書的情緒狀態。而她在拿到休書後，便不顧已經量過去的朱買臣，狠心離去。

時間一轉，朱買臣中舉回鄉了。《爛柯山》最精彩的情節，便是後面的這兩折〈癡夢〉與〈潑水〉。透過曲文，我們可以仔細觀察崔氏當時的情緒變化與心境轉變。

〈癡夢〉——夢中什麼都實現了

〈癡夢〉這折中，崔氏已經改嫁了張木匠。當她聽到前夫朱買臣回來做官的消息，不禁百感交集，不願相信這是真的。同時，當她回想起過去的點滴記憶，也不禁悔恨交加。

崔氏正聽著旁人要去朱買臣的家中報喜，一開始她很不可置信，「原來朱買臣做了官了！」然而，她也馬上想起兩人過往，又是悔恨、又是慌亂，她自言自語道：「崔氏，崔氏，妳當初，若沒有這節事……」，假若之前沒有逼人寫休書，那麼，自己現在一定是「何等歡喜，何等快活！」她想到自己將會坐上這個官夫人的位置，就不禁笑出聲來。她的笑中帶著一廂情願，覺得朱買臣總不會這麼絕情！「我想他也不是負心的，又道是『一夜夫妻百夜恩』！」雖然兩人已經離異，崔氏仍抱著一絲希望，想要一探究竟。她盤算著自己與朱買臣的關係：

他畢竟還想枕邊情，也不說當時話。奴好似出園菜，倒做了落地花。[7]

理性上，崔氏明白自己追念著的是兩人當年的情分，而不是現在兩人的現實關係。崔氏自己就好像是離開了菜園的蔬果，又像是從樹上掉落地上的花，與朱買臣分離之後，就再也無牽連瓜葛。然而，感性上，她又抱持著一線希望。在準備見到朱買臣前，崔氏煩惱地盤算著要怎麼開口。

崔氏想起當初逼休，先是自責自憐，「我記得叫一鞍，將來配一馬。今日阿，好似一個蒂，結了兩個瓜。」[8]父母很早以前就告訴自己，婚姻一夫一妻，就像是一匹馬只能放上一個馬鞍，而如今自己再婚，就像一個蒂頭，結長出兩個瓜果。崔氏悔不當初，覺得全世界的人都在嘲笑、責罵她。這夜，崔氏就這樣抱著愁煩後悔的濃烈情緒，在禁不住睡意後才終於睡下。

突然，崔氏聽到敲鑼打鼓聲，有人敲她的門！她又驚又疑，不知道發生什麼事，猶豫著要不要開門。好不容易開門之後，來者說是院子與衙婆，一見到崔氏便低身跪拜。正當崔氏仍然搞不清楚狀況，大家這才說：「奉朱老爺之命，特來迎接夫人上任的！」竟然是朱買臣派人來迎接自己！這些人帶著各種禮品來自己家裡，是先來報喜的！

崔氏問大家：「真的是這樣嗎？果然是這樣嗎？」她一問完，大家馬上連聲應和！「呀啊，我好喜也！」幸福突然降臨在崔氏身上，這實在太美好了！崔氏將身子擺正，故作矜持，由旁人幫她戴上寶石點綴的禮帽鳳冠，再穿上色彩斑斕的披肩霞帔。大家還提醒著崔氏，外頭有裝飾華麗的車子在等著接她！[9]

正當崔氏高興著準備要出門了，沒想到，現任丈夫張木匠突然出現。他喊崔氏妓女，且手持斧頭朝她砍來，說要殺了她！嚇得崔氏只好趕緊脫去剛剛才穿好的衣裳，好說歹說把張木匠支開。張木匠離去之後，崔氏請大家再重把鳳冠霞帔拿出來，沒想到，眾人卻都已不在。「呀啐，原來是一場大夢！」崔氏終於從夢中醒來。

津津冷汗流不竭，塌伏著枕邊出血。只有破壁殘燈零碎月。[10]

崔氏驚醒後汗流不止，枕頭邊還留有血跡，剛剛的鳳冠霞帔都沒有了，說好的迎娶回家也都是虛無，眼前只剩下家中破壁殘燈與窗外月光和自己相伴。夢中，她的情緒起伏強烈，一下驚喜、一下懼怕，始終沒有緩過來，如今夢醒，則只剩下失落與悵然，眼前什麼都沒有。夢裡夢外的落差之大，讓崔氏的情緒更為鬱悶難解。

〈潑水〉——夢中有多高興，現實就有多殘酷

崔氏一整晚輾轉難眠，想到往事再對比今朝，便又流下淚來。她覺得世人常說「**糟糠之妻不下堂，貧賤之交不可忘**」，認為朱買臣不會忘記她，由此，她自顧自接著想下去，「**我還是他舊妻，這夫人該讓我做頭一位！**」[11]昨晚所做的夢，理當會實現，於是崔氏決定要趕在朱買臣走馬上任、民眾夾道迎接他時，見上一面！

到了現場，崔氏衝上人群，大聲吆喝，希望獲得朱買臣的注意。但朱買臣身旁的僕役卻以為崔氏是瘋子或乞丐，要打發她離開。崔氏不依不饒，終於引得朱買臣注意，兩人相見後，崔氏便開始自顧自地訴苦：

> 與君家生生別離，念妾身煢煢無倚。[12]

崔氏沒有提到兩人分離的緣由，只有提到自己無依無靠，分離之後十分孤單，吐露一腔苦水，希望可以感動朱買臣。然而朱買臣看到崔氏，重新想起被羞辱的逼休往事，再想到她改嫁他人，便說她水性楊花、逐風飛舞。崔氏繼續動之以情，說到二十年來如同黃連般的艱苦滋味，難道朱買臣現在都忘了？[13]過去別人家的妻子也曾經看輕丈夫、也曾強逼離婚，

但最後他們都還是破鏡重圓，重歸舊好。[14]崔氏回到眼前處境問到：「那我們兩人呢？」

和你親結髮，忍暌違？難說道不收歸？[15]

崔氏哭著說到：「我和你結髮夫妻這麼多年，你忍心我們兩人繼續分隔兩地嗎？」最後，崔氏幾乎是拋卻了一切的自尊說：「難道你不將我收回家中，重做夫妻嗎？」

朱買臣似乎沒有動容，要崔氏不要再說出「收歸」這兩個字，又提及自己當年怎麼流淚下跪，希望她能回心轉意，但她卻不為所動，仍狠心離去。朱買臣想要強調，現在會有這個局面，都是當年崔氏妳自找的，要怪就要怪妳自己。

忽然，朱買臣要旁邊的僕役提來一盆水。崔氏納悶著要水做什麼？朱買臣說：「我將覆盆之水，從我馬前傾下，妳若仍舊收得盆內者，我就收妳回去。」只要崔氏能收回這些潑下的水，朱買臣就能把崔氏收回家中！崔氏還沒會過意來，只覺得這有什麼難的，便要朱買臣倒下水來。

崔氏努力捧著、握著、抓著，試著要將散落一地的水收取回來，無奈卻一點辦法也沒有，她這才知道，朱買臣只是要透過「覆水難收」這個動作，讓自己死心。崔氏受到這樣的刺激，越想越後悔，痛苦卻不知道要怎麼發洩，她越想越覺得沒有回頭路。

「堪憐奴命眞顚沛，教我滿面羞難洗。」[16]崔氏自認人生顛沛、福薄命苦，且感到羞愧難當，「這的是漾甜桃、倒去尋苦李。」她也後悔自己放著甜滋滋的桃子不吃，反而去尋找苦溜溜的李子來嘗。受到這樣的打擊，讓她覺得再沒有其他方法了，只能「千休萬休，不如死休」。此時，崔氏心中出現了「人生難為，不如死了算了」的自殺念頭：

倒不如喪黃泉，免得人笑恥！

於是，崔氏走到江邊，縱身一躍，投水而死。

痛苦的崔氏，在這看似無一解方的處境之中，選擇了自我了斷。這是《爛柯山》劇作家在看完〈朱買臣傳〉之後，對朱買臣前妻「自經死」的詮釋。劇中角色似乎只有選擇死亡，才能展現出那分說不出口的痛苦。在故事中，若是碰到難解的主題，賜死裡面的角色就是了，自殺而亡是作者常用的方式，但在現實生活中，卻不能理所當然地選擇這麼做。

•••• 參考資料

李惠綿，〈論《漁樵記》、《爛柯山》之主題變奏與文學意象——兼考述改本選本與崑劇表演記錄〉，《漢學研究》，二〇一八。

怎麼看待崔氏的投水行為

——理解自殺與自傷的原因與含義

崔氏在〈癡夢〉一折中抱持了一絲希望，在〈潑水〉時則被朱買臣狠心拒絕。她既無助又悔恨，知道自己再也不可能與朱買臣復合，人生也沒有其他的可能。「死亡」似是她所能想到眼前唯一的解法。因此，她走到河邊，投水身亡，人生故事便於此時畫下句點。身為旁觀者的我們，要怎麼看待崔氏「投水」的舉動，以及其背後所有的複雜意義呢？

自殺行為是不是和憂鬱有關？

在憂鬱的表現中，想法可能轉變得較為負面，會覺得事情不會好轉了，一切只會更糟。這樣的想法，也進一步覺得自己影響到了大家、連累了身旁的人。若持續這樣想，將會對外在事物不抱有希望，認為沒有人可以幫得了自己，甚至感到絕望。

憂鬱時，也會改變原本的自我印象，讓自己對自己失去信心，覺得自己什麼都不會、什麼都做不好，也會直觀地覺得都是自己的不是，是自己造成了一切錯事。這樣的思考若繼續延伸下去，就會自行得到一個結論：是不是若一了百了，就能對自己好也對其他人好？

同樣須要注意的是，心情憂鬱時，思考的廣度與過程也都不太一樣。本來，人的許多想法是並存的，也就是會有好幾個想法同時存在，但在心情憂鬱時，想法就會比較沒有彈性、思考過程較為侷限。例如本來想法像是走直線，一步一步向前邁進，但在心情憂鬱時，思考就常常會像是繞圈打轉，[17]反覆出現同樣的想法，即便時間過去了卻仍走不出來，又像是腳踩流沙，邁出一腳後，另一腳卻陷得更深。

憂鬱所帶來的負面思考——無助、無望、自責、內疚與自我批判——會接連出現，且持續打轉。接著，就會讓人直接想以「死亡」來脫離這些痛苦。自殺念頭，便是憂鬱的負面思考中，最嚴重也最棘手的表現。

任何人都有可能自殺，而憂鬱所帶來的自殺念頭則會大幅增加自殺的可能性，同時提高自殺死亡的風險。據統計，憂鬱症個案自殺死亡的比率是一般人的二十倍。崔氏從〈癡夢〉到〈潑水〉，許多時刻都有明顯較為負面的思考，這些思考就直接影響了崔氏最後的投水行為。

自殺行為的不同階段

✺ 自殺意念（suicidal ideation）

有些自殺意念可能是突然一閃的念頭，人們感到痛苦或是遇到麻煩事時，便會想到：「若是死亡，便不會痛苦也不用處理了。」這樣的念頭，來自於正在經歷著的痛苦、憂鬱或焦慮。但這不是唯一的想法，只是許多念頭中的一部分。

人們也可能會更為深入思考這樣的自殺意念，會透過文字、言語、網路訊息等任何形式，來表達自己自殺的決心與意圖。他人發現這些狀態後，這些訊息可能被解讀為求救訊號，也可能是「遺言」，

自殺不同階段與意涵

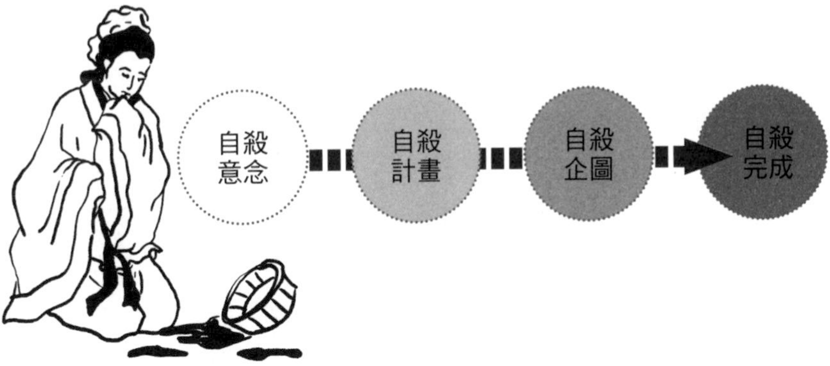

這部分須要特別留意。然而，有時候人們並不會向其他人表達出這樣的自殺意圖，所以是最不易察覺也最難防範的。

✺ 自殺計畫（suicidal plan）

除了自殺意念，進一步準備自殺的計畫，包含思考具體的自殺方式、可行的時間與適當的地點。同時，也可能預先準備自殺行動所需之工具，等待某一個特定時機去執行。

✺ 自殺企圖／行為（suicide attempt）

有自殺的想法與計畫之後，在特定時機執行這個計畫。[18]過去曾試圖做出結束生命的行為，而未完成的原因與哪些因素有關，包含自殺行為不足以致命、被人發現阻止救回等。自殺行為中，須要特別注意的是上吊、跳樓、跳水、燒炭等較高致死率之方式。

✺ 自殺完成／自殺死亡（completed suicide / suicide）[19]：

有傷害自己的想法與相關計畫，意圖結束自己生命的舉動，最終行為完成，導致生命結束。

崔氏已經有了自殺「意念」，在看到河水之後，連結到自己的「計畫」，便投河完成了自殺「行為」。崔氏在這幾個階段中進展得很快，要從中防範是較為困難的。

自殺行為來自於矛盾想法與一念衝動

崔氏的自殺行為除了來自於負面想法，也有說不出來的矛盾，和最後一根「衝動」的稻草。

碰到了巨大的變故或壓力時，許多人不自覺地會聯想到死亡，在「想要活著」及「想要死亡」間徘徊，既想要遠離痛苦卻也渴望生活，這點是相當矛盾的。有時人們會向旁人提及自己的狀態與計畫，有時候卻會全然否認。因某一個偶發事件而會暫時減少自殺想法，但在另一個突發事件中卻會立即連結到死亡。

有些自殺行為是在衝動之下決定進行的，這個衝動來自於突發事件或長期的負面想法，這想法可能持續幾分鐘到幾個小時。每個人在不同時間的衝動控制能力不一樣，酒類、特定藥物可能會減低衝動的控制力，打破想死與想活的矛盾。在一念衝動下執行原先猶豫的自殺計畫，自殺行為的可能性便會增加。

崔氏有無可能是想要自殘？

「自傷」（self-harm）又叫做自殘（self-mutilation），也就是自己傷害自己，是一種自行決定要如何對待自己身體的行為。常見的自傷行為有過量服用藥物、以銳利物割腕、以頭撞牆等，而許多自傷行為，並不是以達到「死亡」為目的。自傷與自殺最大的不同，就是自殺通常意指，在有死亡的動機或想法下，達成自我了斷、結束生命的行為。

這樣看起來，自傷行為並不等同於想要結束生命，也不一定與自我了斷的想法相關。然而，自傷行為的確會有結束生命的可能，不論是不慎導致死亡，或是讓自己處在危險的處境中，自傷行為的確有可能會帶來自殺死亡的結果。

想要自傷的可能原因是什麼？

自己傷害自己有幾個可能原因，沒有辦法全然分別，各成分中所占比例也因人而異：

✹ 緩解痛苦

自傷產生感官上的痛覺，可能令人感覺到「身體的痛可以蓋過心理的痛」，透過自傷行為轉移注意力，便似乎可以有釋放不舒服的情緒、暫時緩解心理痛苦的效果。

✸ **確認存在**

自我傷害是自己進行的，所以在某種程度上會有「自己還能決定」的掌握感。同時，可能也是一種「確認自己存在」的行為，透過感受到身體的痛覺刺激、看到血流畫面，感覺自己還活著、還存在於這世界上。

✸ **獲得關注**

自己傷害自己後，可能引起旁人的注意，進而給予自己較多的關注，達到自己說不出口的目的。同時，旁人可能有強烈的情緒反應，即便是負面情緒，也可能被自己認為是一種表達「關心」的方式。

若修改劇情結尾，兩人關係會變得如何？

假想另一種可能，崔氏投水後被人發現而獲救。如此，轉醒的崔氏會怎麼想？大家又會怎麼看她呢？旁人可能因為她的作為，知道她現在心情愁苦，悲憤異常，親朋好友可能會更加密切注意她。然而，對崔氏而言最重要的朱買臣將會怎麼想呢？崔氏會不會抱著一絲期望，期待這個投水舉動能換得朱買臣一朝憐憫之情？而朱買臣是否會為此感到內疚，收了崔氏呢？

••••延伸閱讀

平光源，《醫生說我可以去死沒關係：日本王牌精神科醫師終極療癒祕訣，治好1000顆破碎的心！》，平安文化，二〇二一。

怎麼會鬥輸法海？白素貞少被討論的關鍵原因！

同樣倍感壓力，崔氏選擇投水自盡，白蛇白素貞卻選擇挺身面對。在清代方成培的《雷峰塔》中，白素貞懷孕時要和法海在金山寺大戰，也經歷了與許仙分離、被許仙背叛的痛苦。好不容易順利生產，白素貞卻被壓在雷峰塔下，那份愁苦可想而知。

面對種種外在壓力，白素貞都撐下來了，同時，我們更可以從她身上，觀察到孕產婦的內在情緒與生理相關的表現。

提到深戀到跨越人妖疆界，大家一定聽過《白蛇傳》的浪漫故事！主角許仙與白素貞在清明時雨中邂逅，兩人相愛結婚，到了端午時節，白素貞喝下雄黃酒而現出白蛇原形，嚇死許仙。白素貞為了救回許仙，到了仙山取得仙草，好不容易救回許仙的性命，許仙卻不敢待在家，躲到了法海和尚的金山寺之中。

從白素貞的角度來看，法海刻意阻撓了兩人愛情，她便親自到了金山寺討個公道。然而，法力高超的白素貞，用盡法力卻沒能取得最終勝利，之中究竟發生了什麼事？我們可以從清代方成培的全本傳奇《雷峰塔》找答案。

白素貞水漫金山後誰勝誰負？

白素貞為了要回愛人許仙，[1]來到了法海和尚的金山寺，水漫金山便是兩組人馬相鬥時白素貞使用的法術，她號召蝦兵蟹將讓水勢大作，一時間淹過了金山寺，希望乘勢帶回許仙。這時候，白素貞的心情複雜，自己為愛付出了全心全意，丈夫許仙卻不信任、辜負了自己，對於法海從中作梗的憎恨、對自己的癡心與悔恨、還有自己當時的身體狀況……，〈水鬥〉中，她唱出了內心的五味雜陳：

恨恨恨、恨佛力高，怎怎怎、怎教俺負此良宵好？悔悔悔、悔今朝放了他前來到。只只只、只為懷六甲把願香還禱。他他他、他點破了慾海潮。俺俺俺、俺恨妖僧讒口調刁。這這這、這癡心好意枉徒勞。是是是、是他負心自把恩情剿。苦苦苦、苦的咱兩眼淚珠拋。[2]

白素貞埋怨法海的法力高超又苦苦相逼，許仙才會聽信讒言而不相信自己，她無法得償所願帶回許仙，一番癡情再次被辜負了。白素貞遭受強烈的打擊，心裡又愁又苦又恨，她難受極了，兩人爭鬥數回合後，白素貞敗下陣來，眼看就要被收入法器內，幸虧法海的缽盂臨時失效，命懸一線的白素貞才有機會趁著大水逃出。

法力高強的白素貞怎麼會輸？

白素貞不該輸啊，雖然她五味雜陳、心緒沉重，但她的功力深厚，應不至於敗下陣來，她可是在峨眉山上修煉千年的白蛇，更何況，她旁邊還有青蛇助陣！

然而，若是仔細聽白素貞所唱，就會明白這場「水鬥」的成敗不在法海，也不在白素貞，關鍵在白素貞唱的這段：「只只只、只為懷六甲把願香還禱！」六甲[3]是婦女最容易懷孕的日子，因此懷孕被叫做「身懷六甲」。也就是說，當時的白素貞正懷著身孕，懷孕便是兩人鬥法中最關鍵的影響因素。

白素貞懷孕，讓她體力不支，除了使不上力，連法力都受到明顯影響，再加上她見到許仙時心情愁苦、煩悶不安，當下可說是「身」與「心」俱疲。白素貞無法好好施展身手，才讓法海能旗開得勝。白素貞因懷孕影響了體力與情緒，這便是她之所以失常的重要原因。

然而，法海之所以無法乘勝追擊、用法器順利收服白蛇，卻也同樣是因為白素貞懷孕！原來，白素貞腹內懷的胎兒是天星轉世，法器只能收「妖」不能收「仙」，因此，胎兒護住了白素貞，讓法海的缽盂沒了功效，使得白素貞免於在當下就被收服，可以說，白素貞勝也懷胎、敗也懷胎！

白素貞這一胎，懷得有多辛苦？

〈水鬥〉後，趁大水撤退的白素貞與小青兩人從金山（今中國江蘇鎮江）移動到杭州（今中國浙江杭州），算一算，兩地距離三百多公里，若用走的，可能一個月也走不完（用法術騰雲駕霧則另當別論），這實在是辛苦了孕中的白素貞。當她好不容易撐到了杭州西湖邊的斷橋，卻因腹中疼痛到難以行走。白素貞身體又疲又倦，感覺實在是到了極限，她回想這一段感情，心情也難過極了，在〈斷橋〉中，她悲傷地唱道：

歹心腸鐵做成，怎不教人淚雨零。奔投無處形憐影，細想前情氣怎平？淒清，竟不念山海盟；傷情，更說甚共和鳴。[4]

白素貞無法理解，為什麼自己如此真心付出，許仙卻無動於衷。當時天地都見證了兩人的誓言，怎麼到頭來自己卻是如此狼狽？想到這怎麼能不傷心呢？在斷橋邊，負心漢許仙終於現身，餘悸猶存的他一看到白素貞與小青，自然地想偷偷逃走。而白素貞當時明明已經走不動，卻還要挺著肚子苦苦追趕。孕婦白素貞看到許仙之後悲喜交集，吐出多日來的愁苦與怨懟：

摧挫嬌花任雨零，真薄倖。你清夜捫心也自驚。害得我飄泊零丁，幾喪殘生，怎不教人恨、恨！[5]

白素貞埋怨許仙的負心，才會讓自己如此痛苦；她抱怨都是許仙的無情，才會讓自己逃難到這裡。白素貞心中實在是怨恨許仙啊！不過，雖說如此，白素貞一聽到許仙苦苦求饒，仍然選擇原諒了他，她果真「大肚」，似乎忘記自己當下身體有多麼難受、心裡有多麼痛苦。最後，兩人和好如初，一同到西湖附近的許仙姊姊家中待產。

懷孕時，多走一小段路，便要耗上許多體力，一般孕婦光是長途跋涉，身體就難以承受，白素貞的三百公里往返實在讓人心疼，更何況她還遭受到許仙的薄情背叛，她內心的鬱悶痛苦，旁人實在難以想像，若要選擇原諒，更是難上加難。還好，白素貞經歷過不少大風大浪，若換作是一般人，一不小心就會累壞生病。

然而，白素貞這一胎所經歷的不僅僅如此，她的懷孕，可以說，一開始就吃盡苦頭。時間要往回推幾個月之前，從五月初五端午佳節那一天說起。

對白素貞別具「意義」的端午節

端午是陽氣最盛、驅毒斬邪的日子，根據過去青白兩蛇的經驗，這一天都將顯現出一次原形。白素貞與許仙婚後住在一起，當第一次端午節到來，青蛇小青早早就向白素貞告假要去哪處避避了，而白素貞怕離開家後會引起許仙懷疑，覺得自己應該還撐得過去，便決定一人獨自留在房間。當天，不知情的許仙興高采烈地邀請白素貞共度端午，還帶了雄黃酒來準備對酌共飲。無奈的白素貞只得勉強回絕，在〈端陽〉一折中，兩人分別是這樣勸酒與擋酒的：

白素貞：官人，奴家身子不快，故爾少睡片時。

許仙：今日乃端陽佳節，卑人備得水酒一杯，與娘子慶賞。

白素貞：我那有心情飲酒啊？

許仙：娘子，我平日見你從無不樂之容，為何今日忽有愁煩之貌？敢是卑人有甚得罪處麼？

白素貞：官人說那裡話來？奴家實因身子不安，官人體得見疑。

許仙：娘子請起來，略坐一坐罷。

白素貞：咳，官人執意如此，奴家只得勉強相陪便了。

白素貞找了身體不舒服、心情不佳等理由搪塞，希望許仙就此放過，偏偏許仙不放棄，聽到白素貞身體不舒服，便先想到要來幫她把把脈。

許仙：且喜娘子，身懷六甲了！

白素貞：不信有這等事。

許仙：那《內經》上說：婦人少陰脈動甚，孕子也。正合娘子今日之脈，此酒一定要吃的！

白素貞：且慢。

許仙不把脈還好，一把便發現白素貞是喜脈，是身懷六甲——「懷孕」了！白素貞當時根本沒什麼精力應付許仙，許仙自顧自地樂不可支，一點也沒有發現她一臉愁容，更讓白素貞為難的是，他竟還繼續邀請孕婦白素貞一同飲酒慶賀！

許仙：娘子就當做喜酒了。

白素貞：多謝官人美意，奴家病軀，不能奉陪。

許仙：這是喜酒，一定要吃的。

白素貞：請官人自己開懷暢飲罷。

許仙：娘子若果不吃，卑人也不吃了。

白素貞：既如此，待奴家勉強飲一杯。

許仙裝作沒聽見白素貞的求饒拜託，繼續要求她相陪飲酒，「娘子若果不吃，卑人也不吃了」，這和現今的「情緒勒索」相去不遠。而更讓人擔心的是，許仙勸酒的對象，竟是才剛發現有喜的一名孕婦！孕婦飲酒不僅僅會對自己身體造成影響，對胎兒來說更有著諸多風險。也就是說，白素貞這一胎，從發現懷孕的當下，胎兒便處在較多的危險中。

白素貞的這一胎，劫難苦痛有多少？

除了飲酒，最容易被忽略的便是孕婦的情緒。果然，在白素貞飲了酒後，便藉著酒唱出了自己的愁悶：

我為你多情常抱多愁分，便一盞芳醪懶嘗，不使絳唇光潤。跳脫金寬褪，肌玉暗消損。[6]

懷孕後，白素貞全身不舒服，心情也是明顯起伏不定。她吃不下、睡不好，連手鐲（跳脫）都因人消瘦而寬鬆到容易掉出。她站也不舒服、坐也不安寧，全身懶懶地，做什麼都提不起勁，幾乎像是生病了！白素貞喝完雄黃酒後，酒效發作讓她坐臥不寧，想要睡去。但當她一睡下，便現出白蛇原形，嚇死了許仙！

讓我們一同回顧白素貞懷這一胎的種種辛苦。自從她與許仙在暮春清明時節同舟相識，經歷了遊湖借傘的美好時光後，兩人便結婚了。到了端午節，許仙發現白素貞懷孕，算起來應該是在清明到端午之間受孕，胎兒應該才一個多月大。此時，胎兒的父親被自己的母親嚇到斷氣，母親於是想方設法地要救回父親！

之後，孕中的白素貞遠到仙山向南極仙翁求取仙草，將仙草煎成藥後讓許仙服下，終於救活了許仙。許仙醒後，她還要耗費心神說服丈夫，自己不是蛇妖！《雷峰塔》接下來的故事相當複雜，許仙因事被抓後，被發落到鎮江，白素貞苦覓許久，終於找著許仙，但許仙卻不願意跟白素貞回去，反而隨著法海躲到了金山寺。

無奈的白素貞只好挺著大肚，到金山寺前希求要回丈夫。她與法海雙方僵持不下，不得已，白素貞只好水漫金山，祈求丈夫歸來。可惜，最終她沒有成功，敗下陣來的白素貞只得忍著腹痛又回到杭州西湖，幸虧許仙也回來了，兩人於斷橋相見之後重歸舊好，到許仙姊姊的家中安胎，最後，順利誕下寶寶。

懷胎十月，白素貞又忙又苦，她一一經歷、度過了懷孕時的劫難苦痛，可說是古今中最忙也最苦的孕婦！

當她終於生下寶寶許士麟[7]後，似乎感到苦盡甘來。回想起這將近一年的點點滴滴，她對著寶寶唱道：

兒呵，你那知做娘的吃許多苦楚呵？想今朝佳況，雖然有萬千，一似那玉梅花，風雪虐，始爭妍。[8]

白素貞自比為寒冬下的梅花，雖然遭受狂風暴雪般的苦楚，卻仍盡力在苦痛中綻放。她覺得自己生下寶寶後，一切痛苦便都值得了，生活終歸平靜安定。

然而，白素貞更艱辛的考驗卻在她生產之後才正要開始。此時已順利生產的白素貞沒有了胎兒的照應，被假意前來的許仙，拿出法器缽盂收了去。生產後，她將要開始經歷的是，就被壓在雷峰塔下的憂悶時光。

參考資料

林麗秋，《論雷峰塔白蛇故事的演變》，國立中山大學中國語文學系研究所碩士論文，二〇〇一。

白素貞從懷孕到產後的內在關卡
——不可輕忽的周產期憂鬱

懷孕影響了白素貞的體力與情緒，讓她在身心交瘁下，面對法海時才會無法得勝，而當她生產之後，又獨自孤苦地被幽禁在雷峰塔之下，最難克服的，便是如影隨形的陰鬱情緒。

從「產後憂鬱」到「周產期憂鬱」

孕產婦的情緒表現，最為大家所熟知的便是「產後憂鬱症」（postpartum depression）。然而，孕產婦的憂鬱表現不僅在生產過後才出現，有半數以上的孕產婦，在懷孕時期就出現了情緒的相關表現。為了使人更為清楚，現今也將懷孕時期包含在內，因此，從孕期到產後這一段時間所出現的憂鬱症症狀，通稱為分娩前後發病之憂鬱[9]，或叫做周產期憂鬱症（perinatal depression）。

部分孕產婦會有較為明顯的情緒變化，最常見的是情緒煩悶、容易激動，除此之外，也常常出現低落陰鬱、突然哭泣、焦慮不安等情緒反應。除了情緒，生活作息也都沒法如同以往規則，白天疲倦痠痛、晚上失眠早醒，還要擔心自身影響胎兒，又覺得做什麼都不對，這些種種，都可能是孕產婦憂鬱情緒的表現。

由於孕產期中女性荷爾蒙變化起伏大，孕產婦的情緒不可避免地也會因此而出現大幅波動。部分孕產婦可以逐漸調適，讓自己回到生活軌道上，然而，部分孕產婦可能會出現強烈的罪惡和絕望感，覺得自己不會改善、事情也不會變好，若是長期有像這樣的負面想法，在一段時間內都沒有好轉的跡象，那就要特別注意是否與周產期憂鬱症有關。

體內荷爾蒙在生產過後的變化尤其明顯，當變化太過劇烈，負面情緒與負面想法往往便會在此時突然出現。有時可能上午情緒還算穩定、自覺還撐得住，下午就覺得什麼事都不順。若是情緒表現更為嚴重些，這些負面想法可能進一步延伸到自傷、自殺去。

白素貞懷這胎的危險因子真不少

白素貞產下許士麟後，雖然身子如釋重負，身體「輕」鬆不少。然而緊接著，她所要面臨的卻是沉重的雷峰塔。孕婦也是如此，當好不容易順利生產之後，一樣會短暫鬆了一口氣，不過，壓在後頭的，則是產後生活大小事件引發的沉重感。

親朋好友看到寶寶時，自然會多所關心，或是多建議幾句。這些關愛眼神似乎都到了孩子身上，所以身為生產中最辛苦的產婦，自然而然會感到一種被忽視的感覺，似乎大家都比較關心寶寶，而非自己。這種「被大家忽略」了的感覺，我們把它稱為「失落感」。

不僅如此，生活中，自動出現的失落感也無所不在。產婦多

周產期憂鬱四大危險因子

生理

懷孕或生產時出現生理併發症，包含妊娠期高血壓、糖尿病、產程不順或生產併發症等，或是過去曾經有流產或死胎的經驗。

心理

孕婦過去曾有過憂鬱症（包含之前懷孕時），或其他精神情緒的表現，包含焦慮、躁鬱、精神病症狀等。

社會

懷孕與生產時，社會相關資源較少、福利不足，親朋好友能給予的幫忙較少。

生活事件

最近生活遭遇了重大事件，包含工作經濟困難、婚姻家庭失和、親友過世等，而家暴、性侵等事件影響較為劇烈。

了一個「媽媽」的身分，原本可以做的事情可能會減少，但生活的限制卻會增加，因此，原先的目標計畫將須要暫緩，甚至連基本的日常作息都要調整。這些為了照護新生命而出現的改變與犧牲，像是「我本來可以做……，但現在權衡下只能……」，對產婦本身而言，也充滿著失落感。

除了失落感，還有幾項危險因子有可能增加周產期憂鬱發生的可能性，這幾項可分作生理、心理、社會、生活事件討論。

算一算，白素貞在這一胎中，親友能給予的幫忙較少，且又逢多事之秋，危險因子就至少有兩項！然而，雖然有這些因子，但並非每個人都會因而有憂鬱表現或憂鬱症。其中的差別就來自於對自我的瞭解，與是否尋求各別的協助，若有，即便面臨憂鬱，仍然可以順利度過。

從生理改變瞭解周產期憂鬱

為什麼懷孕到生產後，較容易感到心情低落呢？最先要瞭解的是，此時心情的低落主要是來自於「生理原因」，並非自己全然可控，也不是親友要自己堅強一點，心情就能自動好一點的。

生產過後，身體也會有許多不舒服，包含傷口疼痛、排尿影響等，而身體的不舒服也都會影響到心理狀態，最明顯的改變就是生產後體內的雌激素和黃體素會大幅下降，身體某些神經傳導物質也會減少，像是正腎上腺素、血清素、色胺酸等，而這些都會影響情緒的變化，也都無法自行控制。

同時，寶寶生出後，產婦們成為照顧者，內心的壓力必定會大幅增加，除了隨時擔憂寶寶，還要適應新身分，白天可能已經無法放鬆了，若晚上寶寶一哭，便又一夜難眠、難以休息。原本懷孕時親朋好友給的關心也被寶寶分去了好大一部分；原本懷孕時自己是被照顧的角色，如今也轉為照顧寶寶的角色。不論從哪個角度來看，媽媽的失落感幾乎都無可避免地會隨時襲來。

因此，因應周產期憂鬱的策略，最重要的便是要盡力讓自己安心，在與家人溝通後，評估是否尋求相關專業人士的幫助。

不管是親友或專家，白素貞都是受到很多人幫忙的。懷孕生產雖然對她身心影響重大，但她找南極仙翁求取仙草、找蝦兵蟹將水漫金山，產前到許仙姊姊家待產，還有小青一路走來無微不至的陪伴照顧，眾人這些點點滴滴的幫忙，便是穩定白素貞心境不可或缺的重要支柱。

•••• 延伸閱讀

林思宏、徐碩澤，《孕期就該知道的產後100天：產婦身心與新生兒照護指南，陪妳做不完美的快樂媽媽》，高寶，二〇一八。

第貳篇

解憂篇

解釋憂鬱、解除憂鬱！

關於憂鬱症，我們有很多疑惑。憂鬱症是什麼？為什麼會得憂鬱症？接著，我們還想問，憂鬱症會持續多久？不同年紀有什麼特別憂鬱表現？憂鬱與酒又有什麼相關？

第貳篇，我們請到了唐宋詞家，從他們的詞作與經歷來解釋什麼是憂鬱症，當我們更為瞭解後，將一同想方設法來解除憂鬱！

戰或降？這不是李煜能簡單決定的問題

李後主李煜的一生動盪起伏，從貴為皇帝到淪為囚徒，他經歷了他人難以想像的國破家亡與生離死別，而這些愁悶苦楚，李煜只能以詞作稍作抒發。

值得關注的是，這些外在變動所產生的壓力，都可能是促發憂鬱症發作或加重憂鬱的原因，而除了壓力以外，憂鬱症是否會發作，還有哪些在背後影響的可能因素？

李煜反覆浮現的「假若」……

四十年來家國，三千里地山河。鳳閣龍樓連霄漢，玉樹瓊枝作煙蘿，幾曾識干戈？
一旦歸為臣虜，沈腰潘鬢消磨。最是倉皇辭廟日，教坊猶奏別離歌，垂淚對宮娥。
（〈破陣子〉）

南唐國主李煜在生命的最後，回顧了自己的人生，僅用一首〈破陣子〉便概括了美好生活的幻滅與亡國後的傷感。在上半闋中，李煜回憶了自己曾擁有的是「四十年來家國，三千里地山河」，南唐國占據幅員遼闊的土地，更經歷了幾代人數十年的心血才擘建而成。當時宮殿高聳入雲，宮內草木茂盛，那時的美好生活，再對比現在的處境，李煜痛心地問自己：「怎麼知道會有戰爭呢？又怎麼知道戰爭是怎麼一回事呢？」

到了下半闋，李煜道出了追憶與懊悔。「一旦歸為臣虜，沈腰潘鬢消磨」，自從自己做了俘虜，在憂慮傷痛中，整個人瘦了一圈，鬢髮也斑白了。他記得當時匆匆忙忙離開，宮裡還彈奏著離別樂曲，在那生離死別的一刻，李煜什麼也不能做，只能對著宮女傷心欲絕。

當年宋軍攻克南唐首都金陵（今中國江蘇南京），李煜率眾跪地投降。這幾年來，想起往事，他不斷自問：「幾曾識干戈？」這個疑問，不知參雜著多少自責與悔恨？而李煜還想問的是，自己真的什麼都不能做，只能「垂淚對宮娥」嗎？

李煜在人生的最後，不知道反反覆覆想了這些問題多少遍。若是重新回到城破當下，他是不是會做出不同的決定？若是決心戰死，或是選擇自殺身亡，是否就不用面對現在無窮盡的折磨？再往更早去想，宋軍攻打南唐的前幾年，若是李煜聽從幾位臣子的建議，是不是自己與國家的命運就會有所不同？種種「要是當時……」的念頭先後出現，多思的李煜，是否會自責懊悔於當時自己沒挑中某些選項？

當時的李煜真的沒有決定權？

時間要從西元九六〇年說起。那一年發生了「陳橋兵變」，趙匡胤被「黃袍加身」後，建立了大宋，世稱宋太祖。隔年（西元九六一年），二十四歲的李煜登基，接過父親李璟傳下的南唐國，人稱李後主。大宋軍連年出兵，十年內，對內平定了李重進叛變，對外則先後出兵西南邊的後蜀、南漢，而李煜治理的南唐國位於東南側，還不是宋軍征伐的首要目標。在這段期間中，將軍林仁肇獻給了李煜一個計策。

原來，林仁肇是想向李煜請兵攻打大宋。他認為宋軍南征北討幾年下來定是兵疲馬困，各區軍備勢力也尚未安排好，若在這時攻其不備、趁虛而入，南唐將有機會得勝。若是一舉成功，便可以暫解南唐被入侵之危難，懇切的林仁肇還主動替李煜留好後路，若是自己出師不利，就讓李煜提前向宋軍報信，解釋發兵攻宋並非李煜自己的想法，這樣李煜便可以撇清關係、不受牽連。[1]

可惜李煜聽到後大受驚嚇，他要林仁肇別亂說話，出兵的事也不了了之。此時的李煜在主動「出戰」或「不戰」的抉擇中，選擇了「不戰」。然而，南唐與大宋之間的爭戰，現在才拉起序幕。李煜不知道的是，這時距離他投降滅國，短短不到十年。

西元九七一年，當趙匡胤滅掉後蜀、南漢等國後，矛頭便指向了李煜的南唐國。此時李煜已登基十年多，三十五歲的李煜面對大宋的威脅時委曲求全、俯首稱臣，自稱為江南國主，冀望能保全國家與己身性命。到了這時，李煜的選擇成了「戰」或「和」，而他很清楚地讓大家知道，這時他還是選擇「和」。

然而，趙匡胤並沒有因此放棄進攻南唐。大宋對付南唐所做的第一件事，便是先解決最令他們忌憚的南唐將軍林仁肇。

又過一年（西元九七二年），趙匡胤先請人繪製了林仁肇的畫像，並將這畫像掛在大宋宮中某個空房內，之後帶著李煜的弟弟李從善（當時李從善被當作人質，留在大宋無法回南唐）來到這房間，向他展示這幅畫像，並聲稱這是林仁肇準備投降的信物。其後李煜聽到這消息，以為林仁肇要謀反叛變，完全不聽他的解釋，便用毒酒賜死了他。[2]在此，大宋用了一招「反間計」，掃除了第一個心頭大患。

除了林仁肇，李煜還有個大臣叫做盧絳。為了解除南唐當下的國難，他向李煜勸說請兵，去攻打更東南邊的吳越國。盧絳的理由是，若是大宋攻打南唐，這個吳越國一定會相幫大宋，到時候南唐將會腹背受敵。盧絳還提到自己曾和吳越國交戰多次，知道吳越國易於攻取，若是成功消滅了它，南唐的國威大振，大宋也不敢輕舉妄動。[3]可惜的是，李煜還是沒有聽進這個建言，在「戰」和「守」的選擇中，最終還是選擇了「守」。

西元九七四年，林仁肇過世兩年後，趙匡胤認為時機到了，便發兵攻打南唐！果然，兩國開戰前，大宋便聯合了吳越國，兩方結盟，來個兩面夾擊。直到開戰後，李煜才後知後覺地寫信給吳越國王錢俶，告訴他唇亡齒寒的道理，唯有與自己合作共同對付大宋，才可以平安保國。然而，錢俶卻把信交給宋朝，因此李煜想要聯合吳越抗戰的行動，算是失敗了。

西元九七五年，宋軍攻下南唐國都金陵城。兵臨城下時，李煜已失去了選擇出戰的各種條件。在「**最是倉皇辭廟日**」那天，三十八歲的李煜只剩下這個抉擇，而這就直接影響了後來他自己的命運——「自殺」或「投降」。李煜猶豫了一陣，最終他沒有選擇自盡，為了百姓生命與民生，他決定出城奉表納降。走出城門的那一刻起，南唐就滅亡了。

被俘後，李煜想起了種種往事

李煜被俘北上汴京（今中國河南開封）後，趙匡胤還嘲諷他不早點對大宋投降，這是違抗天命，為此，他封了李煜一個帶有屈辱性的稱號——違命侯。與李煜同行的，還有他的皇后小周后。兩人生活雖仍舊衣食無虞，卻無法任意行動，度過了如此囚徒般的人生長達三年。期間，李煜寫了許許多多的詞作，都是用來表達他的後悔與憂愁。最終，李煜在他四十一歲生日那天，被當時的皇帝宋太宗（趙匡胤的弟弟趙光義）以毒藥殺害，結束了他起伏動盪的一生。

為什麼是生日這天？這要從李煜那首有名的〈虞美人〉談起。

春花秋月何時了？往事知多少？小樓昨夜又東風，故國不堪回首月明中。
雕闌玉砌應猶在，只是朱顏改，問君能有幾多愁，恰似一江春水向東流。

在李煜四十一歲生日宴會上，他飲酒作樂排遣煩悶。他要樂妓作樂，又命她們彈唱，其中，就有這首李煜親手寫的詞作〈虞美人〉。不過，就是因為這樣，宋太宗聽到宴會上，竟然出現了李煜的這句「故國不堪回首」，因而讓他相當生氣，認定李煜必然還想著要恢復重建他的南唐故國，一想到這兒，宋太宗便殺害了他。[4]

平心而論，李煜這首詞作所描述的追悔與憂愁相當動人。春花秋月這些自然美景，原本應是讓人憐愛賞玩，但李煜內心卻嫌它們周而復始地開謝圓缺，反而引得自己想起種種往事，只能傷痛地感嘆故國不在、人事已非。當春日新至，東風依舊吹來，李煜的南唐故國卻已被自己所葬送，面對眼前景象，他只有追悔莫及，實在不忍心再去回憶。

李煜揣想，遠方華美的宮殿應當還在吧？但不管在不在，自己失去了自由，也再也看不到了。唯有自己的容顏改變了，變得更為蒼老憔悴了。李煜自問：「自己心中到底有多少愁緒呢？就好像是那東流的春水，那樣深廣無盡、綿綿不絕。」接著延續下去，李煜反覆想起的疑問就是，當時自己是不是做了錯誤的決定呢？

李煜沒有解答，他的人生就在這樣的痛苦與懊悔中結束了。這一生，他可能還想要問自己，坐上了這個皇位，究竟是幸運還是倒楣？

實際上，李煜是沒有想過自己會當上皇帝的。

出乎意料之外的皇位

李煜是南唐中主李璟的第六個兒子，前面五個哥哥中，除了大哥李弘冀，其餘四個哥哥都夭折早逝。有李弘冀在前做太子，皇位應該輪不到李煜頭上，他也樂得輕鬆，不太參與政事，反而從小就對詩詞、音律、書畫都有興趣。早年他的人生是這樣子的：

笙簫吹斷水雲間，重按霓裳歌遍徹。5

李煜所在的晚宴，吹的是笙簫美樂，樂音飄蕩在遼闊的水雲之間，歌舞的是〈霓裳羽衣曲〉，要一遍又一遍地演奏曲子，曲子從頭唱到尾才能盡歡。從詞中看來，李煜在宮廷內所舉行的歌舞晚會是盛大而熱烈的，他的笙簫不只要「吹」，還要「吹斷」；他的霓裳曲不只要「按」，還要「重按」，這些都透露出李煜在享樂上，追求的是沒有節制的縱情。

「好」景不長，李煜從沒想到，西元九五九年，他的大哥李弘冀病逝，南唐空了個太子缺，李煜成了儲君人選。南唐大臣覺得李煜無法勝任太子之位，想推薦李煜的弟弟李從善，而不是他。反倒是李璟最終選擇了李煜，要他學習處理政事。此時的李煜，已經二十二歲。

然而，時局變動太快。隔一年（西元九六〇年），趙匡胤建立大宋。再過一年，李璟覺得國都太過危險，便帶領臣下將遷都到洪州（今中國江西南昌），讓李煜留守原本的首都金陵做太子，一併處理相關政務。再一次讓李煜措手不及的是，李璟在這一年（西元九六一年）駕崩，讓他不得不匆促登基。當時的他也才二十四歲，之前僅有兩年時間學習政事，如今國家重任卻迅速壓到他身上來。

後來就是我們所熟知的故事了。李煜在位為國主十四年，一朝投降，三年如囚，困在北宋首都汴京。

李煜的悔恨悲愁

李煜由高高在上的國君變成俘虜而失去自由，這三年來，他經歷了極大的轉變落差。他又是懷念、又是悔恨，時不時就會想起過往的點點滴滴。「往事只堪哀，對景難排」[6]，李煜回想起往事時只剩下哀嘆，面對眼前景物，情懷更是難以排遣。他思念曾生活過的南方土地，也想念昔時的風光景物，這些曾經的擁有，都成了「無限江山，別時容易見時難」[7]，一分別，就很難再相見。

在汴京失去自由的他，想到南方的春天應該是這樣的：「閒夢遠，南國正芳春。船上管弦江面綠，滿城飛絮輥輕塵，忙殺看花人。」[8]春光明媚，若在南方，聽的應該是船上管絃，看到的則是滿城柳絮，人們興奮地賞花。而李煜記憶中的秋天，則是這樣的：「閒夢遠，南國正清秋。千里江山寒色遠，蘆花深處泊孤舟，笛在月明樓。」[9]秋高氣爽，又是遼闊無際的江山，又是蘆花叢中停泊的小舟，月光下，他彷彿聽到了悠揚的笛聲。李煜的思念不論春秋，雖是對四時景物的懷想，但句句都追憶著今昔時空之遙遠、刻骨銘心卻說不出口的亡國之痛。

這時候，李煜寫他面對現實苦痛的無能為力，是「無奈朝來寒雨、晚來風」[10]，在大自然的面前，繁花衰謝，自己也是無可奈何。李煜明白一般人都有憂愁，但卻疑惑，為何只有自己的憂愁與悔恨，比別人多上許多？「人生愁恨何能免？銷魂獨我情何限」[11]，李煜神思茫然，絕望地感到悲哀；而他的離愁思念，「剪不斷，理還亂，是離愁」[12]，繁複的離愁思緒就像是一團亂麻，想要好好爬梳，卻緊緊纏繞著，剪不斷也理不清。

李煜感情上也經歷傷悲悔恨與生離死別

除了亡國的苦恨、去國離鄉的悲哀、其他人無法與之比擬的自悔，李煜在感情上也曾有過傷悲悔恨，那便是他與周氏姊妹，世稱大周后與小周后生離死別的故事。

李煜十八歲尚未登基為帝時，就已和大周后（當時尚未成為皇后）成婚。大周后才貌雙全，能歌善舞更精通音律，還主持補缺了自唐代散亂失傳的〈霓裳羽衣曲〉。李煜與妻子感情融洽，一同度過了一段歡樂幸福的時光。李煜登基後，大周后順理成章成為了皇后，更讓他們開心的是，就在登基那一年，他們的第二個孩兒李仲宣出生了。

然而世事無常，李仲宣三歲便突然夭折，皇宮內籠罩著哀傷的氣氛。而更讓李煜心痛傷悲的是，當時原本就病重的大周后，在兒子去世幾天後，也隨之而亡。史書還提到大周后在臨終前，還不願意轉過身讓面朝外，[13]也就是至死都不原諒李煜的意思，獨獨留下了悔恨交加的李煜。

李煜做了什麼事，為什麼會悔恨交加呢？

大周后病重時，她十一歲的妹妹前來探視，沒想到探著探著，就被二十八歲的李煜看中，兩人瞞著大周后約會。為此，大周后發現之後，病情迅速惡化，再加上兒子夭折的刺激，幾重打擊下悲憤去世。後悔的李煜嘗到了「死別」之痛，為她寫了多篇悼念之作，其中一篇〈昭惠周后誄〉相當感人，也是李煜傳世作品中最長的一篇。

相傳，李煜寫的那首〈菩薩蠻〉[14]，就是在描述自己與小周后兩人幽會的情景。李煜描寫對方準備要來約會時，為了不發出聲音，是「**剗襪步香階，手提金縷鞋**」，手提著鞋，僅穿著襪子貼地走來；他描寫兩人相見那一瞬間，則是「一向偎人顫」，兩人相依時身體都微微發顫；最後李煜終於說出了原因，「奴為出來難，教郎恣意憐」，兩人見面相當困難，因此要更加珍惜。李煜無論是對小周后感情的濃烈，或是對大周后所表現出來的懊悔，他投入的情感都是真摯濃厚的。

大周后過世三年之後，她的妹妹滿十五歲，也被封為皇后，世稱小周后。李煜與小周后也相當恩愛，只是沒過幾年，兩人就一同被宋太祖趙匡胤俘虜了。

李煜投降成了亡國之君，小周后也被迫做「鄭國夫人」。更讓兩人感到苦恨的是，宋太宗還看上了小周后，多次寵幸，想要把她占為己有。[15]小周后每次入宮就是數日，李煜嘗到的就是「生離」的滋味。他幾天看不見小周后，心急如焚卻又不敢探聽消息。好不容易小周后苟且偷生地回來，每每也僅能向李煜大聲訴苦，而李煜除了心痛，卻也莫可奈何。三年後，李煜被毒殺身亡，小周后也在同一年香消玉殞了。

參考資料

胡雅雯，《李煜詞篇章意象探析》，國立臺灣師範大學國文學系碩士論文，二〇〇八。

陳慈君，《華麗與幻滅——李煜詞中的生命反差》，國立中興大學中國文學系所碩士論文，二〇一五。

與李煜經歷的種種變動不謀而合

——憂鬱症的多元成因

李煜早年享盡榮華富貴，二十二歲才被指派參與國家政事，二十四歲時經歷了父親李璟過世的哀痛，但他還來不及接受這個事實，便要登基即位。在位時，李煜經歷了兒子早夭、大周后過世、親生母親鍾太后病逝之苦痛，對外還有國政外患之種種壓力。他三十五歲對宋稱臣，三十八歲開城投降被俘，被關在汴京城內失去自由。此時，李煜回顧過往，想起父祖建立的南唐國已然毀在自己手上，更是備嘗艱辛與痛苦。鬱鬱寡歡的李煜，最終在四十一歲被毒殺死亡。李煜一生中，身上背著各種壓力，而這些變動，都可能是促發憂鬱或加重憂鬱的因子。

根據世界衛生組織（ＷＨＯ）統計，全世界有高達百分之五的人患有憂鬱症，也就是二十個人中就有一個人為憂鬱所困擾。[16]由此可知，憂鬱並不少見，因此也不須要特別避諱。一聽到「憂鬱」，許多人的第一個問題會是，「什麼是憂鬱？」關於憂鬱的相關症狀表現，可參考杜麗娘一章。至於第二個問題則是，「為什麼會得到憂鬱症？」這個問題不容易回答，但從李煜這輩子的經歷，我們可以約略觀察出其中原因。

常見的最後一根稻草——壓力

過去人們憑第一印象，大部分會將憂鬱成因歸因於「壓力」，由於「壓力」而導致「憂鬱」。從人體中樞神經來看，腦部神經面對壓力之反應，將導致憂鬱症狀的相關表現，這部分是可以從神經變化連結到相關表現的。

壓力是導致憂鬱症的原因之一，生活的壓力事件也時常使人情緒隨之起伏，若憂鬱相關症狀表現嚴重，可能進展為憂鬱症發作。其中，壓力事件導致第一次的「情緒疾患」發作是較為常見的。在所有壓力事件中，配偶過世與離婚，是最常見影響情緒的生活壓力事件。

失去與失落是壓力中最常見的共同核心意涵。實際上的失去，是面對親友過世、搬家離開、離別遠去，而想像將發生的失去，則是自己或親友生病、受傷或發生意外。情感上的失落，是人與人的連結終止，任何情誼（包含愛情、友情、親情等）的結束，或是想像中可能將會結束，都會讓人有「失去感」，進一步導致情緒低落。另外，對空間

人生常見壓力

職業壓力：事務繁忙、工作調動、長工時、人事變動、失業等。
經濟壓力：投資失利、負債、急需用錢等。
健康壓力：死亡、自己或家人之身心疾病、照顧壓力等。
家庭壓力：家庭變動、青春期、空巢期、家庭內感情不和、婆媳關係等。
感情壓力：結婚、離婚、失戀、單戀等。

與時間的流逝感、對物品的毀壞或面對景色的消逝，也都可能會產生失去與失落的感覺，進一步引起壓力，而是否有方式排解，也會影響之後憂鬱的輕重表現。

面臨壓力，身體會有什麼應對反應呢？

身體面對壓力所引起憂鬱的反應較為複雜，也是現今持續在專研的主題。有些研究會去觀察憂鬱表現與身體內分泌素與荷爾蒙的關聯，也有些學者專注於憂鬱症與身體發炎反應之間如何相關（例如：大量發炎激素造成憂鬱症狀表現），或是腸－腦軸線（gut-brain axis）[17]如何相互影響。另外，隨著影像學的發展，人們越來越瞭解腦部構造與功能，也發現憂鬱症個案的腦部有些變化（像是部分腦區體積縮小，或某部分神經傳導功能改變）。目前研究中較為人所知的、在治療藥物也有相當進展的，就是神經傳導物質的改變（詳見頁283）。

除了壓力之外的三大影響因素

同時，憂鬱症發作的背後，還有其他至少三個重要的影響因素。第一是特定的遺傳基因；第二是生命早期的壓力經驗；第三是社會支持度。

「為什麼會得到憂鬱症？」這問題的答案和許多因素有關，除了壓力，人們聯想到的，便是透過基因「遺傳」的生理原因。因此，科學家透過研究與統計，去瞭解一個家族中，有哪些人具有情緒疾患，是如何分布的，再進一步去探究是否與哪些特定基因有關。

家族中若有人有憂鬱症病史，其他家人會有較高的機會引發憂鬱症。根據統計，若是父母兩人中，其中一人有情緒疾患的表現，那孩子會有情緒疾患的機率約為五分之一（10～25％），也就是平均五個孩子中會有一個有情緒疾患；而若是父母兩人都有情緒疾患的表現，那孩子會有情緒疾患的機率約為五分之二（20～50％），是父母僅有一人有情緒疾患的兩倍。

從另一個角度來看，父母都有情緒疾患，孩子未來也有情緒疾患的機率卻不到一半（50％），由此可知，遺傳大概僅能解釋約其中一半的原因。同樣地，若是從雙胞胎研究（例如：同卵雙胞胎基因相同，但在不同的家庭成長）來解讀，基因大概只能解釋約一半的原因（50～70％），另一半的原因，就不一定能歸咎於基因影響。若非基因，可能即為家庭因素，家庭因素是指受到家庭氣氛、共同壓力等影響而有的情緒疾患表現，因此，目前主流的憂鬱成因觀點會認為，憂鬱症是「基因」

憂鬱症病發相關原因

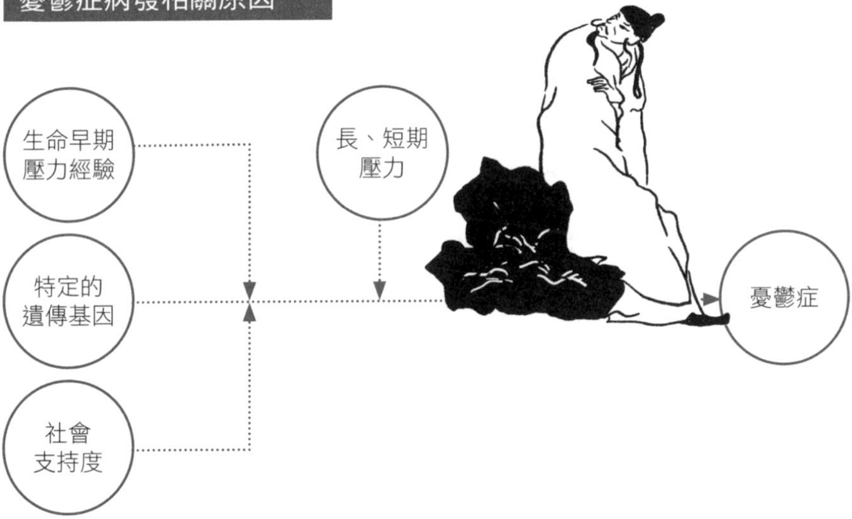

與「環境」經過長時間交互作用後綜合表現的結果。

第二個影響因素便與環境因子相關，是生命早期（尤其幼年時期）的壓力經驗。不論是早年失去親人、早年時身體有重大疾病或創傷經驗，這些都會增加日後情緒疾患的機率。

負責情緒控制的是大腦前額葉區域，它的成熟時間最晚，要到二十五歲才發育完成。因此在這之前，若是受到極大的壓力，腦部神經迴路的發展就會受到影響，有些影響甚至是難以恢復的。研究發現，若是有早期的創傷經驗，從大腦影像學來看，腦部結構會改變、腦部體積也會減少，另外，全身負責壓力調控的下視丘－腦垂腺－腎上腺軸（hypothalamic-pituitary-adrenal axis, HPA axis，關於 HPA axis，詳見聯經出版的《文豪酒癮診斷書》頁73），也會因此增加活性，變得更為敏感。

第三個因素是社會支持度。憂鬱症發作較常出現在離婚、分居、缺乏親密人際關係的人身上。而憂鬱相關症狀表現是否會變成憂鬱症，與社會因子也有相關，「與人保持連結」更是其中的關鍵。若能有較完整的人際支持系統，在面對壓力時，就能夠藉由人際互動來抒發（不論是向人訴苦或是請人陪伴），憂鬱症的發作機會也能因此降低。

較難抒發情緒的人會受限於自己給自己較低的社會支持，旁人無法得知，也難以協助幫忙，這常常就會是增加憂鬱發作與持續的原因之一。因此，開朗、樂觀的人也可能憂鬱，而面臨壓力時，有沒有人際社會的支持、有沒有適當的紓解方式，常常是憂鬱症會不會發作的原因之一。

回到李煜身上，他在二十二歲之前幾乎是無憂無慮、享盡了榮華富貴。但到了二十二歲之後，對他來說，父親的過世已然是痛苦緣由，加之「成為國君」的工作壓力突然降臨到他身上，更是讓他煩悶憂愁、喘不過氣來。之後的幾年之間，兒子、太太、母親接連過世，李煜的人際支持也減少了許多。到了投降後，李煜面臨了國破家亡。他帶著滿滿的愧疚與悔恨生活著，同時還被關在人地不熟、沒有自由的汴京城中，社會支持與過去比起來減少許多。以上種種因素，都是直接或間接導致他憂鬱的可能因子！

•••• 延伸閱讀

姚乃琳，《大腦修復術：一本書教你如何應對憂鬱、焦慮、強迫症、拖延、社交恐懼、注意力不集中等精神困擾，幫助你平衡生活壓力、提升工作表現》，麥田，二〇二〇。

晏幾道憑什麼被說是「古之傷心人也」？

晏幾道一生投注了深深的情感在她人身上，有一見鍾情、有一往情深，更有一旦別離時的傷心愁緒。而晏幾道的這份傷心，他的父親晏殊卻早有體悟，晏殊將會怎麼開導晏幾道呢？晏殊在約四十七歲時生下晏幾道，假若正當青少年的晏幾道與邁入老年的晏殊，分別經歷了一段憂鬱時光，不同年紀的憂鬱症症狀表現將會有什麼特色？

他的深情形象

晏幾道對小蓮小姐的美貌是這樣描述的：「梅蕊新妝桂葉眉，小蓮風韻出瑤池。」[1]小蓮小姐啊，美若天仙。她剛畫好了梅花妝、描好了桂葉眉，姿態風韻就如同從瑤池走出來的仙女。她還能歌善舞，可說是色藝雙絕的美人。

而他對小蓮小姐的個性則是這樣形容的：「小蓮未解論心素，狂似鈿箏弦底柱。」[2]小蓮小姐啊，熱情狂放。她還不懂得怎麼向別人傾訴衷情，但用雙手快速撥弄琴弦所發出的熱烈樂音，就顯出了她不受拘束的鮮明性格。晏幾道對小蓮小姐可說是一往情深，剛見面便被迷住了。許久之後，他仍然深深記著小蓮小姐，還有當時兩人見面的時光。

「記得春樓當日事，寫向紅窗夜月前。憑誰寄小蓮？」[3]他還記得當年在青樓時的種種美好，但現在在窗前月下寫了這封信後，又有誰能替他寄去給小蓮小姐呢？

晏幾道對小蓮小姐的思念越來越深，不知道她現在何處，也不知道她過得如何。「手捻香箋憶小蓮，欲將遺恨倩誰傳。」[4]他將思念之情寫成詩句，題上香箋，卻一次次地苦於無人能幫忙傳遞送出。

他深情，但也同樣專情嗎？

詞句中，「他」投入的感情深刻，沒有隨著時間淡化，不知道小蓮小姐看到後，是不是感覺時時被人惦念著的自己，在對方心中是世上獨一無二、無人能及的呢？

然而，實際上，「他」情感所投注的對象，並不執著於小蓮小姐，似乎還有其他好幾位「知音」。

還有小雲和小鴻小姐。「有期無定是無期，說與小雲新恨、也低眉。」[5]晏幾道體會到人世間的情分並不可靠，「總盼望得到」的約定也可能遙遙無期，當他說給小雲小姐聽，她也受到感觸而低眉沉思；「問誰同是憶花人？賺得小鴻眉黛、也低顰。」[6]當晏幾道問有誰也是追憶梅花、感嘆人事已變的人，他觀察到小鴻小姐皺著眉頭、低下頭來；他準備要與小雲、小鴻小姐分別時，滿懷情意地說：「『雲』『鴻』相約處，煙霧九重城」[7]，約好下次在煙霧繚繞的京城中相見。

晏幾道的詞中，還有「『小瓊』閒抱琵琶」[8]、「『小蘋』微笑盡妖嬈」[9]、「『阿茸』十五腰肢好」[10]，他將對方的長相美貌、琴技歌藝，與似乎與他「相知相惜」的種種樣態，模擬呈現在詞中。無論如何，雖然不知道這些小姐心中怎麼想，但他任性地把她們所思所想寫在詞中，變成了一個永恆（但不一定真實）的畫面。晏幾道，大概是把最多人名字嵌寫入作品中的詞人了。

晏幾道與詞中人的緣分實情

晏幾道最有名的詞作是描寫小蘋小姐的〈臨江仙〉，後半闋他是這樣寫的：

記得小蘋初見，兩重心字羅衣。琵琶絃上說相思，當時明月在，曾照彩雲歸。

晏幾道記得與小蘋小姐初次相見時，她穿著心字圖案的輕軟絲衣，那時她正彈奏著琵琶，似乎在訴說她的相思之情。而今，照著她歸去的明月仍在眼前，小蘋小姐卻已不在。詞中，小蘋小姐穿的「兩重心字」衣裳讓晏幾道聯想到「心心相印」，她彈奏的琵琶聲讓他感覺到「相互思念」。在晏幾道眼中，似乎不單單只是自己單向的感情付出，遠處的小蘋小姐應該也是正在思念著自己的。

小蘋小姐出現的次數不是最多，但「記得小蘋初見」卻讓她大大有名。從晏幾道詞中去想像，小蘋小姐應該與晏幾道有著濃厚緣分，從初次見面、相互瞭解、到相知相熟，兩人似乎彼此皆有著深深情意，可惜，在現實種種壓迫下才不得不分別，留下晏幾道難解的悵然與愁思。然而，晏幾道與小蘋小姐的緣分真有如此深厚嗎？那麼小蓮、小雲與小鴻小姐，以及其他沒有被寫出名字的小姐呢？

由詞作表現與實際去看晏幾道與大家的交誼，很難想像這些小姐幾乎都是晏幾道朋友家的歌女，他僅僅是偶爾到訪，他的這些詞作，都來自於在朋友家宴會時，酒酣耳熱下的短暫緣分。[11]這些緣分可能不長，瞭解可能不深，對象也可能眾多。甚且晏幾道筆下許許多多所謂「雙向」的情感交流，可能都只是他單方面的揣想與表述。

為了感情而傷心的晏幾道

晏幾道的詞中，最常表現出來的，便是他感情付出的三階段：一見鍾情的相遇，一朝別離的感慨，一生牽掛的思念。晏幾道的傷心愁緒來自於離別、思念。對他來說，曾經的相遇與別離都成了現今的追憶素材。不論是良辰美景還是賞心樂事，晏幾道所聯想到的都是「物是人非」，不自主地感到遺憾與憂愁。人家說晏幾道是「古之傷心人也」[12]，看到的便是他詞中所透露出的悲戚。

晏幾道付出感情的第一階段是一見鍾情的相遇。他在飲酒聽歌時，就對宴中歌女情有所鍾。「紅杏開時，花底曾相遇」[13]，他記得第一次見面時的相遇緣分，伴隨著這樣的記憶，他想起了當時的良辰美景。晏幾道的一見鍾情便是之後深情與愁情的開端；而晏幾道付出感情的第二階段是一朝別離的感慨。有相聚便有離別，當晏幾道過度注入情感，甚至自作多情，離別那一刻所帶來的痛苦情緒便常常令他感到苦惱。「春夢秋雲，聚散真容易」[14]，他感慨相遇之後，人世間沒有長久相聚，總有一天必定會別離。

晏幾道描寫得最深刻的，便是付出感情的第三階段。他內心懷著離愁別恨，雖期盼再續前緣卻無果，反覆回憶刻劃出的複雜心緒，就是他一生牽掛的思念。對小蘋小姐寫的這首〈臨江仙〉上半闋，便是晏幾道別離後思念對方的生活狀態。

夢後樓臺高鎖，酒醒簾幕低垂。去年春恨卻來時，落花人獨立，微雨燕雙飛。

某一天，晏幾道酒醉夢醒後，想到去年春天也如此時一般，別離的愁恨又悄悄在他心中滋生。晏幾道看著燕子在微風細雨之中雙雙飛過，而人卻只能在落花凋殘紛飛中孤獨地站在院中思念。時間緩緩流逝，但晏幾道的傷感與愁緒卻未隨之減少。然而，就算是重逢，晏幾道也沒有太多的興奮，反而似是透露出了更深沉的悲慟：

從別後，憶相逢，幾回魂夢與君同。今宵剩把銀釭照，猶恐相逢是夢中。[15]

晏幾道與某位小姐離別之後，總是盼望著哪一日能有機會重逢。不知道已經有多少次了，兩人只有在夢中才能相遇。今夜，晏幾道果真與這位小姐喜相逢，他挑起銀燈想要盡情細看敘舊，但仍害怕擔心這次的相逢又是在虛幻的夢中。詞中，晏幾道對這位小姐的相思之深，使他時常魂牽夢縈，重逢後反而更顯相思之苦。

別離時傷悲、重逢後也痛苦，可以說，晏幾道是不分時刻都在傷憂的。或者可以這樣想，對晏幾道而言，不必要是相聚相別的難忘時分、不必要有好景佳人的觸發機會，光是面對時間的匆匆流逝，就會讓他感到愁苦萬分。

年年陌上生秋草，日日樓中到夕陽。[16]

晏幾道面對著尋常景致，感慨著時光荏苒。每年看著田間小路上生出延綿無盡的秋草，詞中之人也是一天天地待在樓中倚盼，直到夕陽緩緩西下。

從晏幾道的詞中可以觀察到，不一定要有多大的外在壓力才會讓他感到傷心，面對無法重來的時間與相伴而來的年歲增長，就夠讓他久久不能釋懷了。由此來看，晏幾道寫的「『去年』春恨卻來時」[17]、「『當年』拚卻醉顏紅」[18]，是藉由追懷往事來感傷人事已非，從今昔無常之變化來體現時光消逝、歲月不待。

晏幾道如此傷心，他的父親卻早有體悟

晏幾道面對時光流逝的感傷與憂愁其來有自，他的父親晏殊能敏銳地捕捉有限的年光歲月與其中隱約變化，並呈現於他的詞中。其中便隱隱透露出了他的憂愁感傷。

無可奈何花落去，似曾相識燕歸來。小園香徑獨徘徊。[19]

晏殊所看到的與晏幾道一樣，都是尋常可見的景物。晏殊看到了將凋落的花朵，抬頭則遇見了正歸來的燕子。晏殊從花的凋落聯想到無力阻止的時光流逝，而從燕的歸來，他體會到事物在消逝之後仍會出現。晏殊思索著大自然運行許久的規則定律，這些變化與不變的道理，讓獨自走在花園小路上的他，久久不能釋懷。

晏殊的憂傷感觸，在另一首〈浣溪沙〉中更顯而易見，詞的開頭是：「一向年光有限身，等閒離別易銷魂。」[20]片刻的時光轉瞬即逝，有限的生命一去不返，平常的別離時刻也讓人感到難過傷心。那麼，能怎麼辦呢？晏殊在詞的結尾處要自己「不如憐取眼前人」，珍惜

現在的時光與人物，把握現在所擁有的，便可以減少追悔之思，與離愁別恨之深情。

晏幾道的憂傷，雖然看起來是對人的一見鍾情、一朝別離與一生牽掛而觸發了他的感觸，但隱隱暗藏在底層的，是來自於他對時光消逝的感傷。晏幾道被說是「古之傷心人也」，其來有自，因為他似乎無法排解這些離愁別恨與時光流逝的感嘆，時時把這些事物、情緒寫入詞中。但反而是他的父親晏殊，在更早時候就有所體悟，隔空回應了他，要他——把握當下——珍惜現今的時光。

••••參考資料

詹琪名，《依違之間：晏幾道其人其詞的內在辯證》，國立臺灣大學文學院中國文學研究所碩士論文，二〇一六。

若是晏幾道與晏殊同時經歷憂鬱
——不同年紀憂鬱症的表現特色

晏幾道是晏殊的第七個兒子，晏幾道出生時，晏殊已經大約四十七歲，[21]中年得子，再加上當時晏殊為宋代高官，晏幾道小時候的生活應是衣食無缺、備受疼愛，且自小就獲得了良好的教育。在晏幾道十七歲的青少年時期，父親晏殊過世，家道逐漸中落。晏幾道經歷了由盛而衰的變化，這或許與他詞作中經常出現的今昔對比之感相互關聯。晏幾道面對離愁別恨的「傷心」是來自於對時光易逝的感嘆，則似乎是繼承自父親晏殊對於人生有限的感嘆。

西元一〇五四年，當時晏殊六十三歲正邁入老年，而晏幾道則是十六歲，正當青少年。我們可以來看看，若是兩人分別在當時經歷了憂鬱症，老年人與青少年分別會有什麼不同的憂鬱症表現。

青少年的憂鬱症表現特色

青少年正在登高爬坡接受挑戰，面臨著人生成長中必經之路。由於青少年時期體內性荷爾蒙開始大量分泌，影響了神經系統的各樣成熟發育（腦部前額葉發育，詳見頁132），腦部神經傳導物質（如血清素與多巴胺等）的分泌因而變動，進一步影響情緒變化。因此，青少年的生理與心理狀態，也都有明顯的起伏改變，這也是為什麼青少年是憂鬱症好發的時期。

同時，青少年對愛情充滿著渴望，當情竇初開，有投入感情帶來的期待與失望，也有著感情結束時

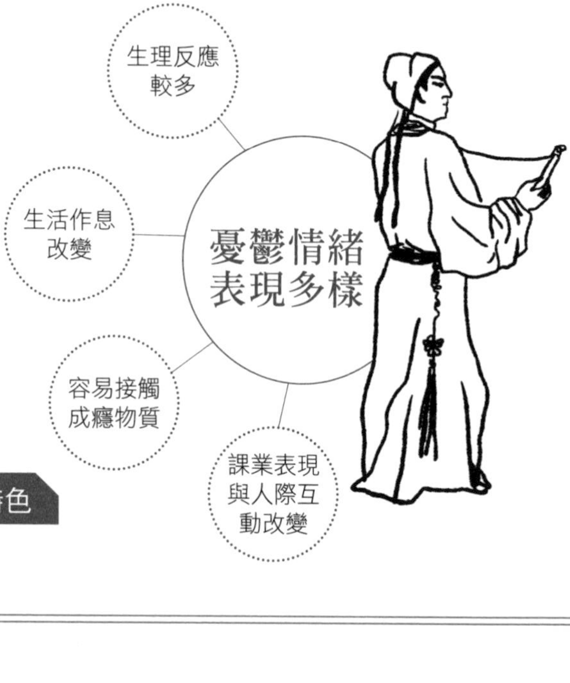

青少年憂鬱症表現特色

的受傷與不解。青少年思考著什麼是自主獨立與依賴他人的分別，容易感受到自己不被他人所瞭解，也較容易與最親近的家人朋友發生衝突。另外，青少年被要求完成課業，需要付出的時間與體力也是不小的負擔。這些壓力與伴隨而來的相應情緒，都是青少年時期須要去面對的。

青少年會因為較為不瞭解自己的情緒，覺得有負面情緒是不對的，而容易壓下情緒、不讓它表現出來，甚至會覺得「自己不好」、「不喜歡自己」，而且青少年也比較不清楚要如何去面對情緒與向外求助，因而不常對旁人吐露心事。青少年的憂鬱症表現會有以下一些特徵：

✺ 憂鬱情緒表現多樣

青少年一樣會表現出情緒低落，但情緒起伏較大，也較容易哭泣，持續好幾天都沒有改善。另外，青少年的憂鬱也容易表現出感到煩躁不安、容易看許多人事物不順眼而被惹怒（或被認為「叛逆」、「耍脾氣」），甚至因此有暴力行為。

✺ 生理反應較多

容易覺得累、沒有體力。較常抱怨身體不舒服，包含頭暈、頭痛、胸悶、腸胃不舒服、肌肉痠痛，或較不典型的生理痛。可能因此無法到校或上課。

✺ 生活作息改變

飲食可能是胃口變差或變大，須要觀察體重的變化。睡眠習慣改變，可能是失眠或睡得過多，須要注意真正睡眠時間。由於飲食與睡眠都改變，體力與活力也隨之改變，變得白日較常打瞌睡，晚上較有精神，導致日夜週期顛倒。另要注意夜間活動與網路使用時間。

✺ 課業表現與人際互動改變

學業成績突然退步、原先有興趣的休閒活動出現改變、缺曠課的次數增加，或是拒學。與同學、家人的社交互動減少，與周遭的人衝突增加，較容易成為霸凌者或受霸凌的對象。

✺ 容易接觸到成癮物質

透過物質來緩解情緒低落或焦慮不安，常見為周遭環境中容易取得之物質，包含限制未成年使用的含酒精飲料與香菸，與愷他命（Ketamine）、笑氣、毒咖啡包等非法物質。

青少年憂鬱症不是一時的情緒困擾，也不全是適應上的問題，若是有不自主地「想到死亡」或「傷害自己」的行為，就要特別留意，這可能表示最近的情緒與壓力到了低谷，需要一些時間逐漸復原。不過，這樣的低落狀態不是一個常態，是會慢慢恢復的，與其獨自面對，不如尋求幫忙，讓周遭的人一起想辦法。

老年的憂鬱症表現特色

生老病死中，「老去」也是人生必經之路，這次的挑戰則是如何優雅下坡。

人體逐漸老化時，身體的機能會慢慢改變，腦部也不例外，透過腦部影像學可以觀察到腦部萎縮、密度改變等。另外，腦中神經傳導物質（如血清素、正腎上腺素、多巴胺等）的調節會不如以往，身體面對壓力的反應調節也可能衰退，對壓力的承受度會減少，再加上腦部血管與腦本身的老化，這些都可能影響情緒與其反應。此外，身體疾病包含心血管疾病、糖尿病、甲狀腺功能異常等，可能也和老年憂鬱有關。

同時，老年時碰到的壓力相當複雜，老年人的身體病痛多，面臨到的「失去」經驗也多（關於失去，詳見頁40）。「失去」造成的壓力是不容易面對的，失去包含親朋好友的離世，其中以喪偶對生活與情緒的影響最大。失去還包含失去工作、失去經濟來源等，都是實際上從有到無的落差。另外，對於健康「失去」了控制，身體狀況不復以往，病痛纏身、體力下降，原先能做的事情，現在做起來卻不盡人意，也有形無形地增加了許多內心壓力。

老年時常會出現孤單感（loneliness）。退休後「無事一身輕」，卻也減少了可固定互動的人群，若退休生活的時間安排尚未到位，就可能出現無聊與孤單的感覺。親友離世，失去了相互陪伴與支持的人，晚輩又可能忙於事業或其他，當缺少陪伴與情感的滿足，一個人面對老去與病痛的孤單感便會油然而生。

當人生由山峰走下山，他人可能正往上爬。老年時，須要面對的便是，自己可能開始需要依靠、求助他人，這和過去在家庭或工作上扮演的角色一對比下來，便有強烈的落差感受。此時，會覺得自己較沒有尊嚴，感覺

老年憂鬱症表現特色

老年憂鬱常見心理原因	不覺憂傷的憂鬱症
面對「失去」經驗多	少表現出憂鬱情緒
「孤單感」強烈	多抱怨身體不適
感到失去「主控性」	如同失智症狀表現

到失去主控性（autonomy），以及他人對自己較少的尊重（low level of respect），這也是老年人心中常須要去面對的主題。

老年的憂鬱症表現也有一些特徵，甚至有人描述為「不覺得憂傷的憂鬱症」：

✹ 憂鬱情緒表現不同

老年人較少表現出典型的傷心、難過、沮喪等情緒，反而較常出現焦慮情緒，或較容易因小事而發脾氣。

✹ 身體症狀更明顯

相對於心理不快，老年憂鬱表現更常提及「身體不舒服」，常表現的身體症狀有頭痛、全身不同部位痠痛痠麻、腹部不適（腹痛、腹脹、便祕、拉肚子）、胸口悶痛等（詳見頁196），其他也包含口乾、沒有胃口、失眠等表現。憂鬱情緒可能促發或加重其身體不舒服，或延後恢復的時間。

✹ 如同失智症狀表現

常表示「忘記了」或是回答「不知道」。老年憂鬱會以記憶力與注意力等認知功能的變化來表現，像是抱怨自己記憶力不佳、注意力無法集中，或從旁觀察到老年人的判斷力不如以往、思考變得較為遲緩等，這些可能都是憂鬱症表現。有超過一半的老年憂鬱症會影響其認知功能，所以老人憂鬱又被稱為「假性失智症」（pseudodementia）。

老年人的身體病痛多、面臨的「失去」經驗也多，因而憂鬱情緒甚至是憂鬱症時常容易被忽略。同時，老年憂鬱症容易和其他身體或是精神疾病互相影響，甚至相互加深彼此的症狀，進而影響生活品質。而最須要注意的是，老年憂鬱有時會有「不如一了百了」的想法，覺得身體病痛與心理不適，可以透過「自我結束生命」來解決。老年人自殺的決心較高，會用較為強烈的手段進行，且老年人的身體狀況也較年輕人不佳，因此，老年人自殺所導致的死亡風險更高。

延伸閱讀 ••••

謝依婷，《我們的孩子在呼救：一個兒少精神科醫師，與傷痕累累的孩子們》，寶瓶文化，二〇二〇。

蔡佳芬，《一直喊不舒服，卻又不去看病：老年精神科醫師蔡佳芬教你照顧長輩，不心力交瘁》，寶瓶文化，二〇二〇。

秦觀好愁

秦觀與晏幾道被並稱為「古之傷心人」，而秦觀的人生遭遇則更為坎坷。他早年仕途不順、懷才不遇，後來則被歸為舊黨人士而受貶，五年五處，越貶越遠。秦觀面對煩悶憂愁卻沒有解方，最終他選擇了進入酒鄉。

秦觀透過喝酒來解憂，真的會如他所願嗎？飲酒怎麼影響情緒，長短期飲酒又有什麼不同？

自在飛花輕似夢，無邊絲雨細如愁。寶簾閒掛小銀鉤。[1]

空中自在飄飛的花瓣，輕得好像是夜裡的夢，而無邊無際下著的如絲細雨，卻好似人心中的憂愁。在這樣說不清也排不開的愁緒中，還是別看了，用銀鉤把窗簾掛起來吧。

這首詞出自秦觀手筆。秦觀作為才華橫溢的文學家，擁有敏感的心思和感官，善於捕捉生活意象書寫詞作，是北宋詞壇婉約派的代表，他也和晏幾道一同被譽為「古之傷心人」。秦觀在京城當官時，受到了蘇軾的欣賞，進而與其交好，之後，便與黃庭堅、晁補之、張耒合稱為「蘇門四學士」。然而，也因蘇軾之故，他被歸於舊黨人士。

秦觀的人生遭遇十分坎坷，成年以前，經歷父母雙亡之痛，成年以後，雖努力考中進士，卻飽嘗仕途不順之苦。於是，「愁情」成了他的寫作基調，在詩詞作品中，委婉地呈現出生活中的困頓失意，有意無意地顯露個人的感傷心情。

秦觀是用「愁緒暗縈絲」[2]來形容幽微長出的愁思，說愁思就像絲線纏繞著心頭。對於遠別之人無能為力的相思，他寫道：「困倚危樓，過盡飛鴻字字愁」[3]，每回望見雁群飛過，在空中排成人字隊形，就會想起那個和自己天涯兩散的人，思念到心中發愁。與恩師蘇軾久別重逢時，他貼切描述兩人是「南來飛燕北歸鴻，偶相逢，慘愁容」[4]，就像是飛燕與鴻雁，帶着悽慘悲苦的面容難得相見。

秦觀描述愁之詞句，其實都寫入了自己的人生感慨，抒發了心中真實的情緒，後人評論秦觀的詞是「詞心」[5]，這也是因他的詞作是出於最真摯的情感。秦觀的這個「愁」，在他人生的最後幾年，意義其實有很大的不同。

「愁如海」——受貶之後，愁苦劇增

紹聖元年（一〇九四年），十七歲的皇帝宋哲宗終於親政，從他九歲登基起，八年來都是高太皇太后當家主持，她信任舊黨人士，國家大小事也都由太皇太后作主。太皇太后過世後，哲宗終於上位，一年之間就把舊黨人士貶到遠地。秦觀作為蘇軾門人，也不免被貶謫他方。

秦觀將離開京城時的滿滿愁緒，濃縮為這首〈江城子〉。開頭就是「西城楊柳弄春柔，動離憂，淚難收」，秦觀看著楊柳在春風中擺弄著柔枝，想到師友即將四散各處，在感傷的離別時刻，他不禁潸然淚下。末句「便作春江都是淚，流不盡，許多愁」，更是將自己愁緒之多，具體地化作春江之淚，怎麼也流不盡這滿腹的愁苦。

四十五歲的秦觀，第一站被外放到了風景秀麗的江南杭州，但人還沒抵達，新的派令又把他帶至第二站——更遠的處州（今中國浙江麗水），此時的秦觀已然開始憂愁。在處州度過第一個冬天後，秦觀寫下了這首〈千秋歲〉，後半闋是這樣的：

憶昔西池會，鵷鷺同飛蓋。攜手處，今誰在？日邊清夢斷，鏡裡朱顏改。春去也，飛紅萬點愁如海。

秦觀想到過去，心中感嘆著，這才不到一年啊，怎麼人事變化這麼快？當時自己和好友們一同前往西池相會，一群人乘車出遊、聚會賦詩，好不快樂。怎麼當時握手言歡之處，現在一個人也看不到了？想到友人後，秦觀又想到自身。自己回到皇帝左右的美夢已經破滅，照了鏡子後才發現容顏逐漸憔悴。

詞的最後，秦觀發出了極為悲傷的嘆息，落花點點飄飛，美好的光景都已遠去，而自己的愁緒與苦痛更如同海一般又深又沉、難以衡量。謫居在異地，生活磨滅了秦觀的理想與期盼，他只能透過詩句隱隱地抒發。當時，其他人看到了這首詩，還擔心秦觀是不是快要死去，否則，怎麼會寫得這麼悲哀痛苦呢？[6]

貶謫時日，大環境沒有什麼改變，一樣是新黨人士掌權，舊黨之人四散在各地（蘇軾到了惠州、儋州；蘇轍從汝州一路貶到雷州、循州；黃庭堅到了黔州），大家自顧不暇、無法相互接應，秦觀難以指望回到京城。他在處州排解心緒的方式，是到佛寺聽禪，順帶幫忙抄寫佛經，除了能打發日子，也能透過佛家哲理化解他心中的苦悶。

然而，僅是因為如此，秦觀被人編織理由說他不務正業，請假去抄佛經。四十七歲的秦觀在處州待了短短兩年，便又被貶到了第三站郴州（郴，音ㄔㄣ，今中國湖南郴州），不僅距離京城更為遙遠，還被削掉了所有官職，對秦觀來說，這無疑是更大打擊。

「此恨無重數」——貶謫越遠，痛苦越深

抵達郴州，又過了一個冬天後，秦觀寫下了有名的〈踏莎行〉，最後兩句是這樣的：

郴江幸自繞郴山，為誰流下瀟湘去？

秦觀問了一個聽起來沒什麼道理的問題：「若是眼前的郴江是從郴山發源，就應該永遠繞著郴山、留在郴山，那郴江為什麼還要往下流到瀟湘水中去呢？」僅僅兩句詞語就透露著秦觀難以形容的絕望。秦觀似乎也想問，自己在京城也算是認真負責、忠心耿耿，應該要繼續待在那兒為官才是，怎麼最終會落得貶謫他鄉，一去不復返呢？在整首詞作中，都吐

露出了他深沉的悲哀：

霧失樓臺，月迷津渡，桃源望斷無尋處。可堪孤館閉春寒，杜鵑聲裡斜陽暮。
驛寄梅花，魚傳尺素，砌成此恨無重數。郴江幸自繞郴山，為誰流下瀟湘去。

詞的一開頭就是「霧失樓臺，月迷津渡」，秦觀用立體的景物描繪出了煩悶憂愁。樓臺是一個高大雄偉的意象，就像是自己的雄心壯志，現在卻被茫茫迷霧所掩蓋；津渡是一個通往他方的出口形象，像是可以接濟、指引自己的出路，現在卻在朦朧月色之中什麼也看不清楚。接下去的是「桃源望斷無尋處」，就算秦觀心中有理想的桃花源，卻是怎麼踏訪尋找都一無所得。

這是秦觀在郴州時的無助與絕望。外在現實環境打擊著他，內在情緒鬱悶也讓他難以振作。然而，寫下這首詞沒多久，秦觀又要趕去更遙遠的第四站——橫州（今中國廣西南寧）。

「為我洗憂患」——酒是唯一的慰藉？

四十八歲的秦觀離開郴州，生活又要重新適應。過往還能念佛抄經，現在他卻不敢了，

好不容易結交到當地朋友，如今也要分離。到了橫州，能讓他排煩解憂的方式減少，生活壓力卻增加，他窮困無助，甚至懊悔起當初入仕為官的決定。此時，秦觀似乎沒了其他的解法，只能喝酒，酒占據他生活的比重變得越來越高。

在橫州度過一個冬天後，秦觀自創了一首詞牌〈醉鄉春〉。從詞牌名就能看出，秦觀讓自己醉倒了！醉酒的他，寫下了自己的醉態，似乎暫將憂愁給擱到了一旁。詞的下半闋是這樣的：

社瓮釀成微笑。半破椰瓢共舀。覺傾倒，急投床，醉鄉廣大人間小。[7]

處於生命困境的秦觀，難得有一首較為開懷的詞句，細看後，不難發現，這全拜酒精的作用所賜！秦觀看著祭祀用的酒甕，裡頭的酒正帶笑看著他，想當然耳，他應該是醉了。秦觀似乎沒有酒杯，但也沒關係，用半破的椰瓢舀酒痛快暢飲也是相當快活。酣醉時，秦觀感覺到自己快摔倒了，於是趕緊投入床的懷抱。

詞的最後，秦觀對比出醉中境界與現實生活中極大的不同。秦觀生活蹇困，官場坎坷，自己沒有家人陪伴，做什麼事也都不順心，對當時政治局勢又無法抱有期盼，人世間幾乎沒有自己立足之地，只有醉後到了酒鄉，才感覺到世界遼闊，想說什麼、想做什麼都不用顧慮，這是多麼開心、多麼自得的世界啊。

又過一年，五十歲的秦觀再度被移調到新地點——雷州（今中國廣東湛江），算一算，這已經是他的第五站了。從四十五歲到五十歲，五年五處，折磨了秦觀的心志，也讓他的身體累壞了。不僅如此，此時秦觀還被「除名永不收敘」，就是一輩子都不能做官。曾抱著一絲希望的秦觀，當時的痛苦與絕望可想而知。

雷州已是最南方，與蘇軾所在的儋州（今中國海南）隔海相望。五十一歲的秦觀明明還在世，卻寫好了哀悼自我的詞作寄給蘇軾，詩題便是〈自作輓詞〉。秦觀假想自己過世之後的情狀，應該是草草地被埋葬在路旁，也不知道骨灰何時才能被送回家鄉吧。「**奇禍一朝作，飄零至於斯**」，秦觀把自己的處境歸因於一場巨變災禍，才會飄零羈留在遠處。「**荼毒復荼毒，彼蒼那得知**」，這一次又一次的殘害苦痛，上天又怎麼會知道呢？

憂鬱的秦觀，在雷州更常喝酒來寬心解憂，酒醉時便有那麼一小段時間不用煩惱。他寫下了四首〈飲酒詩〉，句句都在發表他酒後的心情。

秦觀認為世間萬物都會變化，「**虛空為銷殞，況乃百憂身**」[8]，連天空都有可能殞落消亡，更何況自己憂愁疲勞的身子。既然有這麼多變動，不如飲酒吧。秦觀還說，「**天生此神物，為我洗憂患**」[9]，上天創造了酒這麼個神奇的東西，不就是要為自己掃除心中的憂愁煩惱嗎？之後，他還發現了自己與他人不同之處，「**我醉方不啜，強啜忽復醒**」[10]，他喝酒就一定要喝到醉了才肯停下，但若還繼續勉強自己再喝，那可是會突然清醒的！

元符三年（西元一一〇〇年），宋哲宗病逝，新皇帝宋徽宗即位，由向太后臨朝聽政，舊黨人士似乎盼到頭了，紛紛接到北還詔書，貶謫日子終於結束。然而秦觀卻等不到了，距離他〈自作輓詞〉不過幾個月，來不及開心的秦觀便在北歸途中因病過世，享年五十一歲。

聽到秦觀的噩耗，蘇軾傷心不已，他感嘆秦觀是「當今文人第一流，豈可復得」[11]。他又將自己最愛的秦觀詩句，「郴江幸自繞郴山，為誰流下瀟湘去」寫在扇子上，哀慟地期望用盡方式來換回秦觀的性命。[12]然而，六年來因貶謫而遷徙多處的秦觀，次次遭受打擊而絕望的秦觀，終究憂傷地離開了人世。

參考資料

江文秀，《秦觀貶謫詩研究》，國立中山大學中國語文學系研究所碩士論文，二〇〇五年。

酒能當作秦觀憂鬱時的慰藉？

——憂鬱與飲酒的相互影響

秦觀敏銳而纖細，他年輕時所寫的詞句就透露著傷感，而後人生屢遭挫折，詞中更充滿著愁悶與苦痛。秦觀的人生境遇坎坷，因其詞中所表現出的憂鬱，而被後世稱為「古之傷心人也」。

「**謾道愁須殢酒，酒未醒，愁已先回。**」[13] 秦觀一生的憂鬱與酒分不開，在最後幾年的貶謫時日裡，更是需要酒精麻痺自己。但秦觀也提醒自己，不要輕易地說出「酒能解愁」這樣的話。在他的經驗中，酒還沒有醒，愁就已經先回來，飲酒來排解憂愁是無濟於事的。秦觀憑一己之敏銳觀察，唱出比李白「**舉杯銷愁愁更愁**」[14] 更貼近成癮科學的詞句，相當程度地描寫出了酒與憂鬱間的關聯性。

酒與憂鬱——愁更愁

有些人喝酒是為了享受酒精帶來的愉悅、開心效果；也有些人是為了轉移身體的不舒服或憂鬱情緒帶來的痛苦；更有些人認定喝酒可以讓自己快速進入睡眠，當下麻醉自己。飲酒得以遠離憂愁的情緒，酒後才能有短暫的快樂，也因此，憂鬱症最常同時出現的是使用酒精的相關問題，須要同時處理。有研究甚至指出，四位因憂鬱症而苦的人當中，就有一位有酒精使用相關問題（27%）。

酒精會促進體內腦內啡活化，進一步影響多巴胺系統，達到情緒愉悅的效果，然而，這個效果僅僅是暫時的。身

飲酒後的情緒影響表現

初期飲酒之作用 ………… 具有愉快感

中期飲酒之效果 ………… 較麻木、還可以的感覺

長期飲酒 ………… 僅為了避免不開心，但卻感到低落焦慮，出現戒斷症狀

體對酒精具有依賴性，因此人們會在不知不覺中越喝越多，需要更多酒精才有原先的效果，長期下來，將需要更高量的酒精才勉強會有舒服的感覺。同時，飲酒會讓情緒更為憂鬱，這是因為酒精會改變腦部神經傳導物質的平衡，包含血清素、多巴胺等與情緒相關的神經傳導物質（神經傳導物質可參考李賀一節）。其中，血清素的起伏變化與情緒較為有關。

飲酒後，酒精能讓多巴胺短暫分泌，達到愉悅開心的效果，然而長期飲酒下來，會造成平時腦內血清素之濃度較低，情緒表現便會不穩定，較常出現憂鬱低落、感受不到喜悅等樣態，體力也同時受到影響。若是長期飲酒又突然不喝，會出現酒精戒斷相關症狀表現（詳看《文豪酒癮診斷書》頁163），而憂鬱愁悶、焦慮煩躁就與酒精戒斷症狀表現相似。此時，不管喝不喝酒，情緒表現都不容易穩定。

若是長期喝酒與憂鬱症互相影響，就容易出現生活缺乏動力、感受不到快樂等樣態。與單純的憂鬱症相比，同時飲酒者的憂鬱症狀表現可能持續更久、更為嚴重。

菸與憂鬱——提高罹患憂鬱症的風險

除了酒，抽菸雖然也能暫時緩解壓力、達到放鬆效果，然而，若是長期抽菸，也會抑制腦內多巴胺與血清素系統，進一步影響情緒與控制能力，使原先低落的情緒更難回復。抽菸者未來有憂鬱症的風險也會提高。

非法物質與憂鬱——影響情緒機制複雜

臺灣常見使用的非法物質是甲基安非他命（methamphetamine），雖然號稱能讓人快樂、放鬆，但長期使用後，要從甲基安非他命中獲得快樂，可以說是緣木求魚。

甲基安非他命會讓身體中既有的多巴胺一次大量分泌，因此會有高強度甚至前所未有的愉悅感。然而，多巴胺須要重新製造、重新分泌，使用之後的一段時間會有接濟不及的時候，這就是「戒斷」。甲基安非他命戒斷時，會感到憂愁煩悶、身體疲憊，做什麼事都感到不太對勁。有些人會想在這時再度使用甲基安非他命，希望可以重新回到起先的愉悅感，但此時常常需要更大量才有效果，這就達到了成癮。

久而久之，這些愉悅感不再強烈，不舒服的戒斷感反而越來越明顯。長期使用甲基安非他命後，原先期待的愉悅感不再出現，卻時時感到憂鬱煩悶。較為嚴重的是，有些人使用甲基安非他命之後，可能導致心律不整甚至因而猝死；而有些人則是在戒斷時感到憂鬱難耐，便有自傷／自殺之舉動。以上這些，都和原先使用藥物以達成愉悅的目的背道而馳。同樣地，娛樂性用藥（recreational drug）雖然號稱能達到「娛樂」效果，但使用之後，藥物如何改變使用者的情緒，卻時常與使用者原先期待的愉悅目標相去甚遠。

•延伸閱讀•

廖泊喬，《文豪酒癮診斷書》，聯經出版，二〇二一。

同樣被貶，黃庭堅硬是走出了自己的路

黃庭堅與秦觀同樣被貶、也同樣憂愁痛苦，那幾年，他的內在心境也隨著外在生活環境而改變。然而，秦觀不久後離開了人世，黃庭堅晚年的詩與書法卻越顯淬煉，我們將從黃庭堅的詩文書法中，觀察到他是怎麼轉變心緒的。

黃庭堅的憂愁情緒有其相應原因，壓力一解，憂愁也跟著解除。而若是憂鬱症發作，它將會持續多長的時間？而一般憂鬱症發作還可以分成哪幾個階段呢？

北宋紹聖元年（西元一〇九四年），支持舊黨的高太皇太后過世，宋哲宗正式掌權。他年輕氣盛，一上位就先把祖母信任的舊黨人士們換下，貶到不同的地方，似乎認為如此就能有一番作為。其中，首當其衝的是蘇軾，他被貶到了南方偏遠的惠州（今中國廣東）。勇於嘗試新事物的他學著轉換心境，吃到了荔枝後大為讚嘆：「**日啖荔枝三百顆，不辭長作嶺南人**」[1]，自我消遣說願意永遠做嶺南人！

蘇門四學士也個個受到牽連，晁補之被分配到了東邊的濟州（今中國山東），張耒要去的是江南潤州（今中國江蘇），而秦觀到了更南邊的處州（今中國浙江），使他發出了「**飛紅萬點愁如海**」[2]之哀音，也開始了鬱鬱寡歡的生活。在這些人當中，黃庭堅被貶之處與大家相距最遠，只有他一路往西。

黔州——同樣被貶、同樣感到憂愁，但黃庭堅撐了過去！

這一年，黃庭堅四十九歲，人到中年遇挫折，使他相當不好受，更煩悶的是，一開始他先是被貶別處，還沒上任，朝廷又覺得太便宜了他。屢屢遭受打擊後，他被貶往了西南邊遙遠的黔州（今中國重慶彭水）。黃庭堅離開了原先所在的京城，想回頭眺望，卻被千山萬水重重阻隔，什麼也看不到，愁悶中，他便寫下了這幾句：

萬里投荒，一身弔影，成何歡意。（〈醉蓬萊〉）

黃庭堅前往黔州的途中，不論遇到什麼好景好事，只要看到自己的樣態、想著自己的處境，心情便怎麼樣都開朗不起來，而且還有盤旋的山路、曲折的水路，辛苦至極也危險至極。詩作中，黃庭堅多次提及路途上的必經關口——「鬼門關」[3]，隱約表達出他的害怕心緒與生死交關的強烈震撼。不過，當黃庭堅寫到「鬼門關外莫言遠」，明瞭鬼門關之外的路程還相當遙遠後，下一句接的卻是而今人們琅琅上口的名句：「四海一家皆弟兄」，就算再偏遠危險的地方，黃庭堅也有信心人們都親得如兄弟般友善！更值得安慰的是，這一路上有大哥黃大臨（字元明）相伴，倒也不那麼孤單。

✺兄弟情深，互寬慰訴苦衷

只是到了黔州後，兩人終須一別。黃庭堅看著哥哥，幾乎忘記自己羈旅異鄉，「三聲清淚落離觴」[4]，猿猴悲鳴數聲，自己傷心的淚水也灑落在離別酒杯中。此時的黃庭堅壓抑不住自己的情緒，想到別離與未知的將來，他終於在哥哥面前如實表達了心中真正的苦痛，提醒哥哥「從此頻書慰斷腸」，一定要多多寫信安慰苦憂的自己啊！

不止是跟哥哥之間，黃庭堅幾兄弟的感情都好。黃庭堅到了黔州的隔一年，弟弟黃叔達（字知命）就跋山涉水、攜家帶眷，更護送黃庭堅的妻兒來與黃庭堅重享天倫之樂。「兄弟燈前家萬里，相看如夢寐」，兩兄弟在距離家鄉萬里之處重逢，就好像在夢中。開心之餘，黃庭堅對弟弟說了些心底話：

莫厭歲寒無氣味，餘生吾已矣。[5]

黃庭堅對未來感到悲觀、甚至有些自我封閉，他直白地對弟弟說，自己現在對前途已不抱什麼希望，自己的生命也即將走盡，但希望他不要嫌棄自己心灰意懶、毫無光彩的樣子。可以說，只有在親兄弟面前，黃庭堅才敢表現出痛苦、陰鬱的心情，而這樣的憂鬱心緒，皆來自於貶謫異地、生活與經濟上的適應壓力。

✺ 心情苦悶詩作少

黃庭堅在黔州時的幾年，詩作極少，或許是擔心寫出的文字傳出去又會惹出什麼麻煩，或許是心情不佳、沒有什麼動力寫作。黃庭堅此時的詩作還有許多是化用他人詩句再稍做修改，所謂「裁剪」以期「點鐵成金」，如此一來，黃庭堅詩中抒發的憂愁心情，似乎可以推託還給原作者多些！

〈謫居黔南〉十首是黃庭堅這時的代表作，全篇幾乎都化用了白居易的詩作。黃庭堅寫「冷淡病心情，暄和好時節」[6]，對比了好景時節與自己的幽寂心境，字字皆取自於白居易；「十書九不到，何用一開顏？」[7]山長水遠，親友的書信往來時常沒法傳到，自己又怎麼須要綻露笑顏呢？這比白居易的「何以開憂顏？」情緒來得更濃烈。在黃庭堅最後一首的修改中，則傳達出了他真實的憂傷與孤單：

> 病人多夢醫，囚人多夢赦。如何春來夢，合眼在鄉社？

日有所思，夜有所夢。白居易原先寫的是「渴人多夢飲，飢人多夢餐」[8]，指飢渴的人們，夢到的是各式飲食。黃庭堅寫的卻是自己生了病，夢中希望能被醫治。而在遭受貶謫到黔州的這幾年，闔眼睡下後，他更是時常夢到自己被赦歸返，自然而然地回到了家鄉。透過稍微更動白居易的字句，黃庭堅吐露出了自己遠在他鄉的寂寞憂愁。

✺ 提筆練字更精妙

在黔州這幾年，黃庭堅要面對不少艱辛與困頓，所以少寫了詩詞新作，然而，這些年中，他竟也獲得了些意想不到的收穫。紹聖元年，政治景況上顯得是風雨欲來，這讓黃庭堅惶惶不安，不知道自己會被貶到何處。他發現自己先前鋒芒太過，現在才終於瞭解了草書心法！[9]在黔州的路途中，他觀察到船伕們在江河波濤中行船搖槳，[10]有的時候要順水推舟，有的時候要逆流而上，就像是書法的輕重緩急、張弛開合，而在書法中，他更能隨心所欲地表現。而且到了黔州後，他有機會一觀懷素的〈自敘帖〉，所以他得意地說，自己已經領悟了草書的箇中奧妙！[11]

戎州——地點更偏，卻更快恢復心情

在黔州三年後，他又被遷調到更西南邊的戎州（今中國四川宜賓）。戎州比黔州更為蠻荒偏遠、物質條件更糟，當黃庭堅初到戎州時，心情必定相當苦悶，所以把自己暫住的寺廟房間取名為「槁木寮」、「死灰庵」，形容自己陰鬱得如同槁木死灰般，奄奄一息，了無生機。對黃庭堅來說，到了戎州似乎是更大的挫折與悲哀。

還好，隔一年黃庭堅搬家，他的心情似乎有變得好一點！他把新的居舍取名為「任運堂」[12]，希望自己面對生活逆境時，能隨著自然法則運作，心境也能隨遇而安。從住所命名或許也可以察覺到黃庭堅的心境變化。同時，黃庭堅在黔州時較少與友人來往，詩作也少，到了戎州後，黃庭堅與朋友間的互動增加，他也樂於提攜晚輩、指點一二，由此推想，他的心情似乎比在黔州時更好些。在戎州這兒，黃庭堅待了約兩年多。

黃庭堅到了人生地不熟之處時，也和蘇軾一樣願意嘗試新事物，巧的是，黃庭堅在這兒也吃到了荔枝。他「日擘輕紅三百顆」[13]，也學著蘇軾一天要剝個三百顆來吃才過癮，雖然詞後黃庭堅寫「重入鬼門關，也似人間」，想起戎州就像回到當時又艱辛又困苦的鬼門關前，但吃到荔枝所得的安慰，卻又好像讓他重返人間。可見戎州對他來說，是參雜著各樣苦樂回憶的。

黃庭堅的書法在此時也更為精進。他重新書寫了過去的詩作，其中，最知名的便是國立故宮博物院所藏的作品——〈花氣薰人帖〉。這幅作品雖然只有短短二十八字，但此時他的草書已然變化多端，無論是字劃轉折、墨色濃枯、結構寬緊，都看得出他的用心經營。詩中內容也符合他當時的心境，後兩句寫到：「春來詩思何所似，八節灘頭上水船。」[14]不論春天氣候景色有多麼美好，他寫詩的靈感仍像船停在灘頭上，非常難以逆流而上！

然而，人生還是有傷悲的時候，在弟弟黃叔達即將離開戎州時，黃庭堅感到了孤寂，他暗暗地責怪弟弟：「見我未衰容易去，還來，不道年年即漸衰。」[15]他抱怨弟弟怎麼這麼輕易就離去了呢？年復一年，弟弟是不是沒有看到自己已然愈發衰老了？黃庭堅沒想到的是，才剛離開沒多久，黃庭堅就聽到弟弟的噩耗。兄弟戎州這一別竟是永別，悲慟之餘，黃庭堅作了〈祭知命弟文〉悼念他，字句間充滿著想念與哀傷。也是在這一年，黃庭堅的人生又有了大轉變。

離開戎州——師友過世的哀傷痛苦

元符三年（西元一一〇〇年），宋徽宗即位，向太后垂簾聽政，貶謫的舊臣紛紛歸還，黃庭堅也堅持到了這一日。動身離開戎州時，他應該是要很開心的，但就在這年，憂傷的好友秦觀在北歸途中離開了人世，黃庭堅傷感地懷想著他：「少游醉臥古藤下，誰與愁眉唱一杯？」[16]秦觀永遠地醉倒在古藤下，再也回不來了，那麼現在，還有誰能與憂愁的自己一同喝一杯呢？

更讓黃庭堅悲傷的是，隔一年（西元一一〇一年），當他還在等待下一個工作派令，亦師亦友的蘇軾也在路上突然因病去世，這對黃庭堅是莫大的打擊。他對同是蘇門四學士的張耒寫到，「經行東坡眠食地，拂拭寶墨生楚愴」[17]，走過蘇軾曾經起居生活的黃州，輕輕撫摸他所留下的墨跡，憑弔著已不在世間的蘇軾，黃庭堅不由得痛苦萬分、難以自拔！秦觀和蘇軾都無法順利北歸，只有黃庭堅撐了下來。

黃庭堅也不知道自己的未來將會如何，但至少，在遇赦回鄉的路上，他心中的陰霾已一掃而空，他說：「**未到江南先一笑，岳陽樓上對君山**」[18]，僅僅還在途中的岳陽樓上欣賞壯闊景色，黃庭堅就已感到雀躍不已，等真正回到了家鄉，自己還不知該有多欣喜！

這時期，黃庭堅還完成了書法曠世巨作〈松風閣詩帖〉。這幅作品的筆法大方從容，想要怎麼寫就怎麼寫。他受當年黔州船夫擺盪船槳所以啟發，這幅〈松風閣詩帖〉中的「一波三折」筆法也更臻成熟。詩以「**安得此身脫拘攣，舟載諸友長周旋**」[19]作結，他真心企盼脫離官場束縛，得到真正的自由，那麼，他就可以與好朋友們，駕著小舟在江湖中繼續交遊來往！

宜州——人生各種磨難，情緒隨之起伏又平復

黃庭堅企盼著自由，然而，等待他的卻是更艱難的時日。好不容易工作分派下來，是他理想中在「太平州」的官職，但九天後，他被罷免了。崇寧二年（西元一一〇三年），黃庭堅被人攻擊，說他「幸災樂禍，誹謗朝廷」[20]，當時的宋徽宗便將黃庭堅除名，放逐到南

方更荒遠的宜州（今中國廣西河池）。

五十八歲的黃庭堅出發了，一路上翻山越嶺，走到一半，不忍妻兒跟著顛沛受苦，便把家人們安置在半路永州上，一個人孤身繼續往宜州走去。他不知道這次往宜州之路，已然沒有機會回頭。

在宜州，黃庭堅見到梅花一早開放，想到春天將近，理應感到愉快，他回憶「**平生個裡願杯深**」[21]，若是在往日見到這樣的美景，一定忍不住想要開懷暢飲。然而，黃庭堅卻在後段寫到：「**去國十年老盡、少年心**」，自從被貶離開京城十年，這樣的青春情懷與賞景興致，現在也都不復在了。

除了形單影隻、生活窘迫，當地官員還會找黃庭堅麻煩，說黃庭堅是罪人，不讓他入住城內。他只好一個人抱著被子，找到城南的市場旁住下。他住的地方低窪潮濕，幾乎沒有遮蔽，又有風雨聲，又有喧囂人聲，光聽這些聲音就相當煩人，黃庭堅因而為自己居所命名為「喧寂齋」[22]。

人家問黃庭堅「喧寂齋」是什麼意思，是不是受不了這樣憂愁痛苦的生活？黃庭堅卻回答：「自己當年若不做讀書人，可能就會繼承家業務農，而現在住的地方，不就和農舍差不多嗎？我又有什麼憂慮呢？」在這樣艱辛處境下，黃庭堅似乎仍泰然處之。

只是，達觀自適的黃庭堅雖能維持自己的心緒，他的身體卻撐不住了。在宜州一年多，好不容易有機會調動到家人都在的永州，可是詔書還沒到他手中，六十一歲的黃庭堅便因病去世，[23]結束了後半輩子遷徙的一生。

・・・・參考資料

顏智英，〈從斷腸地到華胥國——論《山谷詞》的巴蜀書寫〉，《文與哲》，二〇一二。
顏毓君，《黃庭堅記遊詩研究》，國立清華大學中國文學系碩士論文，二〇一四。
林執中，《黃庭堅的飲食生活》，東吳大學歷史學系碩士論文，二〇一六。

黃庭堅與憂鬱症的距離

——淺談憂鬱症的發作時程與復發

黃庭堅的憂愁心情都有其相應原因。他因自己仕途不順、受到貶謫而感到哀傷，也會在接收到家人的寬慰與陪伴後轉換心境；他會因為與親友別離而感懷傷憂，也會因為家人的來訪而感到喜悅；在愁苦時，他將房間以槁木死灰命名，在心境好轉後，也跟著換個新房名；他會對景傷懷，也會對景自樂；他會因為憂煩心緒而作詩不多，也會為了抒發情緒而提筆練字，直至臻於佳境。黃庭堅的憂鬱便如同你我一般，遇見生活困境時會自動出現負面情緒，當壓力一解，憂愁便隨之煙消雲散。

「情緒」是人們用來表達內在想法與面對外在事物的一種表現方式，無論喜、怒、哀、樂，都是腦部情緒中樞所展現出的正常反應，憂鬱情緒就包含於其中，是每個人都曾有過的情緒反應之一，會隨著壓力而來，也會跟著壓力離去。人們會因失落而感到憂傷哀愁，也會透過自我調整轉而改變自己情緒，總體而言，憂鬱情緒是情緒之一，對生活作息不會有太大的影響。

「憂鬱症」與「憂鬱情緒」有許多異同與程度上的差別（憂鬱症與憂鬱情緒主題，詳看頁72），其中，憂鬱情緒隨壓力而來，也隨壓力解除而消退；而憂鬱症是腦部的疾病，如同身體某器官發炎至恢復需要一段時間，或像是傷口有一定的癒合步驟與時間，憂鬱症的憂鬱發作，也會有一定的時程。

憂鬱症發作時間軸

有些疾病是持續而緩慢進展的，像是高血壓與糖尿病，若是沒有改變生活習慣或接受治療，就會逐漸惡化。而有些疾病是突如其來，如腦中風、心肌梗塞，雖然急性發作難以預料，但可以透過減少危險因素與誘發情境，盡量預防發作。

憂鬱症的發作可能像是急性病症一樣難以預料，沒有什麼原因，說來就來。但它又像慢性疾病一般，進展緩慢，會逐漸加重，若是沒有積極面對，便可能持續惡化。憂鬱症的發作和急性病症一樣，無法預估發作時間，而且也像慢性疾病般會逐漸惡化，沒有辦法像感冒一樣，一星期就恢復如常，也不像身體其他發炎，一個月內就能好轉。

一般來說，憂鬱症中的憂鬱發作，通常會持續多久呢？

第一次憂鬱症發作的平均年紀為四十歲，但從青少年至老年皆有可能第一次病發。憂鬱症發作後，若沒有接受相關治療與調整，急性期發作一次通常會持續半年至一年，這比一般感冒、發炎的時間更久，也比我們認為的憂鬱情緒持續時間來得更長。另一個值得注意的是，憂鬱症發作後，就算原先促發憂鬱的相關壓力已解除，憂鬱症仍可能會走完它的時程，繼續持續一段時間，要數個月甚至一年，整個人才會恢復到與過往樣態差不多。

憂鬱症發作之階段

急性期：憂鬱症剛發作

鬱症發作可能由壓力促發，但也可能與壓力無關。一開始的症狀可能因較不嚴重而難以發現，僅僅覺得悶悶不樂、有身體部位不舒服，或是發現睡眠與胃口改變等，較難與一般情緒起伏做區別。

急性期：低谷期

憂鬱症症狀最為嚴重的時候，會出現包含情緒低落、生活作息改變、活動力減少、思考轉為負面等症狀（頁 58）。有些人在最嚴重時，會有較為強烈的自傷／自殺想法（頁 87）。

急性期：逐漸恢復期（治療反應期）

精神活力開始恢復，體力也比較好，但仍舊存在低落情緒與負面想法。雖然正在恢復中，但此時仍要特別注意，當體力恢復較快而情緒仍然低落，仍有較高的自傷／自殺可能。另外，若此時正在治療中，且出現有治療反應，較不建議突然中斷治療，否則可能會讓疾病復發、症狀重新惡化。

維持期

憂鬱症狀大幅改善之後，將進入「維持期」，希望能維持改善狀態、持續治療至少半年，目的是為了預防憂鬱症復發。有些情形可能須要更長時間的治療控制。

復發

憂鬱症如同慢性疾病，若沒有持續控制，從治療反應期到症狀恢復之後，憂鬱症症狀都有可能復發。

憂鬱症病程

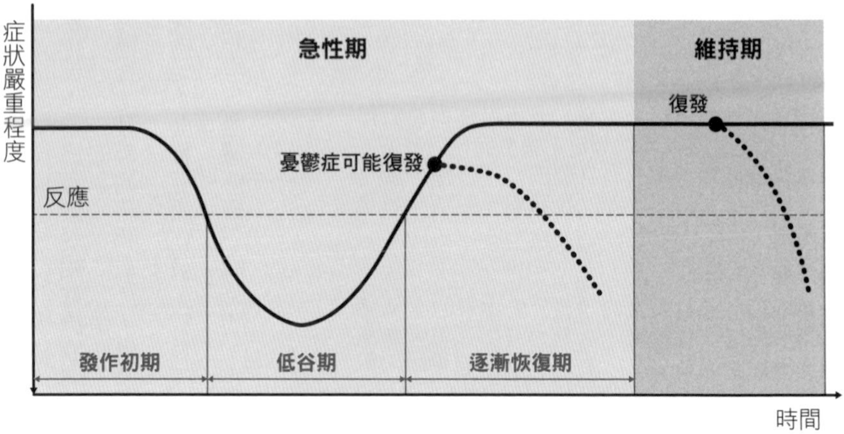

從時程觀察積極面對憂鬱症的三個好處

✸ 緩解憂鬱症狀、縮短憂鬱症時程

憂鬱症雖然也可能不經治療而自然恢復，但是症狀較為嚴重，恢復時程會比較久，之後也會有較高機率復發。因此，積極面對憂鬱症的首要好處便是——緩解憂鬱症狀。若有接受相關治療，憂鬱症相關症狀表現會有所進步，體力較為恢復、情緒較為平穩、負面想法較為鬆動等。同時，「縮短憂鬱症時程」也是治療的目標之一，透過治療，可望縮短發作時程，從六個月到一年盡量減短為約三個月。

沒有治療的憂鬱症病程

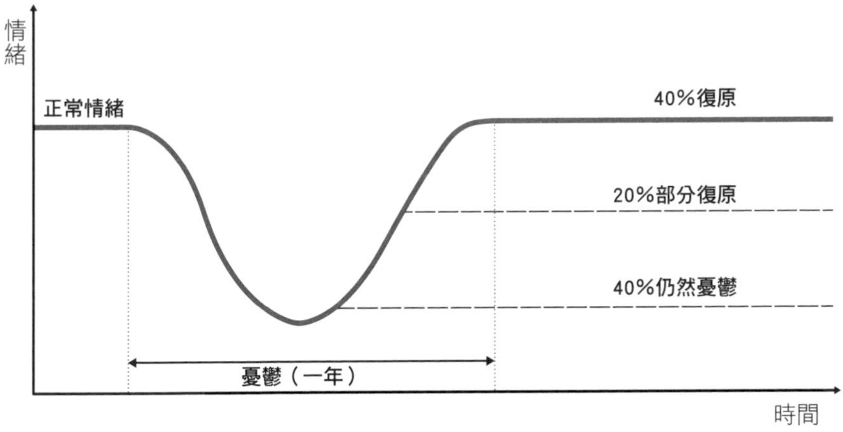

✸ 增加憂鬱症復原的機會

憂鬱症發作過後，每個人的復原狀態不盡相同。統計上顯示，若是沒有治療的憂鬱症者，在過了一年後，症狀隨著時間慢慢改善直到完全復原，只占五人中的兩人，另外兩人的憂鬱症狀仍然明顯，甚至更為嚴重，而剩下一人則在兩者其中——會感到憂鬱症狀有所緩解，但是沒有全然回復到原先狀態。也就是說，可能還有一半以上的憂鬱症患者一年後仍為憂鬱所苦。

若是憂鬱症患者接收治療，以使用抗憂鬱藥物為例，五人中會有三到四人，在使用抗憂鬱藥物治療約兩個月後，自覺有進步、整體有改善；而剩下一到二人對於藥物的反應則較不明顯，須要再調整治療計畫。

✺ 減少復發機會

憂鬱症發作恢復後，要注意再度「復發」！發作一次憂鬱症後，超過一半的人未來會復發，也就是第二次（或以上）的憂鬱症發作；發作兩次憂鬱症的人中，復發率更高達八成。其中，又以半年內發作的機率為最高，憂鬱症某部分也如同慢性疾病一樣，須要日常維持與控制，以避免惡化復發。

有些人接連多次發作，因此讓病症逐漸慢性化，除了恢復較慢，發作時間會更長，甚至持續好幾年。同時，隨著年紀越大，憂鬱症的發作次數會更為頻繁，每一次的發作時間也將更長。統計上顯示，憂鬱症病發後，未來二十年內的平均發作次數為五次。如何預防發作、減緩發作時的症狀表現，也是評估治療時所著重的主題。

以抗憂鬱藥物為例，若是使用藥物，患者在大約兩週內會開始自覺有效果，縮短整體憂鬱發作的時程；然而，若在使用藥物治療三個月中自行停用相關藥物，有將近一半的人憂鬱症狀會重新復發；若是繼續服用藥物超過三個月，復發機率就會大大降低。減少藥物或是停止用藥的恰當時機點，會根據每個人過往發作次數、症狀嚴重度等而有不同，而自行終止治療須要冒較大的復發風險。

延伸閱讀

羅伯．狄保德（Robert de Board），《蛤蟆先生去看心理師》，三采，二〇二一。

痛苦時，你傷「心」，那古人傷什麼？

不讓男性專美於前，女性詞家也不遑多讓，除了李清照外，還有與她齊名的朱淑真。朱淑真將心中愁苦與身體不適投注於詞中，詞集便被稱作《斷腸詞》。

朱淑真將「身」與「心」連結起來。確實，情緒會影響身體不適，身體的不舒服也會回過頭來影響心情，而現今可以怎麼解讀這樣的循環？另外，哪些是女性獨有的情緒症狀？又與身體哪部分可能相關呢？

大家平常都怎麼表達自己「心情不好」？是說自己悶悶的、有點煩、心情很低落？還是最近狀態不太好、遇到事情比較多……？

許多人在描述心情時，不自覺會用較為輕微或迂迴的詞語，來告訴其他人自己的心情狀態。但也有些人是直來直往型的，用更直接的語詞表達出來，像是心情很糟、現在很不爽、都快哭了。臺語的口語則更為生動，常有人用心情「鬱卒（ut-tsut）」、「阿雜／齷齪（ak-tsak）」、「失志（sit-tsì）」、「氣毛壞／氣摸賣（khí-moo bái）」、「不爽快」，來形容自己不太好的心情。

用以描述心情不好的書面語則多上許多，從悲傷、沮喪、失落、惆悵，到焦慮、不安、煩躁、忐忑，再到哀怨、憂愁、鬱悶、痛苦，不同層次的心情不好，幾乎都有相應的詞彙可以使用（關於憂鬱與焦慮的詞彙與成語，參照頁75）。另外，更有各樣成語可選用，像是憂心忡忡、悶悶不樂、垂頭喪氣、失魂落魄、心煩意亂……。透過這些詞語，我們更能明白形容出自己當下的情緒。

不知道大家有沒有發現，一般形容情緒時，常會用上「心」這個字。「心」明明是身體的一部分，但一提到情緒，用的卻是「心情」，而不是身體的其他部位，「心」似乎成了主掌情緒的所在。心情不好時，「心」就受害，除了會擔心、傷心、憂心、煩心，還會心酸、心痛、心碎，甚至心死。臺語也會用「心肝頭緊緊／咂咂（tsap-tsap）」、「心肝頭拍結毬

（phah-kat-kiû）」來形容。以下，讓我們從過往詩詞中，看文人又是怎麼來形容這顆「心」的。

詩詞中忙碌多工的「心」

許多歷史上的文人都是「傷心」派的，他們都是如何形容「心」的呢？杜甫的老馬生了病，他相當難過的說「**歲晚病傷心**」[1]，「心」也因此彷彿受到傷害；當他感嘆時局動盪、與家人分離，是「**感時花濺淚**」[2]，看到花開，就不由得流下眼淚，而下一句則是「**恨別鳥驚心**」，聽到鳥鳴，他的「心」也不禁擔憂驚悸。

不僅杜甫是「傷心」派，李白也是。李白寫綿延無盡的相思之情，讓人痛苦萬分，用的是「**長相思，摧『心肝』**」[3]，心與肝好像都被摧毀了。而當他因為情緒鬱悶，「**停杯投箸不能食**」[4]，胃口不好而放下筷子、杯子時，他「**拔劍四顧心茫然**」，拔起劍來環顧四周，「心」卻不知所措。

詩是如此，詞也是這樣。李清照是「傷心」派的重要成員，她在「**悽悽慘慘戚戚**」愁苦悲戚時，看到一群大雁飛過，其中似乎有隻正是自己在故鄉時認識的那隻，當時的自己也仍「**正傷心**」[5]；當她難以排解相思與離愁，好不容易眉眼間臉部表情稍稍舒緩，「**此情無計可消除，才下眉頭，卻上心頭**」[6]，這股情緒又悄悄上了「心」頭。

「斷腸派」現蹤跡！

除了「傷心」派流傳至今，現今還有另一派較為式微，但當年可是和「傷心」派並駕齊驅的，那便是「斷腸」派。「斷腸」形容悲傷到了極點，好像連體內的腸子都斷了。「柔腸寸斷」，按照字面上的意思，便是腸子一寸一寸地斷掉，同樣是用來形容極度悲傷。

「斷腸」一詞具有畫面，又能引發豐富的聯想，這樣具體形容愁苦的形象是怎麼來的呢？其實這則故事來自魏晉南北朝時編纂的《世說新語》，裡頭第一次出現了「斷腸」的感人故事。據說有人抓到了一隻小猴子，小猴的媽媽發現後悲痛地哭號，跟著人的船行走了一百多里仍不願意離開。之後，小猴的媽媽還跳上了小猴所在的船，但一上船便死去。人們剖開小猴媽媽的肚子，才發現牠的腸子一節節地全斷了。[7]人們說那是因為傷心而斷，便以此來形容極度的悲傷痛苦。

文人們不僅「傷心」，也「斷腸」。李白寫過「**腸斷弦亦絕**」[8]、「**是妾斷腸時**」[9]，但多數是他想像另一個人（通常是女性）的相思之苦。杜甫想到世亂人老，回憶過去時情緒憂傷，不禁「**腸斷驪山清路塵**」[10]。杜甫送別朋友時老淚縱橫，更是寫出了名句「**斷腸分手各風煙**」[11]。

宋代也多有「斷腸」。蘇軾想念過世的妻子，「料得年年斷腸處」[12]，每每痛苦到近似斷腸；歐陽脩奉旨出使契丹，「未到思回空斷腸」[13]，還沒抵達便覺得痛苦，想著要回家；李清照感到愁苦孤單，難以抒發，寫下了「幾多深恨斷人腸」[14]。她一個人守在家中感到寂寞時，「柔腸一寸愁千縷」[15]，她形容自己的一寸柔腸容下了千絲萬縷的愁緒。

「斷腸」掌門人認證——朱淑真

此處要介紹的，便是斷腸派的掌門人——朱淑真。她的詩歌作品被南宋魏仲恭整理後，彙整編輯成《斷腸集》，明代毛晉則搜集她的詞作，名為《斷腸詞》。

朱淑真和李清照齊名，兩人是宋代作品最多的女性作家，朱淑真的詞集也常和李清照的《漱玉詞》合在一起刊出。然而，關於朱淑真的歷史記載相當少。南宋曾有人替她做傳但失傳，甚至連她是北宋或南宋人也多有不同見解，而她的家庭、婚姻、事蹟與創作背景相關資料也有可疑之處。有人指出她婚姻不幸、丈夫琵琶別抱；有人說她抑鬱而亡，死後作品都被她的父母燒光了。

然而就算如此，朱淑真的文學成就確實不容小覷。她留有兩百多首詩作，但詞作大多沒有流傳下來，僅剩三十多首。其中，詩詞加起來提到「愁」字共八十多首，與秦觀的「愁」

並駕齊驅。蒐編的人感受到朱淑真詩詞中的主要旋律就是「斷腸」，她的詩作處處透露著淒苦與哀傷，由此，斷腸派掌門人非她莫屬。

朱淑真的「斷腸」不分晝夜與季節

春秋兩季最能引發詩人的悲愁心緒，朱淑真自稱幽棲居士，面對這樣的孤苦煩悶，她在十多首詩詞當中都用了「斷腸」二字。

> 哭損雙眸斷盡腸，怕黃昏後到昏黃。更堪細雨新秋夜，一點殘燈伴夜長。（〈秋夜有感〉）

秋天來了，面對昏黃夕色，朱淑真開始擔心黑夜來臨，因為在秋夜細雨之中，她將倍感寂寞，獨自守著漫長夜晚，僅剩殘燈作陪。朱淑真憂愁得哭到雙眼都受損。她的悲苦哀傷，也好似腸子斷盡，沒有一段是完整的。

秋夜之聲最能引發朱淑真的滿懷情緒。「**芭蕉葉上梧桐裡，點點聲聲有斷腸**」[16]，秋雨落在梧桐樹與芭蕉葉上，一點一滴都是令人斷腸之聲。朱淑真在中秋夜裡聽到了遠方笛聲，

「自是斷腸聽不得，非干吹出斷腸聲」[17]，心緒難抑，她告訴自己是因為自己愁苦，不能怪人家笛音哀怨悲戚。

悲秋外，朱淑真也傷春。當春天將要逝去，院裡落滿了殘花，朱淑真寫出了「滿院落花簾不卷，斷腸芳草遠」[18]，她不忍心看著春天逝去的景象，遂垂下窗簾，任由愁思隨著芳草蔓延到遠方。另一首〈晚春有感〉更是將愁思芳草連到天際，「斷腸芳草連天碧，春不歸來夢不通」，朱淑真悲悽地說：「春天若不再來，自己夢中所想也不會成真。」然而，她內心其實清楚知道，就算春天重新歸來，自己的祈願也不可能實現。傍晚，朱淑真看著「梨花細雨黃昏後」[19]，眼前此景，觸動她幽深的心緒，不禁感嘆「不是愁人也斷腸」。

除了春秋時節，到了年終歲暮，朱淑真一個人坐在船上時也會傷心地淚流滿面，暗自神傷腸斷：「顰眉獨坐水窗下，淚滴羅衣暗斷腸。」[20]其實，與其說是特別的時節、特定的景物引發了朱淑真複雜的情緒，不如說是她內心的憂鬱愁怨，影響了她對外在事物的感受與眼光，連朱淑真都自認自己無時無刻不在傷心難過。她將己身寫照濃縮成一句——「對景無時不斷腸」[21]。

朱淑真「斷腸」外的身心變化

除了「斷腸」，朱淑真也相當仔細地觀察了自己身體的變化。「帶圍寬盡小腰身」[22]，繫在腰間的腰帶越來越鬆，更顯身形憔悴；「肌骨大都無一把」[23]，更以較為誇張的手法形容日漸瘦弱的身材。朱淑真形容自己是「似篾身材無事瘦」[24]，原本就像是薄竹片般的身形，不知道什麼原因更加消瘦，接著想到「如絲腸肚怎禁愁」，體內的腸子應該如絲一般細柔，怎麼禁得起這樣的愁苦呢？

「人憐花似舊，花不知人瘦」[25]，朱淑真對花的憐惜一如過去、始終未變，然而，花卻沒料想到自己是越來越瘦了。「腰瘦故知閒事惱，淚多只為別情濃」[26]，朱淑真明白，自己的消瘦起因於各種煩心瑣事，次次流淚則是因為離別而傷感。「也知憔悴見人羞」[27]，由於自己又衰弱又疲憊，即便別人邀自己去遊春賞玩，她也只能回絕。

如此憔悴、如此愁苦，朱淑真卻莫可奈何，和其他人一樣，她也只能喝酒來一澆憂愁。「愁懷惟賴酒扶持」[28]，面對愁懷，她靠酒支撐；「撥悶惟憑酒力寬」[29]，解除煩悶，她藉酒消愁；「殢滯酒杯消舊恨，禁持詩句遣新愁」[30]，朱淑真心情憂愁、生活苦悶，最終也只剩下終日喝酒一途，透過飲下人稱消愁解恨的酒精，期盼能解決身心的問題。

只是朱淑真沒有料到的是，她的身體不適與情緒不穩，除了會彼此相互影響，飲酒更會加深她的憂愁情緒，加重腸胃道的不適。朱淑真的「斷腸」之感也可能因而日益增加。

•••• 參考資料

鄭垣玲，《朱淑真及其斷腸詩》。國立中央大學中國文學研究所碩士論文，二〇〇二。

朱淑真點出身體心理的交互影響
——身心症與經前不悅症

身心症簡介

朱淑真體重減輕、身形憔悴，身體健康隨著憂愁的情緒每況愈下，在她的「斷腸」詩詞中便具體地形容了她的愁苦。朱淑真多次描寫了身體與心情間的密切相關，根據她的描述可以看出，身體與心理是會相互影響的。

不管是傷「心」、斷「腸」、瘦「身」，都提到了情緒因素影響會誘發身體的不適。實際上，身體不適也會回過頭來影響情緒，使人更為擔憂煩悶，如此相互加重成為一循環。像這樣身體與心理症狀互相影響、交錯表現，一般稱之為「身心症」（psychosomatic disorder）[31]。雖然是以身體症狀為主的病症，但推究其原因，可能與周遭壓力、情緒變化，以及與其他家庭社會因素有關。身心症也常出現在憂鬱症的表現當中，因此，我們需要一起處理身體與情緒的問題。

簡單來說，外在的壓力會喚醒負責面對壓力的神經系統與內分泌系統（endocrine system）。神經系統包含自律神經系統（autonomic nervous system）與肌肉神經系統（neuromuscular system），其中，自律神經系統包含我們較常聽到的交感神經系統（sympathetic nerve system）與副交感神經系統（parasympathetic nerve system），一般而言，兩者像是在合作開車，交感神經負責「加速」而副交感神經負責「煞車」，全身各個器官的調節都需要兩者的合作。

身心症中常見身體表現

除了神經與內分泌兩大系統，外在壓力也會經由大腦的認知功能，引發情緒的相應反應。比如說，壓力一大就會啟動交感神經，讓身體某些部分高速運轉，整個人更為緊繃，有些人會因此感到頭痛不舒服，同時也會覺得煩悶。當開始感到心情煩悶，對於頭痛這個身體症狀，就會做較為負面的解讀，「頭痛是不是不會好？」「找醫師都沒有效，我是不是沒救了？」如此延伸下去，就成了身體症狀與情緒表現的惡性循環。

由此可以連結到身心症的身體表現，其中最常見的就是頭痛（尤其緊張性頭痛）、腰痠背痛、脖子

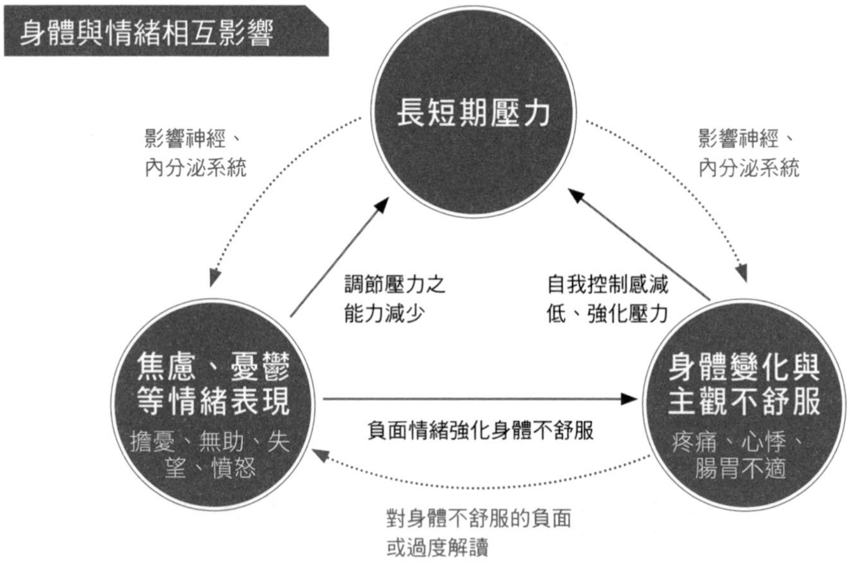

僵硬、肌肉無力等，這些都算是「骨骼肌肉」方面的不舒服。第二常見的則是腹痛、腹脹、拉肚子或便祕等「胃腸」方面的不舒服。緊接在後的第三常見表現，則是「心血管」方面的不舒服，包含心跳加快、胸悶、心悸等表現。這些症狀表現與神經系統相關，坊間有時會以「自律神經失調」來統稱這些症狀。

值得注意的是，這些疼痛是真的有被感受到，並不是憑空想像出來的，而且疼痛感可能會因為「情緒」而被引發或放大感覺。若是憂鬱症狀能有所緩解，也就是當心情較為改善，疼痛與不舒服也會隨之減緩。

其中，若以男性與女性做比較，女性不論是憂鬱症還是身心症的表現，比例都比男性來得高。

女性憂鬱症狀的表現特性

從統計上來看，女性與男性的憂鬱症比起來，女性憂鬱症的發作時間較長、復發機率比較高，整體盛行率也較男性高，以憂鬱症的比例來看，女性是男性的兩倍。這部分可能與女性較願意承認、較願意求助有關，也可能與現在社會女性要扮演較多重的角色有關。

在憂鬱症表現當中，女性較常出現過量服用藥物、割腕等傷害自己的行為（男性的自傷行為雖然比例較低，但致死率較高）。女性憂鬱也較容易影響到胃口（增加或減少）與睡眠（嗜睡或失眠），另一個明顯的女性憂鬱症狀表現，則是容易出現焦慮相關的症狀與身體症狀，常見的身體症狀便是頭痛、腹部不適、心悸等不舒服的表現。

女性獨有——經前症候群與經前不悅症

女性的憂鬱症狀表現，除了可能與外在壓力有關，在生理部分還要特別注意與月經週期相關的幾個階段。

女性月經週期與體內荷爾蒙的變化息息相關，進而會影響身心表現。女性一輩子中，有三個時間點最需要注意。第一個時間點，是每個月月經到來之前，第二個時間點則是懷孕（月經暫時停止）到生產後，被稱做「周產期憂鬱」（詳見頁106），第三個則是月經週期開始不規則到完全停經，被稱做「更年期」的這一段時間。

其中的第一個時間點，在每個月月經到來之前（通常在月經前一週出現），身體與情緒會出現相關不適，而在月經到來之後，身體與情緒就會逐漸恢復，我們稱之為經前症候群（premenstrual syndrome, PMS）。

女性獨有的情緒表現

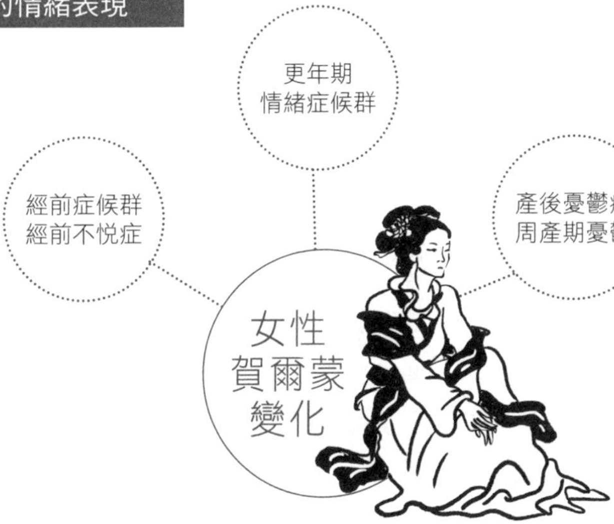

經前症候群並不是疾病，大多數女性都曾有過此經驗，這是由於體內的荷爾蒙隨著月經週期變化，影響到神經傳導物質（詳見頁282），進一步使身心狀態在那幾天改變。經前症候群的症狀表現因人而異，影響生活的程度也不一樣。

月經來之前，身體與情緒會受到荷爾蒙影響，出現或大或小的不舒服，若是有以下其中一項，就能算是經前症候群。身體的部分：覺得倦怠、全身無力或痠痛、胸部脹痛、肚子不舒服、四肢水腫等；精神部分：感到情緒低落、覺得煩悶，或容易生氣等，此外，睡眠與飲食也常在月經來之前有所改變。這一段時間往往須要多加注意。

較為嚴重的經前症候群，尤其對於日常生活有比較明顯的影響，則稱做「經前不悅症」（正式翻譯作「經期前情緒低落症」，premenstrual dysphoric disorder, PMDD）。

經前不悅症與經前症候群發生的時間相近，也是會在月經來之前約一週出現，在月經開始後幾天就會逐漸好轉，在兩次月經週期之間，會有一段時間完全穩定。然而，經前不悅症會出現在一年中大多數的月經週期之中，這部分與經前症候群較為不同。

經前不悅症的情緒表現更為多變，它不僅如憂鬱症般會使人情緒低落，也可能讓人感到煩躁焦慮。有些人則是在那段時間容易不自主發脾氣，或是情緒起伏變化更大。經前不悅症也容易同時出現身體上的不舒服，較常見的是胸部脹痛、肌肉關節疼痛、頭痛、水腫，以及胃痛脹氣等腹部不適。

較為輕微的經前症候群，若是自己明白與月經影響相關，是可以不用特別去處理的，重要的是要能告訴自己「這樣的不舒服幾天之後就會過去」。然而，若是經前症候群的症狀嚴重到會影響日常生活，甚至可能是「經前不悅症」的情況，便須要專業人員的協助。

• • • •
延伸閱讀

艾勒斯特．桑豪斯（Alastair Santhouse），《其實，問題出在心理受傷了：心理如何治癒身體，英國皇家醫學會精神科醫師的身心安頓之道》，奇光出版，二〇二一。

第參篇

療鬱篇

聊聊憂鬱、解憂療鬱、

自我療癒！

第參篇，我們要來觀察的是，當唐代文人們遭受人生挫折與磨難時，他們面對的態度與處理的方式。而這和現代的憂鬱治療方式有哪些不謀而合之處？身處現代的我們，有著更多方法能解憂療鬱，透過這些方式與技巧來提前準備，相信我們有更多機會能夠自我療癒！

唐代詩人最痛苦，他說第二無人敢說第一

盧照鄰是初唐四傑之一，他年輕時意氣風發但好景不常，之後又因為身體病痛而離開官場。疾病與疼痛的折磨，讓他鬱鬱寡歡，最終投河自盡。

在盧照鄰精神與體力消磨殆盡時，他憂鬱的情緒更是低到難以承受。當時，盧照鄰找了名醫治療，而若是他生長在現今，將會有什麼處理方式，能讓他按部就班來幫助自己呢？

聽到唐詩，大家首先想到的必定是李白、杜甫、王維、孟浩然這些盛唐大詩人。「盛唐」是詩歌百花齊放的時代，之前為初唐，之後則為中唐與晚唐。沒有初唐的嘗試，就沒有盛唐的輝煌。一提到初唐，大家應該都聽過課本曾寫到的「初唐四傑」，這四人分別為王勃、楊炯、盧照鄰和駱賓王。

初唐四傑——王、楊、盧、駱

「落霞與孤鶩齊飛，秋水共長天一色」就出自於王勃的〈滕王閣序〉，幾個意象就描繪出一幅有聲有色的美麗畫面；「鵝、鵝、鵝，曲項向天歌。白毛浮綠水，紅掌撥清波。」[1]這首短詩則是出自七歲駱賓王的手筆；楊炯送別朋友時寫了「送君還舊府，明月滿前川」[2]，詩中，楊炯用月光照耀大地的意象比擬前途光明，卻也用同一月色烘托出滿腹惆悵的離情。

盛唐時的杜甫讚美王、楊、盧、駱四人開創了新一代詩詞體裁與風格，而當時人們對這四人卻是無止盡的譏笑。「爾曹身與名俱滅，不廢江河萬古流」[3]，但是，當時人都化為塵土灰飛煙滅，唯有初唐四傑的詩文仍久遠流傳！杜甫給了四人極高的讚譽，便是因為四傑拓展了詩詞題材，也轉變了更早的宮廷詩風。

雖然大家可能都知道初唐四傑的名號，也可能有看過他們的詩作（即便現今看起來似乎不多），但卻不一定知道這四傑的人生境遇。本篇所要談論的主角，便是四傑之一的盧照鄰。

少時意氣風發的盧照鄰

盧照鄰年輕時意氣風發，當時皇叔鄧王李元裕（唐太宗李世民的弟弟）相當賞識、看重他，什麼事都與他討論，讓他也想幹出一番大事業。可惜好景不常，鄧王過世後，盧照鄰失去了靠山，寫的詩又被指影射當時權貴，讓他無法在長安繼續待下去，只得到外地另找工作。二十七歲的盧照鄰找到了遠方蜀地益州（今中國四川）的縣尉工作，初來乍到時，他寫下了〈贈益府群官〉[4]。在這首詩中，盧照鄰用鳥來比喻自己，說出了內心對自我的期許。

盧照鄰先說自己從北方來，現在飛到了西蜀，「**一鳥自北燕，飛來向西蜀**」，言下之意似乎就是「我和大家都不一樣」。接下來，詩名提到的「益府群官」這些來自西蜀的其他鳳鳥就問盧照鄰：「為什麼來這裡啊？來這裡想做什麼呢？」[5]此時，盧照鄰的回應是，我來自北方寒冷之地，不遠千里地來到這兒：

不息惡木枝，不飲盜泉水。

盧照鄰表明了理想中的潔身自好。就算疲憊，他也不在劣質的樹枝上休息，就算口渴，他也不去喝聲名不佳的泉水。接下來，盧照鄰又很直白地感嘆，有智慧才德的人沒有提拔他，而無知的人來找他時，他又看不上眼。[6]到了詩的最後，盧照鄰以「誰能借風便，一舉凌蒼蒼？」兩句作結。他問向其他（與自己不同的）鳳鳥們：「有誰可以助我一臂之力，讓我平步青雲、飛向遠方呢？」

此時的盧照鄰年輕氣盛、意氣風發，說他自命不凡也不為過，他自己都說自己是「下筆則煙飛雲動，落紙則鸞回鳳驚」[7]，不僅文思泉湧、下筆快速，連書法都氣勢飛動、飄逸瀟灑脫。然而，十年之後，接近四十歲的盧照鄰，離開益州到了東都洛陽，他的人生此時卻碰到了難關，相比於原先的自負，心境落差相當大。盧照鄰的心緒一轉，彷彿從極高處落下，寫出的詩文風格也全然不同。

此時，盧照鄰生了病，不是一兩天、幾個月就會好的病，這疾病跟了他一輩子。這段漫長時間中，盧照鄰曾經試圖對抗過，卻往往得到更大的挫折。他在苦痛之中，寫出了自己身體與心理的變化。

身體生了病的盧照鄰！

因染風疾去官，處太白山中，以服餌為事。（《舊唐書》）

《舊唐書》寫到盧照鄰是因為感染「風疾」而離開官場，到山間隱居，依靠服食丹藥來養病。風可以理解為身體受到「風邪」[8]入侵，神經肌肉上的症狀包含口語表達受損與四肢活動異常。[9]《新唐書》與《舊唐書》中分別記載了盧照鄰的身體症狀：「疾甚，足攣，一手又廢」、「沉痼攣廢」。「攣」是肢體抽搐、痙攣，或手腳彎曲不能伸直的意思；「廢」則是肢體殘缺或手腳動作功能不全。由此看來，盧照鄰似乎連生活自理能力都受到很大影響。

除了後人的記載，盧照鄰又是怎麼描述自己身體的病痛呢？他在〈釋疾文〉的序言當中，說自己十幾年來只能待在自己的小房間裡，勉強在床上翻身。手是「一臂連蜷」，一隻手臂只能蜷曲，關節無法伸直；腳是「兩足匍匐」，雙腳走路困難，只能手腳並用、爬行移動。對盧照鄰來說，「寸步千里，咫尺山河」，一小步就像千里遠，近在咫尺的距離卻宛如翻山渡河般困難。[10]

從盧照鄰描述的這些症狀推估，他的病可能像是「中風」（stroke）類的腦血管病變。

由於腦中血管阻塞堵住或破裂出血，部分腦區缺乏血流流過，影響腦部功能而影響全身。較常見的表現便是半身不遂或言談不清，長期下來會出現肌肉痙攣、肢體僵硬。

同時，盧照鄰還有其他症狀表現，在他的〈悲窮通〉[11]一作中，便說自己有著身形枯槁、雙腳蜷曲、四肢無力這些神經肌肉上的表現。此外，他還提到了自己面容改變、五官不正，身上皮膚脫落、潰爛，身體毛髮也都掉落，甚至影響視力等症狀。盧照鄰天天面臨身體的苦痛磨難，仍仔細地描寫自己身體的變化，不知是否透過書寫，能讓他身體病痛感減少一分？

從當時「風疾」病名與盧照鄰的症狀表現，考量疾病可能是「中風」外，或許這些症狀表現更像是「痲風／痲瘋病」（Hansen's disease）[12]。痲瘋病在當時沒有抗生素藥物可使用，症狀表現可能相當嚴重，主要是影響皮膚黏膜與神經系統，包含皮膚潰爛、毛髮脫落，與四肢神經的永久損傷，這些都會造成身形改變、外貌殘缺。由於在當時無法治療疾病，這些症狀也幾乎無法恢復。

積極面對、治療到束手無策

面對人生難關，盧照鄰能怎麼做呢？養病期間，盧照鄰找到了「藥王」孫思邈替自己治病。孫思邈當時已經九十多歲，曾治療過類似症狀的病患六百人，經驗頗豐，然而，在盧照鄰身上，病症似乎沒有太大改善。之後，盧照鄰也用道家方法治療疾病，他修煉並服用丹藥，期待病體能好轉，「紫書常日閱，丹藥幾年成？」[13]他四處尋藥，甚至向朋友乞求接濟藥物與藥費。[14]無論什麼方式，生病時的前幾年，盧照鄰都是用著較為積極的心態去面對，然而，不知是否因長期服用那些藥物而中毒，他的症狀卻日漸嚴重起來。

身體症狀讓盧照鄰如此痛苦，即便用盡方法也盼不到恢復時日，可以想見的是，日子一久，盧照鄰該有多麼失望與悲哀。在這樣苦痛的日子中，他沒有其他方法，身心俱疲地寫了〈釋疾文〉[15]與〈五悲文〉[16]。盧照鄰僅用幾個字就描述出自己的絕望：

死去死去今如此，生兮生兮奈汝何。（〈釋疾文．粵若〉）

盧照鄰在心中對自己吶喊：「死吧，死吧！活成這樣跟死了有什麼區別。」但同時，他也對自己精神喊話：「活著吧，活著吧！」看到自己飽受疾病摧殘的身軀，無可奈何的他又能怎麼辦呢？

盧照鄰面對無藥可醫的病痛，即便用盡家產也束手無策，整整患病了十年。最終，盧照鄰想到了死亡。過去他便覺得死亡就像是河川不停地流下，一切都是自然常態。[17]而現今，他看著自己外表殘缺、身軀殘廢，對家人是百般抱歉，於是更為自責自憐。盧照鄰在鄉里附近為自己挖了個墓穴，每天過去躺在裡面，不為別的，只為了等待死亡。盧照鄰沒有等到在墓穴之中自然過世，不到五十歲的他，終於下了人生最後一個決定。盧照鄰和家人訣別後，一個人跳入潁水之中，永遠離開了人世。[18]

「幽憂」本身帶來的影響

盧照鄰從早先患病嘗試不同治療的可能，積極地想方設法，到後來轉為消極，承認自己「現在是個殘廢之人」，自身已經與從前不同。從此所見，這些身體病痛的折磨，確實改變了盧照鄰，而這幾年來，他心中無法排解的憂愁，同樣也影響著他，不能忽略。

從盧照鄰取給自己的號便可看出端倪。盧照鄰生病後自號「幽憂子」，幽憂的字面意思為，「深深地憂傷」或「過度地憂勞」，而「幽憂子」便是盧照鄰自身的形象總和。籠罩在病痛陰霾中的盧照鄰正值四十歲，「余年垂強仕，則有幽憂之疾」[19]，自認應該正是進取出仕時，他卻煩悶愁苦、覺得無助，只得感慨「椿菌之性，何其遼哉！」他感慨著有人像大椿木一樣長命，有人卻像是菌類般生命極為短暫，人與人之間的差別怎麼會這麼大！

盧照鄰知曉自己的情緒與以往有很大不同，從「幽憂」來看，盧照鄰甚至把他的愁苦煩悶情緒也當作疾病之一。盧照鄰寫到「值余有幽憂之疾」[20]、「中有幽憂之子」[21]，多次著重在他「憂鬱情緒」所帶來的症狀表現。而盧照鄰的詩，也因此染上了一層帶著負面思考的陰鬱。

浮香繞曲岸，圓影覆華池。常恐秋風早，飄零君不知。（〈曲池荷〉）22

這是盧照鄰一首有名的詠荷小詩。荷花在夏季盛開，隨著時節到了秋季凋落，這應該是自然而然的現象。但盧照鄰看到重重荷葉、聞到陣陣幽香，卻開始擔心蕭瑟的秋風來後，荷花就會紛紛被吹落，若是人們還來不及欣賞這些花，那可怎麼辦呢？盧照鄰寫的是正逢綻放的荷花，當大家喜悅地讚詠荷花盛開的美麗，盧照鄰卻已經在自悼。他在病痛的折磨下，一心所想的，都是將要接著而來的殘敗與死亡。

參考資料

何騏竹，〈盧照鄰病後之自我身心治療過程〉，《淡江中文學報》第三十一期，二〇一四。

如何陪伴身心皆苦的盧照鄰一同面對？

——求助專家、檢查診斷、預防自殺

盧照鄰的人生碰到如此的大挑戰，體力消磨殆盡、精神每況愈下、情緒也低到難以承受，日復一日，似乎看不到痛苦的盡頭，換作其他人也是難以承受。盧照鄰因病無法工作，他的家人也為他花費了不少錢，生活經濟陷入困難。病中，盧照鄰試圖求救，他找到醫家孫思邈、嘗試自療、求了道家仙丹以冀改善。雖然最後的效果不明顯，但我們清楚地看到了盧照鄰的努力。

不過，讓情況更為複雜的是，他的生理疾病與心理憂煩時常交織連結在一起，身體病痛影響情緒，情緒憂愁煩悶又回過頭來加重病痛，讓身體對於病痛的感受更加敏銳，這樣就會成為一種惡性循環（詳見頁196）。盧照鄰的生理疾病，若被診斷是痲瘋病，現今有的是療效明顯的抗生素藥物；若為中風，症狀雖然較難全然復原，但也有多元而實證有益的復健治療，能確實提高生活品質。

除了生理上的疾病，盧照鄰還須要同時面對「心理憂煩」。雖說這樣的情緒困擾來自於身體壓力，只要減輕了身體病痛，情緒困擾似乎便會自動消失，但由於情緒也來自於腦部的變化，身體病痛與情緒又息息相關，所以須要更重視情緒表現與所帶來的影響，勇敢面對情緒，用適合自己的方式，做相應的處理。

第一部分——尋求專家協助做評估

就像是盧照鄰在生理的病痛上找到了醫家孫思邈，若有相關專業人員協助處理情緒上的困擾，能更清楚接下來的治療目標與方向。求診時，醫師會詢問各層面中關於憂鬱症狀的表現，探究其中符合與否、典型與不典型之處，影響生活的部分與程度又是如何（詳見頁59）。親友也能將觀察到的概況告知醫師，尤其是來診者與過去不同或不太對勁的地方，讓醫師瞭解客觀的資訊。

精神科醫師還能進一步就目前收集的資訊，判斷來診者是否是「憂鬱症狀表現」或「憂鬱症發作」（詳見頁72），或診斷為可能是其他的身心表現（有許多其他精神科相關診斷須做排除，在本書中因篇幅而無法詳細討論）。從國際的研究資料中可見，每八個人就有一位，在一輩子中曾有過一次的憂鬱症發作，這樣的情況並不少見。因此，能多瞭解自己當下的情緒狀況與影響程度，對自己總是有幫助的。而不論是否有達到「憂鬱症」的診斷標準，醫病雙方在建立一定的信任關係後，可討論目前主要的壓力來源（生活改變、人際變化等），盤點既有的面對方法，再一起嘗試適合的因應措施與治療方向，這都是尋求專家協助後，有機會能一同討論的主題。

第二部分——做適當的檢查與診斷確認

在不同的年紀中，憂鬱表現可能被看作「少年維特的煩惱」、中年危機，或隨著年紀增長的老化現象。在內外科疾病當中，憂鬱表現也較容易被認做是生理疾病伴隨而來的情緒表現。而若將「憂鬱症」看作腦部疾病，生理疾病與憂鬱症兩種疾病可能會同時出現，也可能是先後表現，出現後更相互影響。如此一想，便更能以此理解自己的現狀，也能更即時地尋求協助。

由於憂鬱症也是腦部疾病的一種，其他腦部疾病，甚或是內外科的其他疾病，也可能有憂鬱症狀的表現，其中像是中風等腦血管疾病、帕金森氏症（Parkinson's disease）或是失智症（dementia）（關於老人憂鬱，詳見頁149），都常出現憂鬱症狀表現。高達一半的腦中風患者，在中風後會有明顯的憂鬱表現，而帕金森氏症患者中，則是有超過一

憂鬱症症狀表現的可能病因

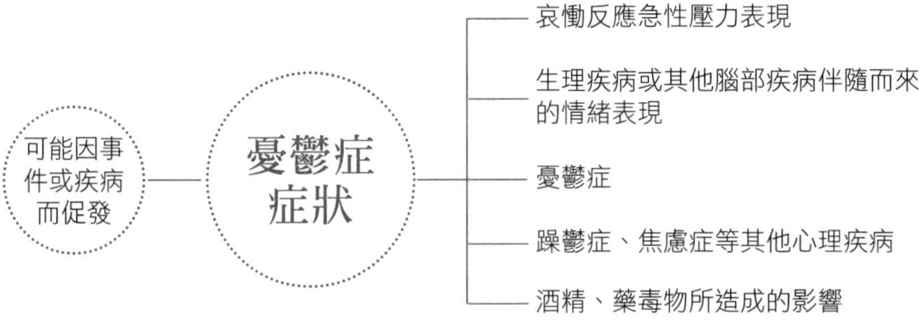

半（50%到75%）的患者具有明顯的憂鬱症狀，甚至憂鬱表現會早於大家較熟悉的帕金森氏症動作表現（如走路小碎步、手抖、動作慢、肢體肌肉僵硬等）。因此，經評估後做適當的相關檢查，能成為分辨診斷的重要資料之一。

有些藥物若是會進入腦部，也可能影響情緒的表現。酒精對腦部的作用尤為常見，甚至有「酒精引發的憂鬱症」（alcohol-induced depressive disorder）一說。除此之外，由於多數的非法物質都會進入腦部作用，這些物質除了會影響知覺與判斷，也時常影響情緒。以甲基安非他命來說，雖然使用後可能會達到愉悅效果，當效果減弱，情緒反而會降到低谷，整個憂鬱表現更難承受（關於酒精與非法物質對憂鬱之影響，詳見頁162、164）。

精神疾病中，其他疾病也會有憂鬱症狀的表現，躁鬱症（bipolar disorder）中除了有憂鬱症狀，也要回顧過去是否曾有躁症症狀（manic symptoms）的表現。此外，焦慮症（關於焦慮，詳見頁75）、創傷後症候群（PTSD）等，也會有類似憂鬱症狀表現。為症狀下疾病診斷，還是需要相關專業人員做評估確認。

第三部分——守護生命、預防自殺

若憂鬱症狀較為嚴重，會覺得很難接受自己的心情與身體狀況，也會覺得自己很難復原，甚至不相信自己可以恢復，這樣的思考若繼續延伸下去，就會覺得人生沒有希望、連累他人，甚至認為「自殺」是當下一個合理的選項（頁88）。大部分因憂鬱而受苦的人，都曾經有過「想死的念頭」，而大約十個人中就有一個人，曾經有過自我了斷的舉動。

會想要自殺，可能是把自己整個人當成應該「被處理」的對象。然而，面對異於往常的自身表現，時常須要自我提醒的是，這不是自己這個「人」的問題，而是「憂鬱」所造成的影響，是腦部失調的表現之一。現在這樣，是「憂鬱症狀」讓自己思考更為負面、有一了百了的想法，是「憂鬱」讓自己無法做到原先能做的事情，是「憂鬱」表現影響了自己，也影響了周遭的人。因此，要試著去處理的是「憂鬱症狀」，而不是「整個人」，因此，自殺是結束整個人的生命，並不是處理憂鬱症狀的方式之一。

面對壓力，我們可以有轉圜的方法；面對憂傷，我們可以有親朋好友陪伴走過；面對憂鬱症所帶來的負面情緒與思考，我們更可以有許多方向可以嘗試。面對這些自動生出的死亡想法，若是臨時無法找到最親近的親朋好友傾訴，衛生福利部設立免付費的安心專線1925，可以提供二十四小時的心理諮詢服務。另外，生命線1995也有提供二十四小時的心理問題協助。

••••延伸閱讀

柯亞力（Alex Korb），《一次一點，反轉憂鬱》，張老師文化，二〇一七。

孟浩然失意沮喪時怎麼度過？

從初唐走入盛唐，詩歌百花齊放，孟浩然更是山水田園詩人代表之一。他在政治上困頓，一生沒有做過官。而當他沮喪地離開京城後，卻活出了自己的一片天。走向田園，孟浩然勇敢面對自己的失意，詩中透露著他情緒低落時的自我調適與轉化。孟浩然是透過什麼方法來度過這段陰鬱時光？他的朋友們又扮演什麼角色？

春眠不覺曉，處處聞啼鳥。夜來風雨聲，花落知多少。（〈春曉〉）

這首二十字的小詩，大家應該都琅琅上口！孟浩然用短短幾句話，就把春天的景物描繪得讓人如親身體驗。孟浩然擅長捕捉田園風光與自然景物的美好，詩風自然親切，處處展現出濃厚的田園生活感。「故人具雞黍，邀我至田家。綠樹村邊合，青山郭外斜。」[1]則寫出了孟浩然正和鄰居開心聚會，享受人生！

這樣一個恬然自得的人，竟也有一段陰鬱低沉的人生。

求職失敗，對自己失望的孟浩然

四十歲的孟浩然從家鄉襄陽出發，帶著必勝的決心，到了首都長安準備參加科舉考試。這是孟浩然人生第二次來到長安，五年前他也曾經到這求取官位，然而當時過了一年卻毫無斬獲、鎩羽而歸。這年開春，孟浩然到了長安，興致高昂地寫下〈長安早春〉[2]，「何當遂榮擢，歸及柳條新」，詩中充滿著期許，今年的自己，應當能在考試中一舉登第，回鄉還趕得上新冒的翠綠柳條呢！

然而，人生並未如孟浩然想像中的美好，到了柳絮飛舞的清明時節，孟浩然寫下的是這兩句，「帝里重清明，人心自愁思」[3]。他看著長安城再度迎來清明節，自己的心中也獨自湧起愁思。不用多說，他定是考試沒上，心中迷茫。

求取功名失意、生活盤纏漸空，這年從春天到秋天，孟浩然到了人生新低谷。一開始他並不放棄，希望找人來推薦自己、讓自己被更多人看見，在寫給當時高官袁仁敬與賀知章的詩中，便提到在長安相當辛苦，生活中災難不斷，求官之路上，碰到權貴排擠為難，干謁活動也處處受阻。[4]但是，若要回老家襄陽歸隱，卻又因為沒錢而無法成行，一天天留在京城，錢財也像燒柴般消耗殆盡，而自己的雄心壯志，更隨著歲月逐日衰減，他悲傷地寫下：

黃金燃桂盡，壯志逐年衰。日夕涼風至，聞蟬但益悲。[5]

當年茫然而不知道該走或留的孟浩然，聽到傍晚的蟬鳴更添愁緒，或許就在哪處默默垂淚著。這時候的孟浩然覺得，大家都幫不了自己，是種無助又無望的低沉心緒，他寫給好朋友王維的詩，就吐露出自己的失望：

寂寂竟何待，朝朝空自歸。欲尋芳草去，惜與故人違。（〈留別王維〉）

孟浩然問自己，自己如此寂寞是還在等待什麼呢？一天天過去，每每落空地失望而歸。在這樣的無望感中，他對王維說，不如找個幽靜的山林隱居好了，但不對，想了又想，若隱居了，就要與王維老友分別了啊。

詩的後半段，孟浩然感慨自己想不到其他方法，只希望任何一位當權者能夠引薦他，然而，能瞭解自己、欣賞自己的知音，實在是太少了。「**只應守寂寞，還掩故園扉。**」孟浩然無可奈何，只能表明自己將回鄉歸隱，並緊緊關上家中柴門。失志的孟浩然寫到自己面對冷酷現實時求助無門，對於心中難以排解的哀愁與怨懟，只能看似賭氣地說要把房門都關上，便不須要與他人相互往來了。

怨天尤人，對他人失望的孟浩然

到了這一年年底，仍然沒有好消息，孟浩然的憂鬱情緒難以宣洩，於是寫下了有名的〈歲暮歸南山〉。這首詩內容和其中所飽含的負面情緒，很難和寫出「**春眠不覺曉，處處聞啼鳥**」的孟浩然聯想在一起，然而，這就是他當時最真實的心境。

「**北闕休上書，南山歸敝廬**」，詩的開頭便有些自暴自棄，孟浩然為了求官來到京城，竟說自己回到南山的破舊茅屋就好，不再給朝廷上書了！孟浩然說的雖然是氣話，但也是失望透頂時的真心話。而詩的第二聯更是驚人，「不才明主棄，多病故人疏」，孟浩然說自己本來就沒有什麼才幹，難怪明君會棄我不用，自己年邁多病，也難怪老朋友都和我遠離生疏。細讀這兩句，雖然都是說自己不夠好，但不也是隱晦地在埋怨君王、抱怨朋友不為自己引薦嗎？

「白髮催年老，青陽逼歲除。永懷愁不寐，松月夜窗虛。」詩的後半段，孟浩然繼續感嘆自己白髮頻生，催人老去，而新春到來，也逼得舊歲快速遠去。帶著滿懷的憂愁與不平，孟浩然直到半夜仍難以入眠，看著月色照亮窗外松林，他只覺得一片空虛。

仕途失意、徘徊在長安的孟浩然憂愁極了，他對自己失望，也對君王與友人有難以直言的不滿，他用迂迴的方式怨天尤人，卻也真實地說出當時自暴自棄的心態。愁苦的孟浩然，展現了不同面向的憂鬱表現，除了情緒低落，他的思考更為負面，躺在床上時則因多思煩惱而整晚睡不著，他除了睡的時間短，品質也糟，可以想見，孟浩然日常的精神與表現，或多或少也受到了影響。

觸景生情，對京城失望的孟浩然

孟浩然實在待不住了，長安的所見所聞都在提醒自己應舉不第。又是懷才不遇、又是壯志難酬，心情該是低落到了極點，此處無法安定身心，孟浩然決定離開長安！然而，要直接回襄陽老家好，還是要去其他地方？孟浩然決定先四處走走看看，但也還不想放棄任何做官的可能，作為折衷，他先選了當時的東都洛陽，留有機會，做最後一搏。

在洛陽待了半年，孟浩然去了些聚會，也拜訪了些朋友，然而，他的低落情緒讓他猶豫不決，矛盾更為加深，「羨君從此去，朝夕見鄉中」[6]，他羨慕朋友很快就可以回到老家與家人團聚，自己卻不知道什麼時候才能回去。同時，「十上恥還家，徘徊守歸路」[7]，在京城多次考試都沒考中，上書獻賦的求仕之路也無法順利如願，自己羞於回家，只好徘徊在路途中，猶豫要往那個方向走。

當時，在孟浩然心中占據更多的想法，是「今日龍門下，誰知文舉才」[8]，來參加聚會的大家，怎麼都沒有發現自己就像孔融（文舉）一樣有才幹呢？更為麻煩的是孟浩然還生病了，在〈李氏園臥疾〉一詩中，他憂傷地寫下：「年年白社客，空滯洛陽城。」孟浩然埋怨，每次自己以布衣身分來到洛陽求官，卻總是毫無所獲，無法向前，他只好無奈地滯留洛陽城內。

失望之餘，美好的東都洛陽也不是久待之地，孟浩然於是前往離政治中心更遠的吳越地區（今中國江蘇與浙江）。他在往東走的路上，寫下了〈自洛之越〉，提到了對於自己一事無成的感慨：

遑遑三十載，書劍兩無成。山水尋吳越，風塵厭洛京。扁舟泛湖海，長揖謝公卿。且樂杯中物，誰論世上名。

孟浩然感嘆自己三十年來，想要求得文武功名卻都沒有成就，他厭倦了京城的生活與汲汲營營的追求，要轉往東行，去吳越江南遊山玩水。現在的孟浩然在湖上泛舟，向偶像謝靈運作個長揖致敬。他想，與其再去計較這世上的功名，不如先享受眼前的美酒！

而因著這趟旅程，孟浩然開始活出了自己。從觀賞山水的遊歷詩，我們可以看到他的心境轉變。此刻的孟浩然擺脫了仕途失意的苦悶，開始追求專屬於他的人生。

失意沮喪的孟浩然，透過什麼方法度過這段時光？

✹ 放過自己

孟浩然給自己的期許是勇於任官，希望在考試中一顯身手，然而現實生活中，他考試沒上、干謁無成，這無疑給孟浩然一個重重的打擊。此時，遇到挫折壓力而低落苦悶時，心態上要先做些調整，也就是試著「放過自己」，先允許自己有負面情緒，這些負面情緒都是自然的。開啟旅程的孟浩然雖然依舊滿懷憂愁，但面對這樣的情緒，他給自己一個與愁緒共存的空間。

移舟泊煙渚，日暮客愁新。野曠天低樹，江清月近人。

憂鬱時，先讓自己好過點

這首〈宿建德江〉中，孟浩然寫到在傍晚時分把小船停靠到岸邊，浮現出了他滿滿的「新愁」，有著仕途失意、前途茫茫的愁思，也有著旅途孤單、懷想故鄉的愁緒。此時，孟浩然選擇誠實地感受自己的孤單愁苦，他發現換個角度去看待憂愁，遠處的天空似乎比樹木還低，而高掛在天上的明月竟然和舟中的自己這麼靠近！

同時，放過自己也代表著不強求、不執著，改變對自己的要求、降低標準。老友王維就是這樣開導孟浩然，要他放自己一馬的。

杜門不復出，久與世情疏。以此為良策，勸君歸舊廬。醉歌田舍酒，笑讀古人書。好是一生事，無勞獻子虛。（〈送孟六歸襄陽〉）

王維想對孟浩然說：「若是隱居不再出門，久而久之就不用在意這些人情世故了。這對孟浩然你來說，也不失為一個好方法，好友你就安心地回老家襄陽吧。在家中，可以喝酒高歌、可以恣意看書，想來也都是好事，更重要的是，你還不用像其他人一樣耗費心神來獻賦求官！」王維給了仕途失意的孟浩然一個大迴轉的人生可能方向。

而孟浩然怎麼回應呢？相傳王維寫給孟浩然的這一首〈送別〉[9]中，在王維的徐徐開導下，孟浩然說出了隱藏在心中的另一番心思。「但去莫復問，白雲無盡時」，孟浩然想就這樣離開此處，他對王維表示：「你的心意我都明白，就不用再多問我什麼了吧！想一想，家鄉的山間白雲，可能才是我最好的夥伴呢！」

孟浩然沒有讓任官致仕的想法長期困擾著自己，他明瞭自己沒有當官的機運，便不再強求。因而，他離開長安來到洛陽，再到離政治中心更遠的吳越之地。孟浩然放過了自己，心情才得以較為平復。

放過自己，是改變對自己的要求、降低標準，從另一個角度來看，放過自己，同時也是不那麼嚴格的對待自己，是對自己好些，轉而去滿足自己的需要。對自己好些與放過自己是一體兩面，既然某方面的壓力過大、情緒無法排解，就從其他方面來讓自己生活得更舒服、情緒更穩定。

✺ 保持活動

孟浩然面對考試失利這樣的困境時，沒有在第一時間便回老家襄陽，關在家中把自己封閉起來。他離開長安之後反而前往洛陽，在洛陽待了一段時間後，又繼續往吳越地區旅行。孟浩然在亳州泛舟遊湖、羨慕著鴻鳥高飛時，[10]有曹御史陪他，曹御史甚至還想要引薦孟浩然做官；遊玩到了富陽，孟浩然也去拜訪了劉姓與裴姓的兩家人。[11]有他們的打點照應，孟浩然感到相當的溫暖。

孟浩然到了桐廬江邊後，寫下了有名的「風鳴兩岸葉，月照一孤舟」，然而想著己身孤單、想著遠方朋友，低落的心緒又倏然出現，讓孟浩然感到「還將兩行淚，遙寄海西頭」[12]，好好地發洩一番情緒。透過旅行，孟浩然遊賞山水美景，他在獨處時抒發情緒，也透過拜訪親朋故舊來吐吐苦水，整體而言，孟浩然透過保持活動，維持生活日常的刺激，讓自己的身心狀態都能穩定些。

憂愁煩惱時，常常對什麼都不感興趣，整個人的體力與活動力也都減低，這些可以理解為憂鬱症的表現之一。然而，也因為活動減少、體力不佳，身心狀況與憂鬱情緒可能更為嚴重，情緒與活動兩者交互影響，成為一個較複雜的惡性循環。

其實，不一定要像孟浩然那樣真的去遊歷旅行，若要讓自己情緒穩定一些，先要讓自己保持生活的日常習慣，若有機會，再從中找出有價值的活動，評估困難與可行程度，然後一步步依序安排完成。如此，便可以透過改變行為，進一步改善憂鬱症狀。

若沒有辦法去旅行，就先從簡單的運動開始；若無法運動，就嘗試出門散步；而若沒有辦法出門，就在家多走動、多拉筋伸展幾下。從最小的一步去做嘗試，就是讓身體多接受一些刺激，當刺激多一些，便會遠離過往的循環，往前邁進一步。

要做什麼合適的活動來保持日常的活動呢？例如會讓自己感到放鬆、舒壓、愉悅、滿足的各種事情都很適合。但若可以，在採取行動之前，可以先評估每種活動是否適合在當下進行。為了不讓自己的心理與身體負擔過重，可以先從最容易達成的活動循序漸進地做嘗試。另外，也可以將大目標拆解成「小工作」，透過完成了每一小步自己給自己的活動目標，完成後也會即時增加滿足感。若是這次沒有完成，也不要因此自責焦慮，只要不給自己過多負擔，下次便還有機會再試試看！如此一來，透過保持活動，便能離開惡性循環、增加信心，也增加了此時同樣需要的自我成就感。

✺ 維持合宜社交

孟浩然在考場失利後，選擇了先去遊歷四方，之後才回歸田園隱居。不論是哪一種生活模式，為了讓自己的情緒保持穩定，孟浩然都有維持合宜的社交與友誼。他會去朋友家作客，替即將遠行的朋友送行，有時候寄詩給別人，也收到不同友人的溫暖來信與贈詩。但有時候，他仍會感覺到悶悶不樂，這時，朋友與社交互動就顯得相當重要。

某一次，孟浩然因病躺在床上，懶懶的什麼事情都不想做，連平常能讓他開心的歌舞聚會，現在也覺得勞心費神、沒什麼意義。孟浩然在〈家園臥疾，畢太祝曜見尋〉[13]一詩中，抱怨過往一同交遊的人，現在卻都少來探視，他反省著：「自己應該是朋友最多的啊？為什麼現在的我會一個人在這？」

當孟浩然處在身心狀況不佳、想法較為負面，並開始反省過去、懷疑自己的情境下，他又進一步想到自己年老了卻一事無成。在這些想法看似無以轉圜時，終於，好朋友畢曜來看孟浩然了，畢曜除了人來，還帶來了伴手禮，兩人共進了一餐，讓孟浩然感受到朋友的噓寒問暖，心情也好過了許多。

情緒低落時，常常不太想要面對他人，會覺得各種社交聚會沒有意義、人與人的聯繫都是多餘的。同時，也會感覺到面對他人本身就會增加心理的負擔。因此，憂鬱時，想到社交活動，會希望能少便盡量少，人際互動也是能減就盡量減。但人際互動一減少，能被瞭解、被幫忙的機會也跟著減少，憂鬱情緒便因而少了一個可能可行的解方。

實際上，當處在這樣的身心狀態，若要勉強自己去增進人際互動並不容易。要維持社交互動，又要不給自己過大壓力，為此，我們可以設定一個較容易達成且在自己接受範圍之內的方式。若是沒有辦法與他人見面聚會，也可以嘗試打電話；若無法與他人說話，聽聽親朋的聲音也可以；若是擔心時間過長負擔大，目標設定為幾分鐘也很好。不論是用什麼方式，都要設定一種容易達成目標、可行的自助方式，讓自己能感覺到人際之間的互動與他人陪伴，同時不感到過大的負擔。

••••參考資料

黃善瑞，《孟浩然詩歌中的「仕」與「隱」——以贈別詩、登臨詩、泛覽詩為例》，佛光大學文學系碩士論文，二〇一三。

仕途失意的孟浩然給自己的錦囊良策

——人際心理治療

關於孟浩然的仕途之路，史書記載了一段他人生中最接近當官的故事。

某一天，王維邀請孟浩然去他的辦公處，不久，皇帝唐玄宗來了，孟浩然馬上躲到床下。還好，當王維告訴了唐玄宗實情後，唐玄宗竟高興地表示：「我聽說過這個人卻沒有見過，他為什麼要害怕得藏起來呢？」便命令孟浩然出來。唐玄宗詢問他的詩作，孟浩然便朗誦了自己的詩，只是，他哪首不挑，偏偏選中了〈歲暮歸南山〉這首。當孟浩然念到「**不才明主棄**」這句，唐玄宗似乎生氣了，他說：「是你不尋求做官，並不是我拋棄你，你為什麼要汙衊我呢？」[14]

想當然耳，孟浩然在皇帝面前搞砸了，更是連想都不敢再想要謀求官位。在長安仕途失意的孟浩然開始陷入憂鬱，他對自己失望、怨天尤人，眼中所見的長安各處景色，都能讓他聯想到自己謀官失敗。或許，透過人際心理治療（interpersonal psychotherapy,

IPT），孟浩然能靠自己的能力來面對憂愁，克服他所遭遇到的困難。

人際心理治療是由美國精神科醫師傑拉德·克勒曼（Gerald Klerman）與米爾納·魏斯曼（Myrna Weissman）於一九七〇年代發展而來的心理治療模式。治療著重於人際關係與憂鬱症狀之間的關聯，尤其憂鬱症發作之前一段時間內人際互動的改變。其中，導致憂鬱的四項最主要人際問題分別為：哀傷及失落、角色衝突、角色轉換與人際缺乏。

藉由辨識出以上的人際主題與生活壓力事件，分析如何影響自身、造成情緒反應，並探討可能的解決方法。若能有效因應人際主題而改變人

人際心理治療處理的四大主題

人際主題	簡介
哀傷及失落 grief and loss	當自己重視的人死亡或離開，心中尚未平復的悲傷與失落反應。
角色衝突 role disputes	當自己與他人之間，對於彼此關係具有不同、甚至無法互相達成的期待，因而產生衝突或爭執。
角色轉換 role transitions	從原來的家庭、社會或職業角色，去適應一個不同以往的新角色，包含生命階段與工作的改變。
人際缺乏 interpersonal deficits	在處理人際關係或互動技巧上有困難，無法建立或維持一段人際關係。

際互動，就能減輕憂鬱所帶來的困擾，進一步找出能讓情緒好轉的可行方法，促進情緒的改善。

●●●● 延伸閱讀

約翰．海利（Johann Hari），《照亮憂鬱黑洞的一束光：重新與世界連結 走出藍色深海》，天下生活，二〇一九。

王維面對哀愁時，靠什麼來安定自己的心？

王維與孟浩然友誼深厚，他曾給孟浩然一些人生建議，而王維卻也有他自己的人生難關。當他碰上安史之亂，被抓後孤立無援，只能被迫出任偽職，可想而知，王維的內心痛苦又絕望。

幸好，王維多年來為了穩定身心下了許多功夫，試著讓自己盡量不受外在干擾。從王維的詩詞中，我們可以一窺他安定身心的心法。

君自故鄉來，應知故鄉事。來日綺窗前，寒梅著花未？[1]

王維詩的風格就像這樣，好似情緒淡淡的、似有若無的。看到久別重逢的友人，他不會像杜甫那樣明白地寫出心酸悲喜，也不像李白那樣先痛飲一杯再說，而是淡淡的問上一句：「家鄉那邊的梅花開了嗎？」從似乎最不重要的景物問起，卻能讓人感受得到王維藏在底層的情感。經他消化過後寫出來的這分情感，反而更貼近、更觸動人心。王維描述生活是如此，描寫景色也是如此，那不外露的情感，是要多加用心去感覺的。王維在人生最低潮時發生了什麼事？又是怎麼穩住自己的心緒去度過的？以下就從歷經安史之亂的王維說起……

安史之亂中的李白與杜甫

天寶十四載（西元七五五年），安祿山在首都長安的東北范陽（近今中國北京）起兵，他一路往西邊前進，第二年年初就占領了東都洛陽，年中潼關失守、長安淪陷，唐玄宗往西南蜀地避難，老百姓也四處逃難，史稱安史之亂。

安史之亂動盪了政權，也深深影響了當時的詩人。杜甫戰亂後便帶著一家逃難，好不容易安頓好家人，自己準備獨自往北投奔唐肅宗李亨（唐玄宗的兒子），卻又被叛軍抓去長安……，於是杜甫寫下了「國破山河在，城春草木深。感時花濺淚，恨別鳥驚心」[2]，一副觸目驚心的淒涼景象。之後杜甫雖成功脫逃，被肅宗任命為官，但官場沉浮，杜甫將所見所聞寫下，世人因而稱他為「詩史」。

安史之亂中的李白則往南邊逃。當時唐玄宗的另一個兒子永王李璘坐鎮南方江陵，李白受邀便在李璘麾下當幕僚，他寫下「感遇明主恩，頗高祖逖言。過江誓流水，志在清中原。」[3]雖然李白想要一展抱負，但史載李璘不久後「謀亂」，與哥哥唐肅宗交戰後，旋即兵敗被殺，李白則因站錯隊而被捕下獄，最後被判流放夜郎。之後雖然被赦免，但也在幾年後（西元七六二年）過世。

詩人王維正好和李白同一年出生（西元七〇一年），在安史之亂時，他的處境又是如何的呢？

安史之亂中，王維無奈的處境

安史之亂那一年，王維原本在長安當個小官，唐玄宗避難，王維沒有跟著逃出去，便被安祿山軍所抓。安祿山希望王維替他效力，把他迎到了洛陽。當時，他不知道政經形勢如何，也不知道自己的生活與未來會怎麼樣，在這之前，王維已經在輞川半官半隱地生活了好幾年，嚮往隱居生活的他，原本就想遠離這些人世間的世俗名位。現在安祿山想用王維的名聲當廣告，王維別無他法，只能跟隨前去。

根據史書記載，[4]王維到了洛陽後就偷偷服用瀉藥，讓自己好像得了重病痢疾，又假裝自己成了啞巴無法交談。安祿山拿他沒轍，就把他關在寺院中，強行授予他官職。那時的王維可說是叫天天不應、叫地地不靈，還好朋友裴迪來看他，裴迪說起外頭音樂聲和其來由，王維遂唸成兩首詩句，之後由裴迪輾轉抄錄出去：

萬戶傷心生野煙，百官何日再朝天。秋槐葉落空宮裡，凝碧池頭奏管弦。[5]

王維描述了他當時的所見所聞，只見城內一片荒涼，百姓們傷心落淚，原野升起了戰爭的烽煙，滿朝官員則流離四散，真不知道哪一天才能再度見到皇帝？王維看著眼前秋天槐葉簌簌落在空蕩蕩宮殿中的景色，聽著遠方的聲音，他不禁感嘆著：「凝碧池那還聽得到安祿山軍們宴飲作樂的音樂呢！」同時，他也寫出了自己的心境與期待：

安得捨塵網，拂衣辭世喧。悠然策藜杖，歸向桃花源？[6]

希望有一天，我能擺脫這如羅網般的煩惱塵世，獨自拂袖而去，離開這嘈雜喧譁的世界。到了那一天，我要拄著藜杖拐，效法陶淵明隱居，悠遊於山水之間。

在這人事皆非、孤立無援甚至生死交關時，王維想來應當極為痛苦，但他仍故作鎮定、看似心平氣和，沒有自怨自艾、怨天尤人。詩中，他不寫自己痛苦無助，僅僅看似以旁觀的角度寫著「**萬戶傷心**」；他也沒有陷入自責自憐，而是寫「**百官**」期待「**朝天**」，王維確實想離開現在的生活，但他不是想離開人世、自我了斷，而是想離開塵世、還歸田園。

王維不像杜甫，把一腔心酸痛處娓娓道來，用「三吏三別」[7]寫下人間紛亂；王維也不像李白，直接展露自己的開心悲慟，遇赦返鄉時高興地寫上〈早發白帝城〉[8]。王維的悲苦與壓力不一定比他們少，但碰到這樣的劇變時，他的反應看來卻似乎有點與現實不符。原來，王維為了穩定自己的心境，多年來下了頗深的工夫，盡量試著讓自己不受外在干擾、心情穩定。

✹ 獨處（Solitude）——安斗室而獨處

首先是練習獨處。王維在碰上安史之亂之前，共有兩次較為長時間的「隱居」生涯，一次是終南山（終南別業），一次是輞川。他遠離京城、遠離複雜的人事與公務，投身於大自然中，也讓自己習慣一個人生活。雖然隱居時仍偶有朋友來訪，不一定全然是獨處，但王維多了許多自己的時間，也更能平心靜氣地看到自己的需求。王維將在輞川居住的歲月、生活的點滴寫成詩作，集結成《輞川集》，知名的〈竹里館〉與〈鹿柴〉都是此時的作品。

獨坐幽篁裡，彈琴復長嘯。深林人不知，明月來相照。（〈竹里館〉）

王維一個人坐在這幽靜的竹林裡，又是彈琴又是長嘯高歌。就算是一個人，他還是可以自得其樂的。但他同時也自忖著，自己到底需不需要伴呢？不管是彈琴或長嘯，他是否仍希望有知音共鳴呢？王維說，雖然沒有人知道他在這深深的竹林之中，但有皎潔的月光照映著他，沒有知音也沒關係，因為還有一輪明月相依相伴著他呢。

一樣是在王維隱居輞川時，他在〈鹿柴〉中寫著「空山不見人，但聞人語響。返景入深林，復照青苔上。」王維在空蕩蕩的山中，一個人也看不到，但隱隱約約聽到了人聲。獨自一人的王維沒有進一步去找尋人聲的來源，或是因此感到驚喜或害怕，只是靜靜地看著夕陽餘暉穿入樹林間，隨著時間過去，某一刻又照到了潮濕青綠的苔痕上。

那日傍晚，王維便看著光影緩緩流動，既沒有特別高興，也沒有特別悲傷，甚至沒有什麼情緒。獨處時，王維似乎沒有因為孤單之感而引發憂傷或自憐等負面情緒。同樣地，在

〈辛夷塢〉中，王維也寫出了自己觀賞著自然優美的景色，獨處了好一大段時光。

木末芙蓉花，山中發紅萼。澗戶寂無人，紛紛開且落。

王維看到了樹梢上的木芙蓉花，在山中綻放出鮮紅的花萼。看到充滿生氣的花開，王維卻沒有太多的喜悅。他環看四周，山溪邊杳無人跡，安靜極了，於是他便在那兒停留下來，看著花兒兀自綻放，也看著花兒因風而紛紛灑落。但即便是花兒灑落時，王維似乎也沒有太多的苦悶情緒，落了就讓它落了。說不定，王維還會反問一句：「這不都是自然現象嗎？」

王維善於獨處，也善於觀察細微的變化，若沒有一定的心平氣和，是無法寫出這樣直白而生動的詩句的。

✺ 靜觀（Meditation）——萬物靜觀皆自得

王維的感官相當敏銳。他會用詩句直接表現出自己捕捉到外在音聲、色彩的。他沒有刻意雕琢字詞，也沒有過多的誇飾比擬，只是把自己靜靜觀察到的景象呈現出來。其中，對靜物靜景的描寫，便成了王維詩的特色。他用感官專心體驗「存在於某處」的景物，把注意力放在此時此刻，這就是「靜觀」。

四十歲時，王維隱居在終南山中。一天在山上，他回頭看剛走過的路，白雲好像都連在一起，雖然雲氣氤氳瀰漫，但再往前走近一看，卻又不見蹤影，好似一無所有，於是他寫下了「**白雲回望合，青靄入看無**」[9]一句。其實，白雲和青霧不一定有什麼聚散變化，但透過王維一回頭、一走近地細緻觀察，就察覺到了其中因觀看角度不一而有的細微不同。

除了摹寫靜物靜景，王維的動態景物也描繪得生動活潑。在他筆下的「**漠漠水田飛白鷺，陰陰夏木囀黃鸝**」[10]，就有靜態的廣闊水田與繁茂樹林，也有白鷺飛與黃鸝聲這樣的動態景象和音聲，這樣刻劃著實真切傳神。再看看「**明月松間照，清泉石上流**」[11]，一樣是一靜一動，讀者像是在欣賞一幅畫般，隨著王維進入了他描繪的山水松石景象。

不僅僅是雙眼所看、雙耳所聽，王維連一般人最容易忽略的皮膚觸覺都感受到了其中變化。「**山路元無雨，空翠濕人衣**」[12]，王維在山中漫步，一路上雖沒下雨，但蒼翠山色與蒸騰寒氣，卻喚醒了王維皮膚的觸覺與冷熱感。他感覺到，這樣的濕潤氣息，濃得沾濕了他的衣裳。

除了在隱居時靜觀，王維在當官工作時也仍持續著靜觀的功夫。名句「**大漠孤煙直，長河落日圓**」[13]，便是他勞軍赴邊塞時所看到的一段畫面。廣大無邊的沙漠中，他看到了一股炊煙醒目直升；在奔流無盡的黃河上，他則看到了渾圓的夕陽緩緩下降。明明可能只是塞外的普通景色，但王維透過細細觀察四周所見後，再挑選出最直接的意象進行書寫。若王維此時仍帶著自己的情緒與主觀見解，寫出的詩作是難以如此動人的。

讀王維詩，會感覺王維正經歷著一種全新的體驗，因為他很少把過去的經驗、過往的認知想法一併呈現出來。他是用感官捕捉當下直覺後直接書寫的。也由於他不帶成見，他的如實感覺便能很快激起讀者的共感。而他這樣的書寫表現，正是來自於他有意識地觀察自我。

✺ 自我覺察（Self-awareness）

不僅是對外在的各種刺激靜觀，王維對自己當下的狀態也有敏銳的察覺。這樣的自我瞭解，不是回顧過去已經發生的事，也不是要預測未來還沒發生的事，王維想要分享的，只是他當下的外在觀察，與當時的發現。讓我們回頭看〈積雨輞川莊作〉這首王維代表作：

> 積雨空林煙火遲，蒸藜炊黍餉東菑。漠漠水田飛白鷺，陰陰夏木囀黃鸝。山中習靜觀朝槿，松下清齋折露葵。野老與人爭席罷，海鷗何事更相疑。

王維在靜靜地觀察到「漠漠水田飛白鷺，陰陰夏木囀黃鸝」之後，他沒有離開，而是繼續看著木槿花，從早上綻放到夕陽凋謝，這些變化讓王維當下有了些想法。詩的最後兩句，王維終於回到自己身上，「野老與人爭席罷，海鷗何事更相疑。」王維自省看著景象讓自己想到了什麼。他覺得自己已退出官場，和山中的野老沒有什麼兩樣，為什麼天上的海鷗仍然對自己有所猜疑，在空中飛舞不停呢？王維清楚描述了自己想到的是厭倦了的官場文化。

這些大眾所熟知的名句，多是須要透過靜觀體會而寫出的。而王維詩作的最後一聯也很有趣，因為他常常會在詩的最後，突然冒出看似有點突兀的心境表白，此時，讀者才會真正發現，這才是王維內心中經察覺後，想要表達出來的當下想法，這種表現尤其在律詩中更為明顯。

「明月松間照，清泉石上流」這首詩的最後一句是「隨意春芳歇，王孫自可留」，無論外在是春景或秋景、花開或花謝，王維當下冒出的念頭是，自己願意就這樣一直享受著目前有限的光陰。「倚杖柴門外，臨風聽暮蟬」[14]，王維遠眺著門外風光、細聽暮蟬吟叫，之後就「復值接輿醉，狂歌五柳前」，好朋友裴迪喝醉了酒，自在高唱著，王維察覺到自己當下的心境是想要像陶淵明（五柳）一樣，任真自得、安逸靜閒。無論眼前景色為何，到了最後一聯，王維就是會把察覺到的念頭寫出來。

從外在的觀察，察覺到內心自己的這些想法之後，王維有做出什麼行動嗎？詩中限於篇幅，可能沒辦法做過多的敘述，但王維是有一套見解的，他在給其他人的信中提到：「耳非駐聲之地，聲無染耳之跡，惡外者垢內，病物者自我。」[15]耳朵不會專注、執著於聽到的聲音，聲音也不會因此染汙耳朵。王維體悟到，自覺討厭的外在景物，其實是來自於內心已經有了既定的厭惡印象，若是覺得某樣景物看不順眼，那便是因為自己對這些景物已經有了好與壞的成見。也就是說，察覺到這些想法後，王維進而告訴自己，哪些想法可能是來自於自己的成見。

王維重遊安史之亂舊地

安史之亂時，有一場唐軍收復長安的關鍵之戰——香積寺之戰。那是發生在長安城南方香積寺附近的大戰，唐軍聯合西邊諸國援軍，一同東進，向所謂的叛軍發起攻勢，最終成功「收復」長安。在那幾年中，王維經過了香積寺，寫下和國家興衰、風雲變化截然不同的這首詩。他將幾十年來的修練，從獨處、靜觀到自我覺察等體悟，都相當深刻地寫了下來。

> 不知香積寺，數里入雲峰。古木無人徑，深山何處鐘？泉聲咽危石，日色冷青松。
> 薄暮空潭曲，安禪製毒龍。（〈過香積寺〉）

王維經過了香積寺，身旁不一定有人相伴，但他仍是閒適自得的。他原本不知道這座寺廟，走了幾里便進入雲霧環繞的山峰。王維靜靜地感受周遭帶給他的刺激，他看到了古樹叢林杳無人跡，也聽到了深山空谷的隱隱鐘聲。進一步，王維仔細的去感受感官所帶來的感覺。他覺得大石頭擋住流水所發出的聲音有如幽咽之聲，而夕陽斜照在青松上則讓他感到寒意。王維品味著自己當下冒出的想法，在這黃昏時分、處在這空潭隱蔽之處，他發現自己也有著如一般人的慾念妄想（毒龍）。但這些念頭出現了也沒關係，王維安然地讓這些想法出現又消去，不刻意去分別好壞。唯有下過一番功夫修行，才能讓王維在碰到人生極大磨難時，盡量維持心平氣和地安穩度過。

與王維時刻實踐的修行相互輝映
——正念療法

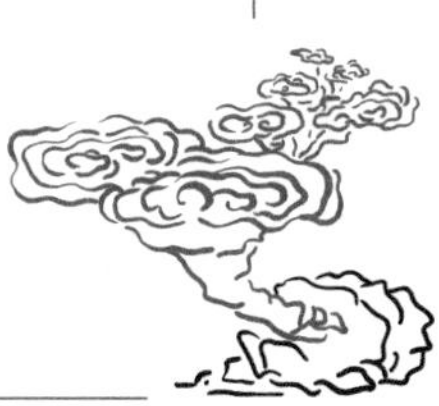

王維一生受佛家影響許多，他的字是「摩詰」，號是「摩詰居士」，便來自於他喜歡誦讀的《維摩詰經》中的維摩詰居士。王維的詩歌創作也相當程度受到了佛家思想的影響，死後更得到了「詩佛」的美稱。佛家禪宗強調，不要因外在的一切境遇而生出悲喜之情，也不因此起心動念，而王維的詩作便是他禪修生活的體現。

正念（mindfulness）將佛家禪修冥想的概念，運用到現有的心理治療中。其中，「正」是「正在當下」的意思，正念的含意則為「對當下一切的覺察」。正念療法的創始人喬・卡巴金（Jon Kabat-Zinn）將正念解釋為「時時刻刻非評價的覺察，須要刻意練習（moment-to-moment non-judging awareness, practice on purpose）。」

這樣的覺察不帶有評論與批判，僅僅只是在察覺到後，接受這樣的存在。因此，正念中的覺察對象是自己，包括自己的感受、情緒、想法等，透過獨處、靜觀、自我覺察

正念：對當下一切的覺察

等正念練習，能更明白自我此時的狀況，練習不帶著評價去與當下的情緒與想法相處，因此能更專注地活在當下。

在情緒來時，要能夠暫停下來，透過對自己身體與心理現狀的覺察，及時瞭解當下身心的需要。而當憂鬱情緒來臨，時常會有反覆出現、無法控制的負面想法，透過正念練習就可以嘗試脫離慣性的想法與原先習以為常的應對模式，幫助自己回到當下，將這些想法暫停下來。這麼做同時也能幫助我們發現當下最重要的事，不是壓抑這些情緒，而是好好照顧自己。

目前在臺灣較常見的有結合了

認知治療思辨技巧的正念認知療法（mindfulness-based cognitive therapy, MBCT），與正念減壓療法（mindfulness-based stress reduction, MBSR）。正念將注意力放在每一個當下，在生活中及時瞭解自身當下的需要，就算在面臨壓力的時刻，也不忘提醒如何安頓身心、照顧自己，目前有許多研究皆證實正念相關療法有其成效。

●●●●延伸閱讀

胡君梅，《正念減壓自學全書【MBSR課程—圖解加強版】：美國麻大正念中心CFM認證導師、華人正念減壓中心創始人「胡君梅」不藏私解惑書》，野人，二〇一八。

跌宕起伏一年後，柳宗元想方設法讓生活更精彩

到了中唐，政治時局沒有盛唐安定，詩歌題材卻更寬廣。柳宗元參與了政治革新，卻也為此付出了一輩子的代價，他悶悶不樂、自悔自怨、甚至自我譴責，卻終究無法換得北歸。柳宗元被貶永州的那幾年，他也用各種方法試圖振作起精神，而他的詩文作品，則記錄著他如何透過想法改變，得以轉移他憂愁痛苦的心緒。

西元八〇五年初，柳宗元三十四歲，他將到達人生最顛峰的時刻！

這年一月，唐順宗李誦即位，由他過去太子時的老師王叔文掌握朝中大權。以王叔文為首，新的政治團隊以「上利於國，下利於民」為目標，將要收回宦官的特權與節度使過大的權力，浩浩蕩蕩地改革人事制度與過往的政治弊端，史稱「永貞革新」。柳宗元躬逢其盛，受到王叔文重用，他作為禮部尚書郎，成為改革團隊的中堅人物。對柳宗元來說，這是重大的責任與巨大的榮耀，他要把握機會一展抱負！

然而，新任團隊迅速進行改革，破壞了原先既得利益者的各項好處，可以想見，改革必會有來自各方的反彈。另外，唐順宗在即位前就已經中風，連說話都不清楚，王叔文主導的改革正當性更被質疑。

果不其然，宦官和節度使們聯合起來反擊。這一年三月，他們先擁立了唐順宗的長子李純為太子。八月，便迫使唐順宗「禪位」成為上皇，名正言順地傳位給太子唐憲宗李純，史稱「永貞內禪」。此時，政治形勢迅速一轉，永貞革新全盤被推翻，這些擁護者也立刻倒臺。王叔文被貶後不久即被賜死，而柳宗元同樣也受到打擊，[1]同年九月，被貶到邵州當刺史。按照規定，被貶的官員要在規定時間內出發並到達被貶之處，柳宗元只得匆匆動身。

十一月，柳宗元在往邵州的路上，被加貶到更偏遠的永州（今中國湖南），工作也從刺史降職為司馬。柳宗元不知道要在這裡待上幾年，他的工作算是編制之外，雖然沒有什麼責任與工作，但不能干預政治，言行也有許多限制。

西元八〇五年底，三十四歲的柳宗元到了永州，體驗過去不曾經歷過的艱難困苦！

柳宗元不僅僅是自己一人，他還帶著七十幾歲的母親、幼年的女兒，與兩位親族兄弟，一家人千里迢迢從長安跋涉到永州。他第一個面臨的難題，便是無處可居住。因為是被貶而來，沒有安置的官舍，最後，柳宗元一家子只能先暫時棲身在寺院中。

好不容易住房有著落，但卻有更大的苦痛正等著柳宗元。來到永州不到半年，柳宗元的母親不幸過世，他自責母親跟著自己落難到了永州，沒能好好侍奉母親已讓他深感哀痛，身為戴罪之身而不能送母親靈柩回去安葬，更讓他覺得自己不孝。再過幾年，女兒因病夭折。人世間再沒有直系血親，柳宗元可說是孤身寡人了。

工作被貶謫，家人皆過世，一個人在異鄉，要熟悉新環境，要對抗水土不服，對柳宗元來說，最難的就是要如何讓自己不繼續愁苦下去。他曾寫過〈溪居〉一詩，句句都讓人覺得是反話。

久為簪組累，幸此南夷謫。閒依農圃鄰，偶似山林客。（〈溪居〉）

柳宗元被貶謫到永州，卻說成是因為長久被官職所縛，不得自由才離開京城。他明明痛苦異常，卻自述來到南方實是幸運。字裡行間中，雖然寫的是生活愜意，但深讀下來，卻像是強顏歡笑、故作閒適，似乎強自壓抑下了憂愁與不滿。

貶謫「事件」直接連結到負面「情緒」

柳宗元到了永州後，時時反省自己在永貞革新那半年的所作所為，以望獲得原諒。但另一方面，他的反省也使自己陷入了自悔自怨、自我譴責的思緒中。不僅母親過世讓柳宗元感到深深痛苦，他也哀悼同樣被貶而不幸死去的好友凌準。「廢逐人所棄，遂為鬼神欺」[2]，柳宗元悲痛地想著，凌準與自己一樣，被貶後就被眾人所遺棄，而且連鬼神都會來欺負他們，凌準就是因此死亡的！如此痛苦的柳宗元對比了自己的生與凌準的死：

> 恬死百憂盡，苟生萬慮滋。（〈哭連州凌員外司馬〉）

柳宗元替凌準釋懷地想，若像是他一樣安然死去，那麼人生的一切憂慮也都將消逝；反觀，若像自己一樣苟且活着，便會紛紛滋生各式各樣的煩惱。柳宗元心中充滿憂愁苦悶，生理上則是百病纏身。他歸咎其因，源頭直指自己被「貶謫」這「事件」。因為被貶，導致自己憂思成疾。此時，柳宗元單純地認定，只要回去京城長安，自己的身心狀況就會一切恢復如常。為此，他寄信給很多長官友人，希望他們能替自己說說話，讓自己有機會可以回到長安。

在這些信中，柳宗元將自己的諸多現狀，都直接歸因為貶謫。他執著地想著：「就是因為自己被貶謫，現在才會這麼難過痛苦。」他將「事件」與其後的「情緒」以及「身心變化」直接連結在一起，略過了中間一些緣由與思考脈絡。他是怎麼去解讀整個事件？事件本身又讓他怎麼連結到情緒？這些都需要花些時間來探究。

柳宗元在信中反覆提到了自己內心長期感到憂心害怕，精神也越來越不濟。自從被貶後，柳宗元還發現自己的記憶力不如以往，每每讀過書之後又隨即忘記。[3]想要好好提筆寫出事情的原委，但是心思耗竭、無法集中精神，常常寫了後面忘了前面，最終都無法寫出完整段落。[4]

到了永州後，柳宗元的身體多病也多災，腹內脹氣積結不散，不用吃東西就覺得飽，身體也跟著越來越瘦。[5]本來以為在永州住的時間長了，應該也習慣了這裡的炎熱與瘴氣，不管是視力模糊、雙腳腫脹，自己都已習以為常。然而，寒氣一來，身體依舊難以抵抗，在這樣的忽冷忽熱中，他的健康每況愈下。[6]雖然柳宗元似乎也瞭解這些疾病「非獨瘴癘為也」，並不僅僅是因為永州這裡的陰濕毒氣所造成，但他還是用盡方式寫信給長安友人，期盼有一天自己能北歸。

貶謫「事件」直接連結到「行為」改變卻無幫助

顯然，柳宗元將自己情緒與身體的變化都連結到被貶一事上。面對自己悶悶不樂的憂愁情緒，他試圖用不同於以往的「行為」來面對。柳宗元曾經試圖勉強自己出遊以排除心中的鬱悶，卻發現結果不如預期：

時到幽樹好石，暫得一笑，已復不樂。何者？譬如囚拘圜土，一遇和景出。[7]

柳宗元跟好友李建提到：「有嘗試出去活動走走了！」然而，在永州爬山過河之時，柳宗元卻感到驚懼害怕，時時擔心各樣毒蟲之攻擊。就算有時遇到了賞心美景，也只會露出短暫的笑容，無法真正發自內心感到喜悅滿足。柳宗元推究其中原因後打了個比方，他說：「就像是監獄裡的囚犯遇到了晴朗好天氣，心情也只有那麼一瞬間感到開心。」

貶謫後，柳宗元就無法開心了嗎？其實，若是柳宗元能多留意引發自己情緒的這些「想法」，辨認出是否有一些想法是不符合實情，根據事實加以調整後，便更有可能可以轉換想法，隨之轉換負面的情緒。

「事件」連結到「想法」後，成功改善「情緒」

在永州時，柳宗元腦中都在想著些什麼呢？他想著，現在被貶謫，是因為自己年少輕狂，沒有看清楚政治形勢，因此才會參與永貞革新，就是自己做事未經思考，才鑄成大錯。[8]柳宗元會想，自己被貶謫後，生活被侷限在遙遠之地，加之疾病纏身，隨時可能死去[9]，更連累了一家老小跟自己受苦。他想問，自己是不是一無是處，什麼用處也沒有？他想到亡妻已逝，唯一的幼女也死去，永州內又沒有人敢把女兒嫁給自己，柳氏一族到自己無後，這不是愧對祖先嗎？[10]

當這些想法反覆出現，便加深了他的憂愁情緒，而情緒又更加強了這些負面想法。但，或許從想法開始轉變，就可以進一步改變愁苦的情緒！

✺山水遊記呈現了柳宗元轉變想法後的情緒改變

元和四年（西元八〇九年）秋天，柳宗元知道不能再這樣憂愁下去，得振作起精神來，於是，他開始有了不同於以往的想法。柳宗元在來到永州的第四年，振作起精神出門郊遊，除此之外，他也寫下了有名的〈永州八記〉[11]，透過其中文字，他告訴大家，他的想法轉變了。

第一篇是〈始得西山宴遊記〉，相當程度地寫出柳宗元的思考轉換。一開始是「**自余為僇人，居是州，恆惴慄**」，柳宗元提到，自從來到永州，自己就常常感覺到恐懼不安。只有在空閒時，才會漫無目的地遊玩。某日，當柳宗元費了一番工夫登上西山山頂，放眼一瞧，一個與過往不同的想法冒了出來，他寫道：

> **然後知是山之特立，不與培塿為類。**（〈始得西山宴遊記〉）

柳宗元明白，登上山頂，才能知道自己所立的西山特別突出，這和小土丘們是不能相提並論的！柳宗元同時想對自己說的是，自己堅持的政治理想與眾不同，這是因為自己無法同流合汙啊！柳宗元從自責到自信，重新思考了被貶謫的其他可能原因。

從西山遊玩回來，柳宗元的想法改變了，心情似乎也好了些。再過幾天，柳宗元又出

遊去了，這次他走得更遠，發現了一個瀑布下的深湖——鈷鉧潭。樂在其中的他寫下：「看這鈷鉧潭美景，讓自己忘卻了過去的長安生活！」[12]

鈷鉧潭再往西有個小丘，小丘再往西邊又有一個小石潭。到了此時，柳宗元已把過往的自責自悔與擔憂受怕放在一旁，發自內心地去欣賞潭水中的魚。陽光透水照下，魚影遍布在石頭上，一下不動，一下又消逝，魚兒來去快速，好像在和自己嬉戲遊玩。[13]看到這裡，柳宗元變得更安然自得了。

柳宗元嘗試用遊山玩水來平復身心、希求解脫。在這之中，轉換思考是重要的關鍵。想法轉變之後，情緒才能跟著變化。柳宗元認清當下的現實環境就是如此，要回長安的機會相當渺茫，而既然無法改變大環境，與其讓自己繼續痛苦，不如改變想法，讓自己情緒能恢復穩定。

✹ 寓言是轉變想法後才有的產物

柳宗元的想法調整轉變後，聽聞當時官僚的所作所為，想了很多，也有許多話想說。他發現一種文體既能表白心聲，又不容易被別人發現，而且就算被發現也不要緊，反正他假託所描述的主角絕對不是「人」，無法對號入座。他所用的文體便是「寓言」。

柳宗元的寓言相當有趣，最具代表性的便是被合稱為〈三戒〉的〈臨江之麋〉、〈黔之驢〉與〈永某氏之鼠〉。其中〈永某氏之鼠〉描寫了一群老鼠，因為主人迷信不敢殺死牠們，牠們便在房中肆意破壞，「飽食而無禍」，每天吃得飽飽的，無災無禍。沒料到，房子換了主人，老鼠終於被澈底消滅。柳宗元想要比喻的是——小人得志，雖然能狐假虎威、恃寵而驕，卻不可能長久，總有一天終會被消滅。

另外，柳宗元還寫了〈蝜蝂傳〉。蝜蝂是一種擅長背東西的小蟲，又喜歡往高處爬，用盡力氣也不停止，最終自不量力，從高處墜地而死。柳宗元是在暗指某些過於貪婪的官員，他們就與蝜蝂小蟲一樣，最後必會自取滅亡。

透過書寫這些小生物，柳宗元把原本的自憐自艾之情，轉變為委婉巧妙的對外批判。故事有趣動人，形象細緻逼真，更能拐著彎含蓄地罵人。柳宗元順利抒發了不滿的情緒，也順勢轉移了憂愁心緒。

柳宗元透過改變想法而得以轉移愁苦悔恨。就算一樣要面對貶謫環境與不變的壓力，柳宗元卻透過他的山水遊記與寓言，讓情緒得以平復，心境也從此不同。以下，我們再來欣賞柳宗元這首最著名的〈江雪〉詩作。相傳同樣是在他在永州時所做，從這首詩，可以看出他一路上巨大的心境變化。

千山鳥飛絕，萬徑人蹤滅。孤舟蓑笠翁，獨釣寒江雪。

柳宗元會在失意鬱悶出遊時寫下遊記，也會用寓言方式寄託內心憤恨的不滿。但在這首詩中，我們卻看到了一位把負面情緒與想法都暫放一旁的柳宗元，雖是孤單一人卻不感寂寞、政治失意卻不失志的柳宗元。放下一切執著的他，就算在鋪天蓋地的大雪與凜冽逼人的寒氣之中，仍一個人專心地在船上垂釣著呢。

••••參考資料

張瓊文，《柳宗元永州與柳州詩文研究》，華梵大學中國文學系碩士論文，二〇一七。
鄭朝通，《王維、柳宗元生命情調之研究》，南華大學文學研究所碩士論文，二〇〇六。

柳宗元打破了慣性思考
——認知行為治療

柳宗元在永州待了十年，他拚命寫信、用盡所有可動用關係，只為了可以重回京城長安。十年後，皇天不負苦心人，他終於如願以償回去。在這十年間，我們可以觀察到柳宗元的變化。一開始，他將這個貶謫「事件」直接連結到負面「情緒」，開始自暴自棄、自悔自恨；而後，他曾經試著將貶謫「事件」放在一邊，開始改變「行為」、四處遊走，卻發現幫助有限。最後，柳宗元瞭解，若是要改變，得從「想法」開始變起，想法改變後，才更有機會可以成功改善「情緒」。

柳宗元離開了永州，準備在長安重啟新生活，卻沒料到，僅僅才過兩個月，他就又被派到了遠方。更沒想到的是，這次的貶謫之處更遠，在將近千里外的柳州（今中國廣西）。無可奈何的柳宗元，一路到了柳州，開啟了新的人生篇章。

柳宗元剛到柳州時，又出現了與永州一樣的憂愁煩悶，「**城上高樓接大荒，海天**

愁思正茫茫」[14]，他這時的愁思如同海與天一般，是無盡而深遠的。

一般人在面對巨大衝擊事件時，情緒反應看似會首先出現，但其實，在事件與情緒之間，還有一個重要的過程，就是腦部解讀事件後所產生的想法。此時，柳宗元過去的永州經驗會不會影響他對新地柳州的看法？在永州的自責自悔與無奈情緒，會不會讓柳宗元在柳州時，也自動地產生無助與無望感？柳宗元在永州時，透過改變過往慣性的想法，把重點放在當下，嘗試新的思考與行動可能，進一步改變了

認知行為治療：改變想法為優先

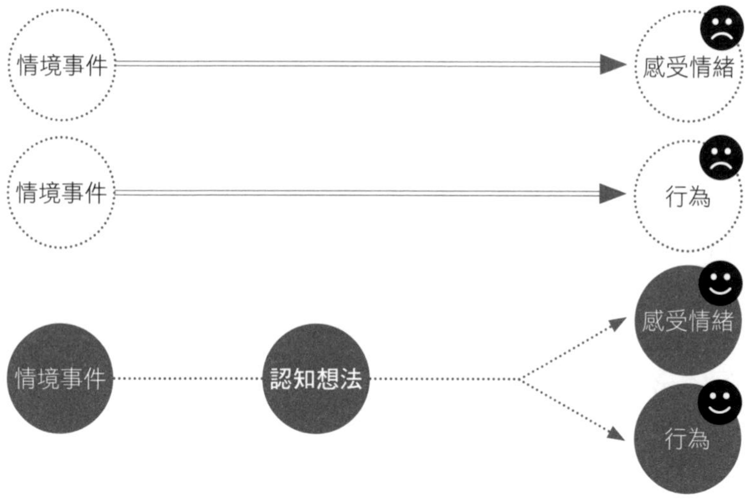

情緒，這與現代面對憂鬱情緒的認知行為治療（cognitive behavioral therapy, CBT）不謀而合。

認知行為治療簡介

人們依照過去的經驗，會依賴同樣的思考模式對新事物做出反應。習慣成自然後，腦部能使用較少的能量，也減少每次碰到事物時的反應，這樣的思考模式，稱作自動化思考（automatic thoughts）。然而，也因此忽略了其他不同因素與可能，習慣自動化思考後，想法可能因而較為固定。

認知行為治療把重點放在當下，透過練習來增加想法的可能性，進一步改變原先對事件所產生的情緒，也改變因應想法所產生的行為。過往已發生的事件與連結的情緒是無法改變的，但現在，人們面對當下事情的想法，卻是可以透過練習去做調整。認知行為治療藉由改變對事件解讀的方式，讓自己原本較為固定的思考更為彈性。

憂鬱除了改變情緒，也會影響思考模式，改變人們看待世界的角度。如同戴上一副有色鏡片的眼鏡，憂鬱時是用有色鏡片看待事物，較容易連結到負面的想法與印象，這些想法是自發而生的，我們稱為負面的自動化思考。若沒有特別去注意，並不會去思考這樣的想法是否合理，我們把這些不合理的思考模式稱作認知扭曲（cognitive distortions）。而認知行為治療的第一步，就是先確認、釐清自己的想法來由與過程，與其中較為不合理的地方。

「以偏概全」[15]是憂鬱時常見的認知扭曲之一。發生了某件事情，其中原因可能有許多，但「以偏概全」的想法卻將其中的部分原因，當作是整件事情的唯一原因而類推到其他各種情境。就像是發生了不順心的事情，憂鬱時較難以看清全貌，容易「以偏概全」挑出其中一樣原因來做解讀，尤其又常常歸責於是自己的錯誤、是自己造成的，這樣就會有過多的自責在裡面。另外，「斷章取義」[16]則是在某件事情中，僅看到自己想要的資訊，卻過濾掉其他重要的資訊。憂鬱時，也較容易「斷章取義」，選擇看到較為負面的部分事物，以此成為事件的全面印象，卻忽略了被自己自動篩掉的其他事物。

「非黑即白」[17]的想法也相當常見，指的是用極端的方式看待事情，不是黑的、就是白的，不存在中間的灰色地帶。解讀一件事件時，「不是對，便是錯」，沒有其他可能，這樣像是是非題一樣畫圈或打叉，雖然容易但也是危險的。真實世界中，實在很難「全對」、完美，這時若單純採用「非黑即白」的思考，給予過多負面評價，時常會讓人感到沮喪。而在憂鬱時，非黑即白帶來的情緒（包含低落無助、焦慮不安等）將會更強烈。

除了這幾種想法，還有個人化（personalization）、災難化思考（catastrophic

thought）等，都是常見的認知扭曲。行為認知治療的第一步，就是讓人們先確認自己的想法，辨識出其中隱含的認知扭曲。第二步則是運用認知再建構（cognitive restructuring）的方式，透過不同的方法來轉變自己的思考模式，以減低憂鬱帶來的負面思考。

為什麼要這麼做呢？主要是因為許多事件都會影響到情緒，但是事件如何影響情緒？中間的步驟是什麼？這就需要依靠拆解來整理其中的想法。

此時，若能有相關專業人員的陪伴，一起擬定治療目標與解決方案，找出其他不同以往的認知模式，重新建立一種新的適應模式，相信會事半功倍。透過不斷的練習，面對憂鬱情緒，將會有更彈性的思考，與更多元的應對方法，如此，便更有機會能減輕各種憂鬱相關的症狀表現。

••••延伸閱讀

賽斯．吉爾罕（Seth J. Gillihan），《情緒平復練習：認知行為治療操作指南，10個幫助你應對焦慮、憂鬱、憤怒、恐慌及擔憂等情緒問題的簡易策略》，晨星，二〇二一。

李賀，哩賀，希望你能好好的！

與柳宗元同樣身處中唐，李賀的一生則更為坎坷。他仕途不順，連父親名字也被當作阻止他參加科舉考試的理由。他曾四處旅遊、拜訪朋友，卻仍不能消除愁悶，再加上他體弱多病，最後在二十七歲時離開人世。

李賀長年鬱鬱不樂，他也相當細緻地將自己各種憂愁煩惱、忿恨不滿寫在詩文當中，若是把他的憂鬱當成生理疾病，現今有那些方法能試著調整改善？

天若有情天亦老。

僅七字，便安慰了不少千年來為感情所苦的人。如若上天有感於凡人的真心與至情，那麼，當祂無聲俯瞰人世間的聚散離合，必然也會因之動容而變得蒼老吧。只要是有情之物，都會動情傷感，上天也不例外，那麼，因情而受挫無助的我們，想到這句，是不是能好過些？

這是唐代的詩句，到了宋代仍為人傳誦不已，多位文人還化用到自己的詞句之中[1]，其他人則是想要以它為上聯，對出相應的下聯。司馬光覺得這句詩投入了深厚的感情、意境高超，「奇絕無對」[2]，要對出來是不可能的！直到以豪飲聞名於世的石曼卿（石曼卿事蹟詳見《文豪酒癮診斷書》頁154），才終於對出相得益彰的下聯：「月如無恨月常圓」。若是月亮沒有如同人世間的悔恨感慨，那麼就應該時常都是圓的吧。將兩句合在一起欣賞，便不免感慨世上沒有十全十美的人事物，有情、有恨都是自發而生的。

這句詩摘自〈金銅仙人辭漢歌〉，漢代皇帝為了求取長生而鑄造了「金銅仙人」，到了魏晉時，被當時皇帝棄而不用，命令拆除，作者假想金銅仙人要向漢代首都「長安」辭別，離開京城時心中的酸楚情懷。在詩歌中的最後幾句是這樣寫的：

衰蘭送客咸陽道，天若有情天亦老。攜盤獨出月荒涼，渭城已遠波聲小。

作者說到，金銅仙人要離開長安了，在城外的咸陽道上，只有衰敗的蘭草來送它。若是老天有情意，看到這一幕也同樣會因而衰老吧。銅人帶著銅盤獨自離開，僅有荒涼的月色相照，看著京城離自己越來越遠，耳邊的波濤聲也越來越小。

實際上，大家或許會想，銅人明明不會走動也不該有情，這些感情應當是作者自己添加上去的。作者會用這樣的手法來形容銅人的情感，通常是他自己有一段藏著的心事無法抒發，有不便表達的感情，才會如此極力揣摩形容。作者寫「物」的感受也就是寫自己的心境，透過描述景物，來隱微地抒發自己的情緒。這位感傷的作者，便是英年早逝的唐代詩人——李賀。

寫這首詩時，李賀二十四歲，以現代來說，二十四歲可能是大學或研究所剛畢業，或在職場上工作了幾年，人生蓄勢待發，才正要開始好好體驗！

「詩仙」李白在二十幾歲時仍在四處漫遊，見識了各地的山明水秀；「詩聖」杜甫也是遊歷了幾年之後，在二十四歲時第一次考試失利，而後又去不同地方繼續旅行；「詩佛」王維比較幸運，二十多歲就考中進士，但沒幾個月就受到牽連，被貶離京城。而人稱「詩鬼」[3]的李賀，則在二十四歲時已做官三年，正要辭官準備回老家。

這是李賀第一次當官，也是他人生中最後的官場職涯，更讓人難以置信的是，再過三年，李賀便過世了，當時的他只有二十七歲。

李賀英年早逝，讓他的好友們都很惋惜。杜牧幫忙寫了李賀詩集的序，[4]結尾是這樣評論李賀的詩：「如果李賀不那麼早過世，能再加深詩作中的事理內涵，那麼他的文學成就將可超越屈原筆下的〈離騷〉。」李賀詩作與當時唐詩主流很不一樣，他的神鬼想像與抒情詩風，承自於戰國〈離騷〉以降浪漫主義的詩歌傳統。因此，杜牧寫下的這幾句話，對李賀來說是相當大的肯定。

除了杜牧作序給了李賀高評價，李商隱也為李賀寫了〈李賀小傳〉來替他打抱不平。李商隱說李賀僅僅活了二十七歲，官職很小，當時的人還多方排擠、誹謗他，不過，李賀的詩可寫得真好啊，會不會是上天特別重視他，才會在他這麼年輕時就把他帶走？[5]

李賀是以「生病」由離開官場，但在官場的那幾年之中，李賀的詩作處處流露出他的無奈與不滿。看來從做官到辭官，對李賀來說是相當大的打擊！他的人生路上究竟發生了什麼事？

李賀當官前的次次挫折

李賀在還不到二十歲的時候，便以一首〈雁門太守行〉獲得當時文壇大老韓愈（就是寫了〈師說〉那位！）的賞識與推薦，詩中前兩句「黑雲壓城城欲摧，甲光向日金鱗開」，更是得到許多人的讚賞。然而，正當他要赴考之際，他的父親過世，按照當時的禮制，李賀必須回鄉守孝三年，因而錯過了人生第一次考試。但更讓他心情複雜的是，幾個好朋友都考中了，自己卻只能留守家中。

守孝期滿，李賀二十歲，他依照已經延遲了的人生計畫，前進京城長安去參加進士考試，而此時，卻有人準備封殺他，說他不能去考！

理由很簡單，這些人說李賀要「避諱」。李賀的父親叫做李晉肅，「晉」與進士的「進」同音，所以便要避一避。避諱在當時的本意是為了表示尊敬，為迴避皇帝、父母的名字，可採用缺筆、換字、改音等替代作法。然而，這些人特意針對他，說他若參加考試，便犯了他父親的名諱！

當時，韓愈聽到後也十分憤慨，替李賀發出正義之言，他的〈諱辯〉一文就是要替李賀鳴冤辯解。文中，韓愈還舉例，如果有人父親叫做「仁」，那兒子是不是就不能做人了？[6]

韓愈引經據典，找出了避諱的矛盾與過度之處，然而，就算韓愈說話也沒用，李賀終究無法考試。年紀輕輕就被阻斷前途，李賀還沒做官，就已因為接連打擊而心灰意冷了。

李賀無法經由考試做官，之後是透過唐代的「恩蔭制度」才獲得官位。由於李賀與唐代皇帝一樣姓李，算一算也是唐代宗室的後代（李賀常自稱「唐諸王孫」），靠這層關係可以有一些特別待遇。終於，二十一歲的李賀得到了一個名為「奉禮郎」的九品小官，展開了未知的長安生活。

李賀當官時的種種煩惱

沒想到，李賀才剛開始當官，便覺得工作清閒、有點無聊，他寫了〈始為奉禮，憶昌谷山居〉，回憶起自己的家鄉生活，其中一句「鶴病悔遊秦」便是想到生病的太太孤零零地在老家，不免後悔來到長安做這個小官。詩中流露著不滿的心情，覺得現實生活與他經世濟民的理想完全不一樣。李賀的官還沒做多久，他就像陶淵明一樣有著不如歸去的念頭。只是陶淵明是做了好幾份工作才辭職歸隱，李賀卻是在二十一歲第一份工作時就這樣想了。

果然，就像李賀剛開始工作所預料到的，在他工作這段時間內，他始終鬱鬱不得志，除了事務瑣碎、升遷無望，還多次受到他人的排擠。不過三年，李賀就辭職了。二十四歲的他無法「告老」還鄉，只得以「稱病」為由回鄉。離開時，他把自己不為人知的心事，寫成了〈金銅仙人辭漢歌〉，感慨萬千地提到，若是看到自己在人間的處境，上天也會動容而衰老吧。

李賀辭官後的重重病痛

李賀少得才名，被韓愈大讚有加，但幾年來仕途不順，只能辭官回家，這樣的起落，李賀該是點滴在心頭的，理想的幻滅與懷才不遇的落寞，同時間一併湧上。回老家途中，李賀寫下了〈春歸昌谷〉，兩百多字的詩中，句句都是自怨自嘆的哀愁。

詩中提到，「獨乘雞棲車，自覺少風調」，李賀回鄉，不是大張旗鼓地載譽而歸，而是一個人坐在像是雞籠般小小的車中，自己也覺得不怎麼氣派，這樣回家沒什麼意思，但又能怎麼辦？「心曲語形影，祇身焉足樂」，李賀心底深處的話，只能對面前的影子訴說，如此多病身軀，他也覺得沒什麼值得期待的了；「豈能脫負擔？刻鵠曾無兆」，為了擺脫塵世間的煩惱與生活中的羈絆負擔，李賀試著去模仿、效法他人，但嘗試過後卻一無所得，怎麼都學不來。李賀從無聊、無望到無助，憂鬱所帶來的這些負面想法揮之不去。

回家幾天後，李賀寫了一首詩給弟弟，提到工作失意，更感嘆即便在熟悉的家鄉與家人身旁，仍覺得活著沒什麼意義。「病骨獨能在，人間底事無？」[7]李賀悲哀的說，一身重病的自己竟然還能活著回來，這世間還有什麼事情是不可能的呢？李賀失意且自責的負面想法出現後，他也開始有些擔心會拖累家人。

李賀辭官後的詩，或多或少透露出了他身體的病況。「病容扶起種菱絲」[8]，本該是他嚮往的田園生活，卻因疾病未癒而不能好好體驗，但他仍勉撐著病體，划起小船種下一棵棵菱角。在寫給兄弟的信中，他說，「病客眠清曉」[9]，提到他拖著病體難眠，一到清晨便早早起床。因為疾病，李賀心情不佳、思考負面，整個生活作息都改變了。

李賀詩中沒有寫出他究竟是生了什麼病，歷史資料也沒有多加著墨，所以後世對他身體疾病的詳細狀況，仍是不得而知。

在李賀的詩中，他時常把身體上的病痛不舒服，和心中無法排解的憂鬱連結在一起。他辭官回家時寫的這首〈春歸昌谷〉，就提到「思焦面如病」，他的心情煩躁，以致臉上掩不住病容。下一句更為痛苦，「嘗膽腸似絞」，李賀的人生嘗盡苦味，痛苦得就像是腸子絞痛般劇烈，在這裡，他用身體的不適來比擬心中的不愉快。

另一首〈傷心行〉中，李賀寫了「咽咽學楚吟，病骨傷幽素」，他學著《楚辭》的吟唱方式低聲嗚咽，身體多病又處在四周寂靜的環境中，讓他內心更覺傷感。在〈傷心行〉的後段，李賀還提到了「燈青蘭膏歇」，他的意思不就是油盡燈枯，如同生命即將結束嗎？

李賀帶著較為悲觀的角度看待身旁的事物，多次提到了各種無助、無望的想法，甚至結束生命的念頭。在他的詩中出現了二十多次的「死」字，可見死亡意象是其詩作反覆出現的主題。

李賀的最後幾年窮困潦倒、疾病纏身，深愛的妻子在他當官時已然過世，只剩下年邁的母親與他相依為命，壓力如此之大，李賀似乎就算想要振作也無從振作起。而他的憂鬱情緒、負面思考與疲倦感，更反覆加重了他的病況。

李賀詩句中時常會同時表現出身體病痛與心情低落，這表示身體病痛與他的情緒息息相關，彼此牽動互為影響。而另一種可能的解釋，則是李賀的憂鬱情緒與生理病痛出自同一個原因——腦部的變化。或許李賀說不出來，後人也難以得知的他的身體病況，其實跟他的憂鬱是出自同一個原因！

參考資料

鍾達華，《李賀詩意象研究》，南華大學文學研究所碩士論文，二〇〇五。

六神磊磊，《翻牆讀唐詩》，新經典文化，二〇一八。

何騏竹，《病客的漂泊與歸返——李賀詠病詩研究》，科技部補助專題研究計畫成果報告，二〇一九。

李賀還有一招能對抗憂鬱
——可行藥物治療

李賀的身心病症可能解

李賀經歷了多重壓力，工作失意、經濟窘困，幾年之內幾位人生中重要的家人過世，幾乎出現了所有誘發憂鬱的不利因素。李賀說他自己多病，但從他的作品以及現今資料來看，卻沒有一些明顯的身體表現，不像他之前的杜甫、白居易，將身體症狀寫得相當清楚。有部分原因可能是將身體症狀表現寫出來並不符合李賀美學，另一部分也可能是李賀實在不願意描述出來。

先不論身體症狀表現，李賀倒是相當細緻的將自己各種憂愁煩惱、忿恨不滿、怨天尤人寫入詩中，讓我們更能清楚看到他的憂鬱症狀表現。壓力之下，情緒影響身體，身體不適回過頭來加深情緒，兩者時常同時出現，與身心症（詳見頁194）的表現相當接近。

憂鬱症是一種生理疾病

憂鬱症除了會受到心理社會壓力的誘發，也算是種生理疾患，背後原因與腦部神經系統、內分泌系統失調，甚至是與發炎相關。神經傳導物質（neurotransmitter）失調是當今臨床與研究最常被提到的成因之一，其理論基礎是來自於「用藥」效果，也就是透過藥物改善憂鬱的作用，回推身體可能引發憂鬱症的病因。

人們的腦部是思考情緒與身體運作的指揮中心，由多達數十億個神經元（neuron）所組成。不同神經之間沒有相連在一起，在兩兩神經元之間的空間，我們稱之為突觸（synapse）。溝通時，須要依靠突觸中負責傳遞訊息的小分子，這些小分子便是「神經傳導物質」。雖然情緒是一個較為抽象的概念，但若從小分子來看，其實也就是神經訊息的傳遞，而傳遞訊號的多寡與品質，都會影響情緒表現，也會影響穩定情緒的能力。

研究中發現，面臨壓力時，腦部內的「神經傳導物質」會發生一些變化，而且這些變化會持續一段時間，憂鬱相關症狀表現就與「神經傳導物質」失調有關。其中，最常被提出來的三種神經傳導物質分別是：血清素（serotonin）、多巴胺（dopamine）與正腎上腺素（norepinephrine）。若是調整這些神經傳導物質的濃度與表現，便可以有效改

神經傳導物質與其主要影響

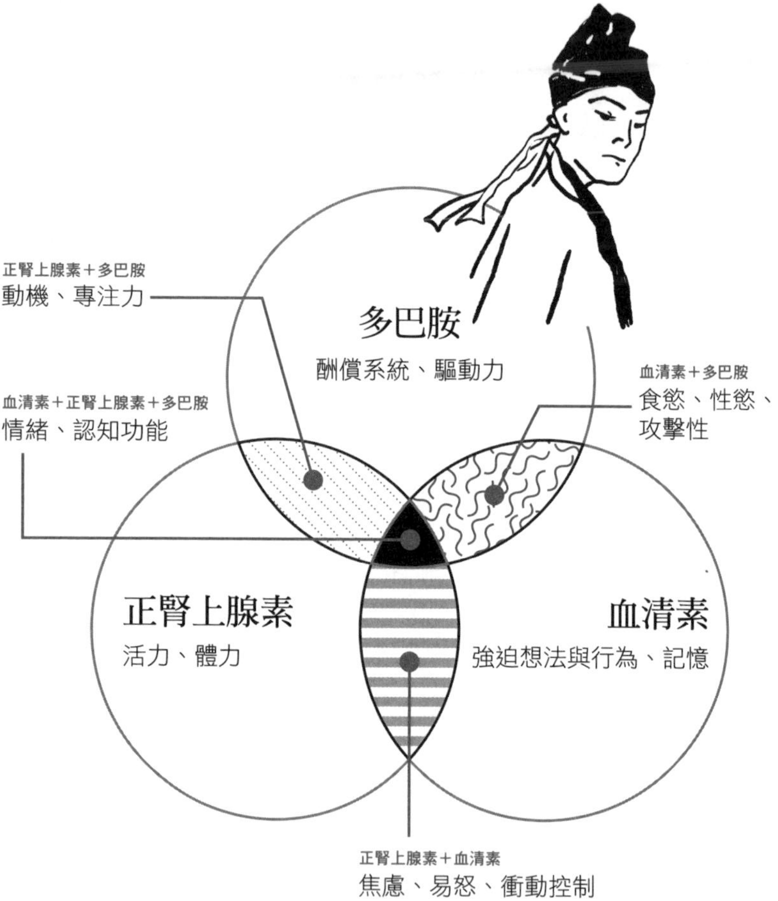

善憂鬱的症狀，而背後複雜的原因與憂鬱臨床的表現如何彼此對應，則是現今科學研究與實證的重要方向。

血清素、正腎上腺素、多巴胺的作用面向不同（如上頁圖），有些面向同時會被兩至三種神經傳導物質所影響。在憂鬱狀態下，血清素、正腎上腺素和多巴胺的失調，則會影響不同面向的症狀表現。

右頁圖為腦中血清素、正腎上腺素、多巴胺於不同面向之調節作用。

血清素與強迫想法、行為有關，表現上可能是反覆出現、揮之不去的煩惱與擔憂；正腎上腺素較低時，會導致整體活動力下降、注意力不集中，整個人提不起勁、反應較緩慢；多巴胺的濃度若不穩定，會讓腦部酬償系統改變（詳見《文豪酒癮診斷書》頁189），導致感覺到的快樂與滿足感不如以往，對事物渴望的感覺也減少。

不僅如此，三種神經傳導物質也會相互作用。情緒起伏大、衝動控制不佳和血清素與正腎上腺素有關；食慾與性慾變化則可能與血清素與多巴胺有關；而最主要的情緒低落與負面想法，則是這三種神經傳導物質交互作用的表現。

李賀若處在現今社會，可以嘗試什麼方法改善？

現今憂鬱症的主流治療藥物，便是假設腦中血清素、正腎上腺素與多巴胺分泌減少或較不敏銳，而導致憂鬱症狀的表現，只要調整這幾種神經傳導物質的作用，讓神經運作保持活化，便可以逐漸緩解憂鬱症症狀，進而恢復。比如說，規律而適當的運動可以刺激大腦穩定分泌與釋放多巴胺；透過飲食來多攝取能製造血清素的必要營養素，就可以部分調整。

然而，若是期望直接攝取血清素，經腸胃道消化吸收，再透過血液進入腦部作用，那結果可能不會盡如人意。因為這些物質有絕大部分在還沒進去腦部前，便已被消耗殆盡。因此，這些抗憂鬱藥物的首要條件，便是要在人體吸收、經血液運送後，能順利進入腦部，才能達到預期的作用。

神經傳導物質在突觸之間負責神經訊息的傳遞，簡單說，我們所希望藥物能達到的效果，就是可以改變神經傳導物質的運送品質與運送數量。神經傳導物質在突觸間活動時，可能會有兩種結果，一種是順利抵達下一個神經，進而發揮作用；一種則是被原本的神經回收，有待下一次重新利用。

若是降低神經傳導物質被回收的比例，增加其在突觸之間活動的時間，就能增加其順利抵達下一個神經的機會。這類型的抗憂鬱藥物，我們稱為「再回收抑制劑」（reuptake inhibitor），意思就是減少神經傳導物質被「回收」，增加抵達下一個神經的比率，同時增加能進一步作用的機會！

最廣為人知的抗憂鬱藥物是「百憂解」（學名：fluoxetine），它在一九八七年問世，主要影響腦部中的血清素，因此，我們把百憂解歸類為「選擇性血清素再回收抑制劑」（selective serotonin reuptake inhibitors, SSRI）。透過這類藥物，能讓更多的血清素作用，讓神經傳導順利進行，達到穩定情緒的效果。

在「選擇性血清素再回收抑制劑」出現之後，還接連發明製造出作用在不同神經傳導物質的藥物，例如「血清素與正腎上腺素再回收抑制劑」（serotonin-norepinephrine reuptake inhibitors, SNRI）「正腎上腺素與多巴胺再回收抑制劑」（norepinephrine-dopamine reuptake inhibitors, NDRI）等，這些不同作用的藥物，在人體研究上也都有達到抗憂鬱效果。而除了神經傳導物質，近年來還發現與褪黑激素（melatonin）作用相關的藥物，其抗憂鬱的效果不比上述作用的藥物差，因此也拿到了臺灣的藥品許可證。

除了藥物，憂鬱症與影響情緒的腦神經細胞活性改變有關。研究證實，若是透過磁場在特定腦部產生電流，再經由電流傳遞來調節神經間突觸的活動，將能恢復神經原有的活性，穩定神經傳達物質的釋放，進而改善憂鬱症狀，達到抗憂鬱的效果。其中，「重複經顱磁刺激」（repetitive transcranial magnetic stimulation, rTMS）是臺灣較為常見的治療方式，rTMS是於二〇一八年經衛福部食藥署核准通過使用於治療憂鬱症之方法之一。

現今醫療具有多樣方式來改善憂鬱症狀，進一步治療憂鬱症，而這些治療方式都是經由按部就班的實驗計畫、人體試驗與統計研究才可實施。有些人或許擔心藥物反而造成的副作用或不舒服，會對抗憂鬱藥物有較為負面的印象，因而不太願意尋求相關專業人士求助。而若我們將憂鬱症看作是一種生理疾病，將藥效不佳或副作用當作其中治療的過程，與專業人士溝通討論如何處理與調整，這對走過憂鬱症的低谷將會有相當顯著的幫助。

••••

延伸閱讀

李．科爾曼（Lee H. Coleman），《憂鬱症自救手冊：如何治療？怎樣照顧？你和家人的自助指引》，日出出版，二〇二三。

親愛的杜牧，你有好好休息嗎？

杜牧在李賀過世後，為他的詩集寫了序言，而杜牧的人生也同樣充滿了阻礙與挫折。杜牧面對政治現實與家人牽絆，他無法長久留在同個工作崗位，而大部分身處他鄉的杜牧也在詩中流露出極大的哀傷。

然而，從離恨愁苦到安閒自適，杜牧有他一套調節身心的方法，如此，他才能不讓外在壓力與內心憂愁影響自己過深。

杜牧的這套方法是什麼呢？

人們的秋天與「他」的秋天

春暖花開，萬物蓬勃生長，但美好而短暫的春天也讓人感慨年華易逝、美景不再。農家提起秋天，想到的是收成，而文人們在秋日觀察到的卻是花謝葉落、萬物凋零，觸動思懷，於是聯想到人生種種老病憂恨與歷歷往事。傷春與悲秋是文人喜愛書寫的主題。當季節氣溫變化，周遭景物改變，觸發人們內心情緒的波瀾，便化為傷春悲秋的感嘆詩句。

其中，悲秋的來由可以追溯到戰國時的宋玉。「悲哉，秋之為氣也！蕭瑟兮，草木搖落而變衰。」[1]宋玉由秋風蕭瑟、草木凋謝之外在景物，聯想到自己身體逐漸衰弱與內心失意的煩悶情緒，開啟了悲秋文學的先聲。千年後的杜甫也很傷感於秋日，〈秋興八首〉寫出了他的身世離亂之苦、漂泊無依之嘆、空懷抱負之悲，而他的「萬里悲秋常作客，百年多病獨登臺」[2]，更將老、病、孤單、愁苦這些意象連結在一起。秋景引發的複雜心緒，成為歷代文人傳頌不絕的主旋律之一。但「小杜」杜牧（「大杜」則指杜甫）卻是個例外，幾首詩作當中，都描述出了他對秋天的喜愛。

遠上寒山石徑斜，白雲深處有人家。停車坐愛楓林晚，霜葉紅於二月花。（〈山行〉）

詩人沿著彎曲的石徑緩緩上山，在深山白雲中，他發現竟隱約還有幾戶人家。因為喜愛這深林晚秋的楓林，詩人情不自禁停下車來看著染過秋霜的楓葉，竟覺得比起二月盛開的花兒還要更紅、更鮮豔！

〈山行〉一詩中寫出了秋日的生命力，一掃往昔被著重描繪的蕭瑟景象，展現出秋天山林一幅生機勃勃的畫面，讓人陶醉於色彩絢爛的秋景當中。除了這首形容傍晚秋景的詩作，杜牧還寫了有名的〈秋夕〉：

銀燭秋光冷畫屏，輕羅小扇撲流螢。天階夜色涼如水，臥看牽牛織女星。

詩人引領我們一同去想像秋夜月色如燭光照在畫有圖案的屏風上，透著一絲涼意。此時適合拿著小扇去輕撲捕捉飛舞的螢火蟲。入夜後，暑意消散，空氣中自帶涼爽，閒躺在石階上，便能細數高掛天際的牛郎織女星。詩中給人一種涼爽卻不寒冷的感覺，呈現一幅活潑又悠閒自得的秋夜景象。

在他人眼中蕭條肅殺的秋天，到了杜牧這兒，卻是滿心滿眼的喜愛。一部分是因為溽暑已過，「**大熱去酷吏**」[3]，詩人覺得就像趕走了殘酷的官員那樣開心，「**熱去解鉗釱**」[4]，又像是身上的刑具都被解開一樣舒暢。另一部分，便是詩人在賞景看物時，保有閒適自得的心，才能用彈性的角度去看待事物。不只有藉著悲秋來排遣情緒，而是發自內心地去體會因景物所感發的心情變動，也因此，在風波不斷的起落人生中，杜牧仍能排憂解困、自得其樂。

杜牧的人生充滿了各種阻礙與挫折

大家對杜牧的印象，可能是年輕時的風流不羈、沉迷聲色場所。年輕時，杜牧受到江西觀察使沈傳師、淮南節度使牛僧孺等幾位長輩青睞，先後邀請他到他們的幕府去做幕僚（類似寫公文的秘書）。杜牧此時的生活較為單純自在，下班時光也過得較為瀟灑。他流連於青樓，時時歌舞宴飲，也就是後來杜牧回顧「**十年一覺揚州夢，贏得青樓薄倖名**」[5]，在揚州青樓女子間博得了薄情聲名的那段日子。

但受到現實政治環境影響，用「失意不得志」來形容杜牧在政治生涯中起起落落的仕途也不為過。年輕時的風流名聲，或許影響了外界對他的觀感，而政治的現實與家人的牽絆，也讓他無法長久穩定地留在某個崗位上好好工作。

杜牧的兩年京城魔咒

杜牧離開揚州後，一輩子曾四度到京城長安任官。他三十六歲第一次入京做官，碰上政治打壓，不到半年便轉到東都洛陽工作。雖然因此逃過了長安的「甘露之變」，但他為了照顧罹患眼疾的弟弟杜顗，沒兩年便辭去了官職。杜牧第二次入京時，朝堂牛李黨爭正盛，杜牧因曾替牛僧孺工作而被人歸為牛黨，做京官也是不到兩年，在他接近四十歲時，便遭到李黨排擠而被外放黃州（今中國湖北）。此次離京，杜牧前後轉調了黃州、池州（今中國安徽）、睦州（今中國浙江）三處擔任地方官，越調越遠，一離開京城便是七年。[6]杜牧不僅沒有實現一展政治抱負的心志，還有家庭經濟重擔在背後壓著他，因此，一個人身處他鄉的杜牧在詩中流露出了極大的哀傷與愁苦。

杜牧不斷找人幫忙，在四十五歲時終於能重回京城。第三次在長安任職時，他感到自己無法有所作為，又覺得京城工作薪水偏低，無法養活一家子四十幾口人。壓力頗大的他，工作不到一年便請求外放，[7]求不到富饒的杭州便求鄰近的湖州（今中國浙江），於是這次，杜牧在京城也僅待了不到兩年，便又前往湖州任官。之後，弟弟杜顗不幸過世，杜牧想重修老家樊川別墅，便第四次回到京城任官。這一次，杜牧的官位高升到中書舍人，職高權重，似乎可以一展年輕時的宏圖理想，然而才不到兩年，四十九歲的杜牧便因病去世。

杜牧從離恨愁苦到安閒自適

杜牧幾度在朝為官又離去，心中定有滿腹情緒難以宣洩。有懷才不遇的感慨，有對國家衰敗局勢的警覺，也有擔憂受到迫害的小心翼翼，但更多的是無法排遣愁思的孤單。杜牧也多在詩詞中大吐苦水，正當時序到了秋天，想起變動無常的人生，因而更為傷感。

〈早秋客舍〉[8]寫的便是杜牧的思鄉苦痛。「風吹一片葉，萬物已驚秋」，杜牧看到黃葉飄落，驚覺秋天來了，不禁聯想到自己，「獨夜他鄉淚，年年為客愁」，自己一個人在他鄉垂淚，每年都得忍受鄉愁。杜牧問：「這長久的離別，哪裡是盡頭？就像眼前這秋葉，什麼時候才會停止掉落呢？」到了詩的最後一句，杜牧真心希望自己能「身閒長自由」，若能悠閒，才能真正讓自己感到安心自在。

杜牧第二次離京後，遠離了京城七年，前幾年，他似乎相當憂愁。從黃州調任往池州的路上，他寫了〈秋浦途中〉，其中一句「為問寒沙新到雁，來時還下杜陵無？」便道出杜牧羈旅懷鄉的傷悲。看到剛從北方來到寒沙暫息的大雁們，杜牧只想問一句：「你們飛來時有沒有經過我的老家杜陵呢？」

好在，兩年後的秋天，杜牧在池州做了一些調適，他寫了〈池州清溪〉來抒發他的感受。

詩中前兩句是「弄溪終日到黃昏，照數秋來白髮根」，杜牧一整天都在溪邊自在賞玩，卻發現白髮映在溪水中，根根可數。詩到這裡，杜牧似乎將要藉由白髮感嘆時光推移。然而，他在後兩句做了一個大反轉，寫出了「何物賴君千遍洗？筆頭塵土漸無痕。」幸虧有清新乾淨的溪水可供一次次洗滌，這讓他覺得自己的詩文越來越清新、情懷也越來越自在閒適！由此看來，杜牧似乎很知道怎麼讓自己在憂愁的環境下安閒自得！

杜牧的有閒人生

當杜牧第三次請求要離開京城當官，並得到湖州的派令後，寫下了這首〈將赴吳興登樂遊原一絕〉表達心情。這首詩相當程度地寫出了杜牧「有閒」的人生觀。詩的前兩句為：

清時有味是無能，閒愛孤雲靜愛僧。

杜牧第一句便自嘲自己因為「無能」，所以在政治清明的太平時節，還可以過得很有滋有味。他喜歡孤雲的悠閒，也喜愛僧人的清靜，自己生活當然也是很清閒幽靜的。後人細看這首詩，都明白這兩句是反話，當時正值牛李黨爭、宦官專權，杜牧在京城做官卻無法施展其抱負，所以才主動爭取外放到其他地方。他被迫無所作為，可能對現狀是不太滿意的，因此有了後兩句：

欲把一麾江海去，樂遊原上望昭陵。

杜牧繼續寫到，他希望拿著旌旗，遠離朝廷，去往江海之地。從字面上的意思來看，他覺得到了遠方，就可以更自由自在。到了最後一句，杜牧話鋒一轉，說自己登上了樂遊原，去看了唐太宗的陵墓昭陵。為什麼是唐太宗呢？唐太宗廣納賢良、人才濟濟，開創了貞觀盛世，是真正的「清時」。當杜牧望著太宗昭陵，緬懷過去，聯想到的就是當前國家動盪的局勢，與自己生不逢時的感嘆了吧。

杜牧當時心境複雜，因此這首詩寫得相當曖昧，許多人都看透了杜牧心底所蘊含的無奈與沉鬱，認為杜牧詩中句句正話反說。雖然詩中提到有「閒」、有「靜」且「有味」，實際上卻不是這麼回事。然而，這首詩之所以值得深讀，便是因為詩中的迂迴，可用另一種方式去解讀。

杜牧就算當時心情沉重，不得志而鬱鬱寡歡，但仍保有彈性的角度看待自身處境與外在事情。他清楚瞭解自己，知道自己的性格就是如此，也知道當今政治形勢就是這樣。因此，杜牧的重心不在怎麼去改變這政治大環境，而是怎麼自得自適，「閒愛孤雲靜愛僧」，怎麼「有閒」過生活！

到了湖州的第一個冬天，杜牧四十七歲，距離他過世不到兩年。在湖州做官時，他寫了這首〈湖州正初招李郢秀才〉[9]給一位年輕人，回顧了自己理想目標的改變。前兩句看似相當頹喪，「行樂及時時已晚，對酒當歌歌不成」，這是年老病衰的杜牧感嘆自己雖然想及時行樂，卻發現為時已晚，也沒有辦法像年輕時那樣對酒當歌。

然而，杜牧有他調適的方式，詩作到後面越來越豁達，也唯有相當瞭解自己的性格，才能以如此閒心看待自身的處境。杜牧寫「高人以飲為忙事，浮世除詩盡強名」，他每天都用自己的方式轉移注意力，讓自己忙於能感到舒服安適的事物中，比如說好好寫詩、時時喝酒（註：當然喝酒對身體與心情有影響），如此，他便不會去在意塵世間的虛名了。最後，杜牧跟這位年輕人說，「雪舟相訪勝閒行」，來玩吧！即使是下雪天乘船來相找，也比自己獨自悠閒散步來得有趣。可以說，對杜牧而言，朋友來訪也同樣是轉移注意力與豐富自己生活的方法。

隔一年的秋年，杜牧在湖州寫出了「景物登臨閒始見，願為閒客此閒行」[10]這句，或許可以作為杜牧安閒自在、不被外在事物影響心情的見證。過去面對人生的許多挫折時，杜牧也如他人一樣，會對景抒發憂愁之情，但在此時此刻，不管面對的是怎樣的景色，他都覺得賞心悅目。回到長安後，杜牧是這樣描述心目中的秋天的，「南山與秋色，氣勢兩相高」[11]，他用高遠而具體的終南山來比擬抽象的秋天，帶出了秋日的遼闊氣勢。

不管是在湖州、長安，或是任何地方，杜牧都能安心自得，讓自己盡量不受外在事物所影響。不管是讓人傷感的春天或是肅殺寂寥的秋日，杜牧都能用他的彈性視角，以閒適的心情面對時序變化與壓力。透過如此，杜牧才能靠自己排憂解困、自得其樂。當其他人都專注於悲秋，杜牧也才能高唱出「霜葉紅於二月花」！

●●●● 參考資料

簡秀娟，《杜牧形象之廓清與還原》，國立清華大學中國文學系博士論文，二〇一三。

文家均，《失意背景下的仕、隱抉擇與心態轉換——以杜牧詩作為例》，國立清華大學中國文學系碩士論文，二〇一五。

杜牧保持閒心的心法——好好照顧自己！

若是只用一個字來總括杜牧面對愁苦磨難時的態度，便是「閒」。因為杜牧擁有一顆「閒」心，才能作為一個「閒」客，悠「閒」前往人生下一個階段。保持一顆閒心，才能不讓外在壓力與內心憂愁影響自己過深。杜牧其實相當瞭解自己，他知道自己是個怎樣的人，過度緊繃也無濟於事，保持彈性思考才能在順境與逆境之中，以「閒心」去面對。

若要保持閒心，首先須要調整好心態，也就是把自己放在最優先，能「好好休息」才能「好好照顧自己」。日常生活作息規則，好好睡、好好吃、好好運動，都是讓身體能好好休息的幾個關鍵。而嘗試一一化解內心冒出來負面想法，則是心理上的好好休息。

維持閒心以及留意生活中的一些細節，對保持情緒穩定來說都有滿不錯的幫助。

身體上的休息——好好睡覺

讓身體好好的休息，首要能做的就是留意良好的睡眠習慣、改善睡眠品質。無論是否有壓力，充足的睡眠能讓大腦有足夠的休息時間，能促進大腦有規律而穩定地釋放多巴胺，進而能有更多能量穩定情緒、提振精神，也有助於專心思考、增強記憶，開啟身心穩定的良性循環。

睡眠衛生（sleep hygiene）主要是在討論睡眠前可能會影響睡眠的行為與周遭環境的影響。如同口腔衛生關注如何好好照顧牙齒，培養良好的睡眠衛生，便是要透過日常生活習慣及睡眠環境的調整，來改善睡眠品質與睡眠時間。其中，維持日夜週期節律（circadian rhythm）是相當重要的。

若是睡眠時間與身體的日夜週期節律能同步，那睡眠品質將會更好。日夜週期節律會受到體內神經與內分泌系統的影響，但同時也會受到外在光線來所影響。因此，若是神經感受到過亮的光線（比如說睡前使用電腦、手機等螢幕光源），會自動以為是白日陽光，轉而改變節律，導致睡眠時間與日夜週期節律不同步，影響睡眠品質。

除了睡眠前的光亮度，環境中還有一些因子會影響睡眠，每一個人都不太相同，可以多方嘗試調整。例如，每人適合入睡的環境聲音不同，有人需要全然安靜、有人則需要低分貝的背景音樂；有人適合較低的環境溫度、有人則容易被冷醒；舒服的寢具、睡衣，保持環境空氣通暢，也是許多人睡得好的要素之一。

許多簡單習慣就可以改善睡眠衛生，例如睡前不做耗腦力的工作、少去想到讓自己煩心或緊繃的事物，也不做強烈運動，讓交感神經不要過度興奮，取而代之的是，盡量讓自己放鬆（例如透過呼吸或肌肉放鬆練習），建立一套準備就寢的習慣，就能讓副交感神經維持功能。睡前不過度飲食、不喝酒，也不飲用含咖啡因的飲料，都能減少破壞穩定睡眠的外在因素。

生活上的休息——好好運動

壓力增大與情緒低落時都會影響體力，讓人感到容易疲憊，覺得沒有什麼活力、幹勁去做生活瑣事。運動能增加腦中多巴胺與血清素的濃度，當多巴胺與血清素較為穩定，就會讓人心情好受一點，也更能恢復幹勁、體力與活力（詳見頁282）。

然而，在身體疲憊提不起勁時，要勉強自己去做運動是有一定難度的，若是沒有做到，反而會出現不必要的自責。若是今天無法做到，就不要強求、為難自己，繼續好好

維持情緒穩定的不二法則

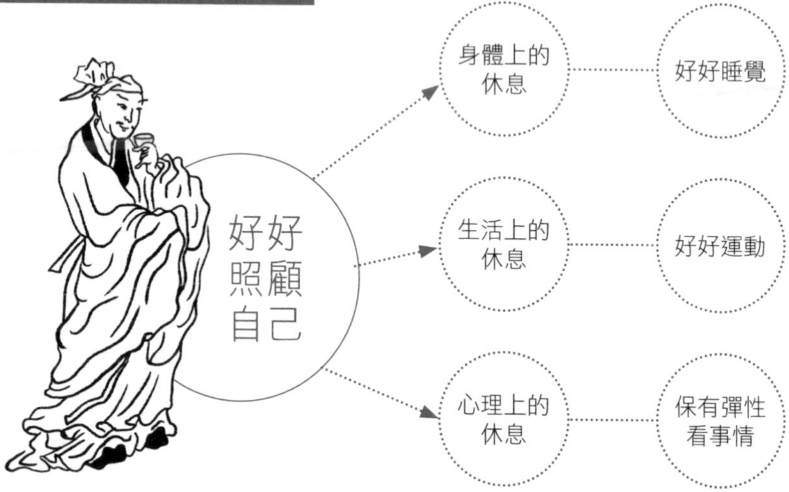

休息，等精力稍微恢復之後再說（詳見頁230）。

因此，在運動的自我評估中，須要考量的是「可行性」最高的方式。不須要給自己設定難度太難、強度過高的目標，也不要去設定頻率要多密集，或運動時間一定要持續多久，只要能做自己習慣且熟悉的運動，就能跨出重要的第一步。若是無法慢跑就去散步；若是無法出門運動，就在家活動或做些較為輕鬆的家事；若是無法做過多活動，也可以做一些讓自己感到舒服的簡單肌肉伸展。

規則運動有緩解憂鬱情緒的效果，也能減低疼痛等身體不適，同時，還能防患於未然，在未來壓力增大或感到憂愁，可以作為保持開心、對抗憂鬱的方法之一。

心理上的休息——保有彈性看事情

心理上的休息也相當重要，生活中有眾多會讓自己煩心、形成壓力、影響情緒的事情。處在憂鬱與突發壓力下很容易讓人身心緊繃，負面思考也讓情緒無法好好休息。盤點這些負面思考，進一步發現其中的認知扭曲，才能讓自己情緒好好放鬆休息。常見的負面想法包含：感到自己很沒用、比不上別人、覺得對不起甚至拖累身旁的人。有時這些想法一出現便揮之不去，認知行為治療中的一些技巧，便是用來幫助分別這些想法，並進一步做處理（詳見頁266）。

這時，不須要特別認為得去做什麼才是「好」的、才是「正確」的，這樣對自己仍是要求太過。若思考能保有彈性，不帶有過度的價值評斷（詳見頁250），才能從多角度看到事情的另一面，也才能讓自己真正放鬆休息。

很多時候，當一個人處於危機或壓力中，多會自行發展出一個適合自己身心狀態的因應策略，這些能力統稱為復原力（resilience，或作「心理韌性」）。因為有復原力，我們才能承受住壓力，也才能在承受壓力後回復原狀。我們不能小看自己原本就有的復原力，只是因為不常練習，或處在過度緊繃的狀態下，才丟失了原本被賦予的能力。若能保持閒心、好好照顧自己，無論是身體或是心理上的休息，都會是重新啟動復原力的好方法！

••••延伸閱讀

川本義巳，《一天3分鐘，擺脫憂鬱！：10000人實踐的教練式領導法，改善當下的焦慮與不安》，大好書屋，二〇二一。

尾聲

從憂鬱始祖屈原到抗鬱達人蘇東坡

最終的章節，我們要一同回到幾乎為大眾所公認的憂鬱始祖——屈原。

屈原人生謝幕前的最後片段

畫面的開頭是汨羅江邊有位披頭散髮的男子獨自走走停停著。他一路走得歪斜，似乎還邊低聲喃喃自語。接著，畫面聚焦到這個人臉上，可以看出他臉色憔悴，身形乾枯瘦弱，心情也看似相當低落。[1]走著走著，他遇見了一位漁夫，兩人開啟對話，過程中，他唸下了流傳至今的千古名句：

> 舉世混濁我獨清，眾人皆醉我獨醒，是以見放。（〈漁父〉）

這個人便是屈原。在屈原心中，全天下事物都混濁不堪，只有自己是潔淨清白的；在他眼中，所有人都被蒙蔽如同喝醉了，只有自己還清醒著。就是因為自己與眾不同，才會被流放到汨羅江這裡來。

屈原感受到舉國上下都與自己作對，又絕望、又憤慨。鏡頭轉向漁夫，他試著開導屈原，提醒他可以不要那麼堅持，換個角度去想也很好。然而，對屈原來說，漁夫的建議並不是他滿意的解方。

最終的一幕是屈原抱著大石頭，往汨羅江中跳下死去，[2]結束了他不得志的一生。隨後，鏡頭畫面開始緩緩回溯他投河自殺前的蛛絲馬跡。在更早前，屈原就留下了片段文字，似乎他是經過反覆思考才下了這決定，自殺不是他一時的衝動。

「寧溘死以流亡兮，余不忍為此態也。」[3]屈原寧願選擇死亡，在江河之間載浮載沉，也絕不和這些蒙蔽國君的人結黨營私、同流合汙。人生面對一死，屈原知道不可能迴避，那自己又何必如此愛惜身軀呢？[4]當他面對著江水深淵，他覺得就算縱身一跳、身死名滅也沒什麼關係，只可惜，他的君王將會永遠受到蒙蔽。[5]

屈原在不同時段都提到了死亡，似乎對他的「當下」來說，只剩用自我了斷的方式來面對人生難題。然而，結束生命後的他，卻讓人們在千年來持續為他感到遺憾與惋惜。

賈誼人生中的挫折與憂鬱早逝

史書推崇屈原，將屈原的志向比擬成能與日月爭輝，[6]同時，也將另一個人與屈原合寫作傳。這不禁讓人感到疑惑，是誰有這麼大的本事，能和屈原並列？

屈原投河後的一百多年，一人經過了屈原流連的湘水邊，他寫了一篇文稿，並把它投入水中祭弔屈原，這人就是漢代的賈誼。

賈誼十八歲就走上仕途，準備在政治舞臺上發光發熱，二十二歲當上了中央負責傳授經學的「博士」，寫了好幾篇鞭辟入裡的政論文章，更設計了一整套漢代的禮儀制度與國家政策。然而，其他人嫉妒賈誼，向皇帝說他壞話。為此，二十四歲的賈誼被貶到了南方做長沙王太傅。

要離開京城前往長沙那又遠又潮濕的地方，可想賈誼心中有多麼悶悶不樂。路程中，賈誼經過了湘水邊，想到昔時的屈原（屈原跳下之汨羅江為湘江支流），同有天涯淪落人的感慨，便寫下了〈弔屈原賦〉。表面上是在寫屈原遭受讒言誣陷而被放逐，其實句句都在比擬自己的處境。賈誼對屈原寫道：「（就像您屈原一樣）算了吧！整個國家沒有一個人瞭解我（們）啊，像現在這樣獨自憂鬱愁苦，又能夠和誰說呢？」[7]賈誼想寫的主角其實是自己，他想寫出的是自己心中的不滿，與藏在更深處的憂愁煩悶。

三年後，賈誼回到了京城當上漢文帝小兒子梁懷王的老師，若是梁懷王長大後當上太子甚至是皇帝，那賈誼必定是前途無量。可惜幾年之後，梁懷王墜馬而亡，賈誼傷心又自責，覺得都是自己沒有盡到職責。整日哭泣的他，在一年多後，便於三十三歲的年紀憂鬱早逝，[8] 以賈誼的才幹與他國策文章中的見解，若不是這麼年輕便死去，他的理想將會有許多機會可以實現。

司馬遷愁苦屈辱作《史記》

把屈原與賈誼兩人並列的是司馬遷，他的《史記》將兩人合在一起寫成了〈屈原賈生列傳〉。然而，兩人所處朝代不同，時空背景與生活文化也不一，司馬遷把兩個人放在一起書寫，除了兩人同樣是仕途上不得志、同樣被放逐或貶謫外，司馬遷還想透露、傳達什麼？

司馬遷是否也覺得，屈原與賈誼的內心世界有相近之處——兩人都覺得自己與眾不同、苦無瞭解自己的人，兩人皆憂愁、煩悶，導致一人投江自殺，一人抑鬱而亡。除此之外，作者司馬遷本人不僅覺得屈原與賈誼兩人心境類似，他甚至可能覺得自己完全能感同身受，因為他的處境也和他們相似！

司馬遷經過長沙，到了屈原投江身死的地方時，他想到了屈原的生平與為人，不禁淚流滿面。司馬遷還看到了賈誼憑弔屈原的文章，看到賈誼感慨於屈原若到其他國家，應該還是有國家會容納他，但他很疑惑，為什麼屈原依舊選擇了自殺這樣的道路？[9]司馬遷從旁觀察後發現，賈誼能給屈原建議，卻過不去自己的難關。同樣處在人生低潮的司馬遷在面對與賈誼相同的問題時，心中也感到茫然困惑。

寫出〈屈原賈生列傳〉的司馬遷，遇上的愁苦鬱悶難題又是什麼呢？

司馬遷因為替李陵投降匈奴一事發聲，讓當時皇帝漢武帝很不高興，因而對他處以宮刑。過往為了尊重文人，「刑不上大夫」，但司馬遷遭受的卻是最下等的宮刑，從「士農工商」之首的文人到變得同宦官一般，可想而知，司馬遷的屈辱與羞恥感有多重、痛苦有多深。司馬遷的心中一定也想過要與屈原一樣，一了百了、死了算了。

但司馬遷並沒有去自殺，就算遭受宮刑、就算囚禁在監獄中，他仍忍著屈辱苟且活著，這是因為司馬遷知道，「**要之死日，然後是非乃定**」[10]，人要到了死後，是非對錯才能蓋棺論定，他的心願就是自己的冤屈能被平反！司馬遷苦撐著身體與憂鬱的心情，費時數年編寫史冊文稿，寫就了多達五十萬字的《史記》，也奠定了司馬遷永恆的地位。司馬遷也默默地透過文字，反將了漢武帝一軍。

《史記》從傳說中的三皇五帝開始寫起，寫到當朝的漢武帝。不知道司馬遷本來寫了些什麼，在漢武帝看過後，生氣地大筆刪去這部分。漢武帝這段，只好由後人從另一個大段落《史記．封禪書》中補回來。因此，現今我們所看到《史記》中描述漢武帝的部分，有相當大的篇幅都在寫他「好神仙之道」！司馬遷寫道：「雖然漢武帝越來越厭倦方士們的荒唐話術，卻始終在籠絡，不肯與他們斷絕往來，因此，漢武帝在位時，這些『神仙之道』的風氣越來越盛！」[11]司馬遷話中有話，似乎是在拐著彎說當朝皇帝迷信鬼神、痴迷於成仙！

司馬遷在憂鬱憤慨中，一步一步完成了曠世巨作，在這幾年的寫作中，他爬梳了許多政治上失志的歷史人物，其中，他看到了憂鬱絕望的屈原，也遇見了憂傷而終的賈誼。於是，他將兩人合寫成了以憂愁情緒貫穿全文的〈屈原賈生列傳〉。

面臨受貶，蘇軾想對前人與自己說……

各時代都有因憂鬱而痛苦無助的人，這些人並不孤單，因為憂愁情緒與壓力不分時代，甚至是千古皆有共鳴的。一千年後的蘇軾體會到了屈原心中的苦痛，也感受到了賈誼的憂愁。同樣經歷被貶謫他方的蘇軾，也有話想對兩人說。

蘇軾面對屈原這個偶像時，試圖瞭解屈原的悲傷絕望，但面對屈原投河自殺這件事，他則想說：「這樣的投河行為，或許是過於激烈、不太適當的。」蘇軾不捨屈原，想給屈原一點建議：「若能保全生命，進而遠離禍害，或許才是正確的吧！」[12]蘇軾也認為賈誼是真的能輔佐君王的有用之才，只是一次不被重用，就感到憂傷而自暴自棄、不能重新振作，那實在是太可惜了。蘇軾認認真真地寫下了〈賈誼論〉，他想對賈誼說：「只是為國君出謀劃策一次沒被採用，怎麼知道未來就永遠不再被採用呢？不如默默地等待時機變化！」[13]

在這本書的最後，讓我們再多看一眼備受後人推崇的蘇軾。面對前人，他能理性地給予建議，但他自己一生多次被貶，年輕時的仕途理想落空，現實生計壓力也讓他困苦，他又是怎麼去面對這些憂愁痛苦的呢？

蘇軾因「烏臺詩案」被貶謫黃州後的第三年春天，他經歷了人生中最低潮的時期。在春光已逝、霪雨霏霏的日子，蘇軾寫了兩首〈寒食雨〉[14]來形容他當時的困境。

第二首〈寒食雨〉開頭所描述的是連日狂風暴雨的一番景象。「**春江欲入戶，雨勢來不已**」，江河暴漲，好像隨時要淹入家中；雨勢凶猛，似乎沒有結束的時日。此時，就算是蘇軾也振作不起來，「**也擬哭途窮，死灰吹不起**」，他想要學阮籍，走到路的盡頭後因窮途末路之感而傷心哭泣。他更覺得自己的內心已似槁木死灰，再無法重新燃起。〈寒食雨〉兩首，寫的都是他痛苦絕望的心情。

痛苦的蘇軾相當認真地去感受風雨、去感覺自己內心出現的情緒，在遇雨寫出〈寒食雨〉的前後那幾天[15]，蘇軾也寫出了看似豁達超脫的詞作——〈定風波〉。

莫聽穿林打葉聲，何妨吟嘯且徐行。竹杖芒鞋輕勝馬，誰怕？一蓑煙雨任平生。
料峭春風吹酒醒，微冷，山頭斜照卻相迎。回首向來蕭瑟處，歸去，也無風雨也無晴。

天上下起了大雨，蘇軾告訴自己，不要去聽雨打在林中樹葉的聲音，也不要因雨奔跑，不如高聲吟唱，自在地慢慢前行。蘇軾彷彿也同樣在說，面對貶謫事件與內心壓力，來了就來了，逃也逃不了，不如轉換心情，直接面對。在這裡，我們看到的似乎是一個勇敢而樂觀的蘇軾。

那蘇軾面對風雨的情緒又是如何的呢？詞中，蘇軾隱晦地呈現出了浮上心頭的情緒，春風吹過，蘇軾感受到的是「微冷」，他的內心應該也是同樣感到陰鬱、淒寒。「微冷」的蘇軾將目光轉到了「山頭斜照卻相迎」，此時，山頭上剛放晴的夕陽餘暉向自己迎來，這讓蘇軾倍感溫暖。的確，若蘇軾沒有特別感覺到「微冷」，就不一定會注意到雨後斜陽的溫暖，可以說，蘇軾用了夕陽的溫暖，映襯出自己「微冷」的情緒。他是到了夕陽出現才真正發現了自己的情緒。同樣地，蘇軾也是到了太陽露臉後，回頭去看那些被風吹雨打的殘葉，才發現自己所經歷的「蕭瑟處」是多麼冷清淒涼。

若是沒有在當下吟嘯徐行，恐怕是體會不到「向來蕭瑟處」的，若不是他試圖曠達、

讓自己盡量平和地面對，便不會有「也無風雨也無晴」的感觸。人生險途之中，這些憂樂情緒沒有影響到他，緩緩經歷難關後，回過頭來就好似什麼都沒發生般。但真的是這樣嗎？蘇軾寫了〈定風波〉，卻也在同時期寫了〈寒食雨〉，無論蘇軾如何曠達、多麼超脫物外，他還是有脆弱的時候；無論他多麼希望自己不被外在事物所影響，他還是有情緒撐不住而低沉絕望時。然而，不論是哪一個蘇軾，都是誠實面對自己負面情緒的那個蘇軾。

讀著蘇軾，回想自身，我們是不是也能很自然地說出，自己正處在「微冷」之中呢？

．．．．參考資料

譚健鍬，《歷史課本沒寫出的隱情》，時報出版，二〇一四。

莊藝淑，〈司馬遷作《史記．屈原賈生列傳》心理背景之析論〉，國立虎尾科技大學學報，二〇〇九。

面對憂鬱，讓大家一起來幫忙！

這本書看到這兒，不知道大家最有共鳴的是哪位？

書中，我們一路看過了許多人，他們所面對的人生風景中，雖有陽光燦爛的，但更多的是密雲暴雨，內心也隨之生起喜怒哀樂。旅途中，人們怎麼欣賞沿途風光，便能怎麼與這些相應而生的情緒相處。

其實，並不是現今的我們才會面對到種種挫折與壓力。人生旅途中，總有許多時光陷在風雨泥濘中，有人經歷國破家亡、工作不順、經濟困難，或是自身的身體不適、失去身邊重要人物等，每人可能遇見的壓力與失落都不一樣，再對比原先理想中、期待中的事事順心，難免會有落差。

人們難免為此心情煩惱憂慮、精神消沉失志，翻一翻這本書可以發現，無論是多大的挫折，古人都體驗過了，無論是多深的苦痛，古人也都經歷了，今時的我們有這些人做先例，當憂鬱來臨，就會覺得自己是有同舟共濟的夥伴的。古人們有不同的憂鬱症狀表現，也有各種面對與適應的方法，至於身處現今社會的我們，當然也有許多方式可以讓自己做出改變、漸漸遠離憂鬱。而第一步，就是要分享自己當下的狀態！

找人一起幫忙最重要

許多人的心中會覺得，人會憂鬱只是碰到壓力後的低潮，過一段時間就好；只是心頭煩悶，換個想法、想通就好。若一直這樣想，就會變成是「應該能靠自己撐過去」，就算再怎麼辛苦，總有過去的一天。不自覺地，就忘記了可以與人分享、請人幫忙。

有時確實能靠自己撐過憂鬱，但一路走來，往往太辛苦也太孤單，就像面對新冠疫情時，我們要對抗的是病毒、是憂鬱疾病，而不是自我，若能受到他人幫忙，有人陪伴、有人支持、有人幫忙分擔，或是有專業人士能給予協助，一同面對疾病，這一路上的辛苦，便會少一些。

憂鬱症是腦部的疾病，就像是各個器官偶爾會發炎，憂鬱時的腦部會出現與往常不一樣的反應。腦部負責情緒與思考的部分，會因為憂鬱而轉變為負面，體力與活力也不如以往。因此，憂鬱症發作時經常會讓人感到抗壓性不足、太脆弱、不夠堅強，才無法擺脫憂鬱的情緒，進一步自責懊悔，感到沒有希望，更容易覺得似乎沒有人可以幫助自己。而無助感一產生、發酵，便會阻礙自己尋求協助的機會。

請求幫忙、尋求支援時是希望旁人給予哪部分的協助呢？

每一個人所需要的支援不同，而許多人的基本需求中，有一大部分是「與他人連結」，連結後產生「關係」，因而有被愛、被照顧、被保護的需要，也會知道他人正被需要、被依賴著。在憂鬱時，我們可能會忘記和這些「關係」連結、可能難以向人啟齒自己的憂鬱近況、也擔心讓他人跟著煩惱，甚而連累到其他人，因此，提前想像自己需要的幫助有哪些、對象是誰，在憂鬱來臨時直接向他人提出需求，是相當必要的。

憂鬱時，日常生活都變了樣，從個人生活、家庭與人際互動到工作層面都會變得不同。若是罹患了憂鬱症，每個人想傾訴的對象不同，不太方便明講的對象也不一樣。但若沒有主動說明，除非是很親近的親友，否則旁人沒有太大機會能明瞭自己的狀態。

接著，可以進一步說明自己想要怎麼樣的「陪伴」，這些討論起來相當細緻，答案也各有不同。是需要定時的關心，或是遠距的陪伴？想要在他人面前好好宣洩，或是僅想靜一靜？希望和人聊天的話題和什麼有關，又有哪些主題是不適合提到的「地雷」？是須要出門散散心轉移注意力，或是到某地方安心休息？甚或是否有需要他人陪伴自己，一同尋找相關專業人士做評估，尋求治療的可能機會？

同樣地，若讓身旁的人知道自己生活狀態的改變，包含起居與三餐時間改變，便能讓他人做出適當的應對，相信會減少許多互不理解所造成的摩擦。另外其他像是責任、負擔上會須要做出調整，例如做家事、照護孩子或長輩等家庭責任；工作上須要暫時請假或重新調整分配；人際關係的往來有些須要暫停、有些適合繼續等，若能有人一同參與討論這些生活轉變中所帶來的影響，相信比憂鬱時一個人獨自思考會來得更恰當也更全面。

我們無法得知憂鬱會不會向自己敲門，但就算來了，也不要過度擔憂，至少我們已提前做好措施。憂鬱來臨後，若有事先做好準備，就有多一分機會能順利度過，尤其若是能找到幫助自己的人，更是重要的轉折點。根據臺灣的調查統計[16]顯示，大約僅有三分之一的憂鬱症個案會去尋求專業人士的幫助，也就是大多數的憂鬱症個案並沒有機會接受專業的評估與治療。這部分，就因憂鬱而苦的人來說，是相當可惜的。

面對憂鬱，請讓大家一起來幫忙吧！

延伸閱讀

根本裕幸，《別讓自責成為一種習慣：放過自己的100個正向練習》，聯經出版，二〇二二。

蓋兒．蓋茲勒（Gail Gazelle），《哈佛醫師的復原力練習書：運用正念冥想走出壓力、挫折及創傷，穩定情緒的實用指南》，聯經出版，二〇二二。

後記

走著走著，又繞回來了

為了書中詩詞校對，回來了總圖幾次。緩步在舟山或椰林，閃躲一樣匆忙的腳踏車。許久未刷證入館，不禁深吸這建築特有的香氣，每次一待，就要一日。

路程的開端可能是這樣：中學的國文課程；大學早八的大一國文、夜晚旁聽的戲曲選；多次劇場內的三明三暗與無數的看戲好友；學演過幾回崑曲折子戲，結下珍貴的師生緣分與同臺情誼；當兵時，乍聽到少雄東坡詞，從宋詞三百的一首首體會到詞牌格律的探索練習；工作後，傳統詩詞作品受到評審肯定；到了幾年前考試失利，開始學習寫長文。回顧書中文字的源頭，充滿著十多年來的生活片段，不管是自身興趣或書寫主題，似乎一路走著走著，又繞回那個過往的自己。

精神科實習中，聯想到小說裡各樣的「瘋」、「狂」、「愁」、「鬱」人物；精神科訓練工作時，探索不同精神情緒診斷與症狀表現；成癮研修訓練那年，第一次將飲酒與詩詞連結成稿寄出，得到故事 StoryStudio 刊登後，文章陸續完成輯為《文豪酒癮診斷書》。而這一年多，則將自己在專業領域中所學習的憂鬱，與當年學習的詩詞戲曲串起，整理成這本《古人解憂療鬱帖》。

發想開端是當年演出的崑曲〈哭像〉，昱誠的唐明皇、有容的楊貴妃與自己的高力士，在臺上珍惜地看著唐明皇哭啊唱的，很難不為那悲戚的唱詞與氣氛動容。明清傳奇文本中，細緻地描繪出內心憂愁苦悶的表現，便成為了書中第一篇——憂鬱相關症狀的觀察表現；宋代詞句被注入了複雜而濃厚的情感，詞人身上分別呈現了不同的樣態，適合呈現第二篇——憂鬱症的原因、時程、共病與男女老少差異等主題；而唐代詩人多將自己面對人生憂患後的心境轉折寫入詩中，言簡意深，古人們自有一套解憂療鬱的方式，第三篇便是自己對唐代詩文理解後的心得呈現。也因此，倒序時間軸的章節安排，從虛構的林黛玉起始，經由明清傳奇主角人物，一路推回唐宋真實的詩詞文人，最終結在戰國的屈原，有著自己的小心思。

寫作時，經歷了情緒的起伏，一部分是查找資料中，與各篇章主角要好好相處大段時間，碰觸這些人的憂愁悲哀與絕望苦痛，會有強烈感受；一部分是寫作需要較大塊的連續時間，自己的時間卻有限，因而感到著急。另外，寫作時面對人物與章節的取捨、詩詞與醫學各片段的去存，更讓自己煩惱而時常猶疑不決。雖說如此，也多虧了這些詩詞文句，面對自身情緒，從中獲得許多能量。

書中描繪的古人們在某種程度上都有一個共通點，那就是他們勇於展現當時當刻的情緒。無論是以詩詞的形式，還是透過口語和行為來表達自己的情感，這些紀錄不僅是對當下的記錄，同時也是他們對情緒的抒發和宣洩。這種向他人傾訴當下狀態的舉動，不僅能讓自己稍感輕鬆，也可能引起他人的共鳴，甚至讓大家有機會一同面對和應對這些情緒。印象最深的，便是劉禹錫的〈秋詞〉，他透過詩歌描述了寫詩與心情之間的相互關聯：

自古逢秋悲寂寥，我言秋日勝春朝。晴空一鶴排雲上，便引詩情到碧霄。

劉禹錫說，從古至今，人們每到秋日，就會從萬物的興衰感嘆到人世的寂寥，然而，他卻覺得秋天對自己來說，感覺比春天來得更好！劉禹錫提出了理由，在晴空萬里下，他看著一隻鶴翱翔於雲霄之上，這讓他詩興大發，他要好好用詩句來吐露自己的心情、真實地表達自己的情感！

不論春朝秋日，那就跟著劉禹錫寫吧，那就跟著劉禹錫抒發情緒吧！

書稿能完成，要謝謝學習成長中遇見的師長們。謝謝聯經大家的照顧，芳瑜主編的專業提醒與各種鼓勵，被我丟了許多問題的紹翔總是仔細認真的修改與耐心的回應，鈺儀又快又好的編輯改稿，郁嫻活潑的配圖重新給予文字生命力，最終由逸華副總編校訂統合。謝謝國家文化藝術基金會的創作補助。謝謝吳佳璇醫師、宋怡慧老師首肯寫序。書稿求助了黃名琪醫師、宗諭和育嘉的精神科專業，也請教了惠綿老師、安祈老師、黃琦、玉軒的戲曲知識，各篇章人物的選擇得益於佳弘的博學與討論，還有詩涵、哲瑛、士庭、婉曦、長聖、安妮等諸多好友的閱讀與建議。最重要的，還是要謝謝支持我的家人，從小給我自由的閱讀環境與學習空間。

謝謝你的閱讀，期待下次見面。

註釋

說到憂鬱，你心中浮現的人物是誰呢？

1 明代湯顯祖《牡丹亭・驚夢》【皂羅袍】。

2 唐代崔塗〈春夕〉。

3 五代李煜〈浪淘沙・簾外雨潺潺〉。

4 元代王實甫《西廂記・佛殿奇逢》【ㄠ】。

5 清代曹雪芹《紅樓夢・第七十回》〈唐多令・柳絮・粉墮百花洲〉。

6 北宋歐陽脩〈蝶戀花・庭院深深深幾許〉。

7 唐代杜甫〈曲江二首〉其一。

8 宋代李清照〈點絳脣・寂寞深閨〉。

9 南宋辛棄疾〈摸魚兒・更能消、幾番風雨〉。

10 清代曹雪芹《紅樓夢・第四十五回》〈代別離・秋窗風雨夕〉。

11 曹雪芹《紅樓夢・第二十七回》〈葬花吟〉：「花謝花飛花滿天，紅消香斷有誰憐？……試看春殘花漸落，便是紅顏老死時；一朝春盡紅顏老，花落人亡兩不知！」

12 曹雪芹《紅樓夢・第二十七回》〈葬花吟〉：「爾今死去儂收葬，未卜儂身何日喪？儂今葬花人笑癡，他年葬儂知是誰？」

13 曹雪芹《紅樓夢・第七十六回》〈中秋夜大觀園即景聯句三十五韻〉。

14 失能者之定義：根據〈長期照顧服務法〉第3條，身心失能者於法條中稱為「失能者」，其定義為「指身體或心智功能部分或全部喪失，致其日常生活需他人協助者」。法條將心智功能之改變也納入失能者之中。

原應比翼雙飛，唐玄宗在楊貴妃死後過得如何？

1 北宋歐陽脩《新唐書・后妃上》。

2 北宋司馬光《資治通鑑・唐紀・三十四》：

「丙申，至馬嵬驛，將士飢疲，皆憤怒。陳玄禮以禍由楊國忠，欲誅之……上杖屨出驛門，慰勞軍士，令收隊，軍士不應。上使高力士問之，玄禮對曰：『國忠謀反，貴妃不宜供奉，願陛下割恩正法。』上曰：『朕當自處之。』入門，倚杖傾首而立……上乃命力士引貴妃於佛堂，縊殺之。輿屍置驛庭，召玄禮等入視之。玄禮等乃免冑釋甲，頓首請罪，上慰勞之，令曉諭軍士。玄禮等皆呼萬歲，再拜而出，於是始整部伍為行計。」

3 唐代陳鴻〈長恨歌傳〉：「質夫舉酒於樂天前曰：『夫希代之事，非遇出世之才潤色之，則與時消沒，不聞於世。樂天深於詩，多於情者也，試為歌之，如何？』」

4 〈哭像〉【上小樓】。

5 〈哭像〉【滾繡球】。噉，音ㄏㄣ，凶惡的樣子。搊，音ㄗㄚˇ，擠壓、逼迫。

6 〈哭像〉【叨叨令】：「不催他車兒馬兒，一謎家延延挨挨的望；硬執著言兒語兒，一會里喧喧騰騰的謗；更排些戈兒戟兒，一哄中重重疊疊的上。」

7 〈哭像〉【小梁州】。

8 〈哭像〉【么篇】。

9 〈哭像〉【朝天子】。

10 〈哭像〉【煞尾】。

一夢而亡！

杜麗娘為什麼在夢後便死去了？

1 〈驚夢〉：「【山桃紅】轉過這芍藥欄前，緊靠著湖山石邊。和你把領扣鬆，衣帶寬，袖梢兒搵著牙兒苫也，則待你忍耐溫存一晌眠。」

2 〈尋夢〉：「【品令】他倚太湖石，立著咱玉嬋娟。待把俺玉山推倒，便日暖玉生煙。捱過雕闌，轉過鞦韆，掯著裙花展。敢席著地，怕天瞧見。」「【豆葉黃】他與心兒緊嚥嚥，嗚著咱香肩。俺可也慢掂掂做意兒周旋。等閒間把一箇照人兒昏善，那般形現，那般軟緜。」

3 〈驚夢〉【繞池遊】。

4 〈驚夢〉：「曉來望斷梅關，宿妝殘。」

5 〈驚夢〉【山坡羊】。

6 〈驚夢〉【山桃紅】。

7 〈尋夢〉【豆葉黃】。

8 〈尋夢〉【江兒水】。

9 〈尋夢〉：「【川撥棹】一時間望、一時間望眼連天，忽忽地傷心自憐。知怎生情悵然，知怎生淚暗懸？」

10 〈寫真〉【刷子序犯】。

11 〈驚夢〉：「身子困乏了，且自隱几而眠。」

12 〈驚夢〉【尾聲】。

13 〈尋夢〉【月兒高】。

14 〈尋夢〉【前腔】。

15 〈寫真〉：「（貼）小姐，你自花園遊後，寢食悠悠，敢為春傷，頓成消瘦？春香愚不諫賢，那花園以後再不可行走了。（旦）你怎知就裡？這是：『春夢暗隨三月景，曉寒瘦損一分花。』」

16 〈寫真〉。

17 〈驚夢〉【步步嬌】。

18 〈尋夢〉【前腔】。

19 〈尋夢〉：「為我慢歸休，款留連。」

20 〈尋夢〉【意不盡】。

21 〈寫真〉【刷子序犯】。

22 〈驚夢〉【皂羅袍】。

23 〈驚夢〉：「【皂羅袍】錦屏人忒看的這韶光賤。」

24 〈驚夢〉【好姊姊】。

25 〈驚夢〉【隔尾】。

26 〈尋夢〉【月上海棠】。

27 〈尋夢〉【江兒水】。

28 〈尋夢〉【前腔】。

29〈寫真〉【尾犯序】。

具有詩意的病症
——潘必正的「相思病」

1〈琴挑〉：「【琴曲】雉朝雊兮清霜，慘孤飛兮無雙。念寡陰兮少陽，怨鰥居兮徬徨、徬徨。」

2〈琴挑〉：「【琴曲】烟淡淡兮輕雲，香靄靄兮桂陰。喜長宵兮孤冷。抱玉兔兮自温、自温。」

3〈琴挑〉【前腔】。

4〈問病〉：「【山坡羊】（生）這病兒何曾經害，這病兒好難擔待。這病兒好似風前敗葉，這病兒好似雨後花羞態。我難擺開，心頭去復來。黃昏夢斷，夢斷天涯外，我心事難提淚滿腮。傷懷，（老旦）這病敢是風寒上來的？（生）不為風寒眼倦開。堪哀，（老旦）莫不是憂愁上來的？（生）只為憂愁頭懶抬。」

5 此句「只為憂愁頭懶抬」於《古本戲曲叢刊》中作「不為憂愁頭懶抬」；於《遏雲閣曲譜》作「只為憂愁頭懶抬」，推敲前後語意，「只為憂愁頭懶抬」似乎更符合潘必正當下之意念。

6〈問病〉【謁金門】。

7〈偷詩〉：「雲淡水痕收，人傍淒涼立暮秋。蛩吟無斷頭，心上事淚中流。懶把黃花插滿頭，見人還自羞。奴家自與潘郎見後，不覺心神恍惚，情思飄蕩，對此困人天氣，好生傷感人也。」

8〈偷詩〉【繡帶兒】。

9〈偷詩〉：「【西江月】松舍清燈閃閃，雲堂鐘鼓沉沉。黃昏獨自展孤衾，欲睡先愁不穩。一念靜中思動，遍身慾火難禁。強將津唾嚥凡心，爭奈凡心轉盛。」

10〈偷詩〉【尾聲】。

11 王實甫《西廂記・妝臺窺簡》：「【朝天子】張生近間、面顏，瘦得來實難看。不思量茶飯，怕見動彈；曉夜將佳期盼，廢寢忘餐。黃昏清旦，望東牆淹淚眼。」

12 王實甫《西廂記・倩紅問病》：「我這症候，非是太醫所治的；則除是那小姐美甘甘、香噴噴、涼滲滲、嬌滴滴一點唾津兒嚥下去，這病便可。」

13 王實甫《西廂記・倩紅問病》：「【小桃紅】『桂花』搖影夜深沉，酸醋『當歸』浸。面靠著湖山背陰裡窨，這方兒最難尋。一服兩服令人恁。忌的是『知母』未寢，怕的是『紅娘』撒心。吃了呵，穩倩取『使君子』一星兒『參』。」

「覆水難收」背後的悲劇，女主角崔氏之後怎麼了？

1 「覆水難收」的來源，另一說來自於東晉《拾遺記》中關於姜太公的故事：「太公望初娶馬氏，讀書不事產，馬求去。太公封齊，馬求再合。太公取水一盆，傾於地，令婦收水，惟得其泥；太公曰：『若能離更合，覆水定難收！』」

2 東漢班固《漢書・朱買臣傳》：「會稽聞太守且至，發民除道，縣長吏並送迎，車百餘乘。拜為太守，入吳界，見其故妻、妻夫治道。買臣駐車，呼令後車載其夫妻，到太守舍，置園中，給食之。居一月，妻自經死，買臣乞其夫錢，令葬。悉召見故人與飲食諸嘗有恩者，皆報復焉。」

3 李白〈南陵別兒童入京〉。

4 《漁樵記》，全名為《朱太守風雪漁樵記》，作者不詳，共四折。

5 《漁樵記・第四折》【甜水令】。

6 《漁樵記・第四折》：「你將那一盆水放在當面。請你個玉天仙任從那裡潑，直等的你收完時再成姻眷。」

7 〈癡夢〉【鎖南枝】。

8 〈癡夢〉【前腔】。

9 〈癡夢〉：「【錦中拍】這鳳冠似白雪那些辨別，一片片金鋪翠貼，一樁樁交還盡也，繡幕香車、在門外迎接。越教人著疼熱。」

10 〈癡夢〉【尾】。

11 〈潑水〉：「【步步嬌】一夜流乾千行淚，起倒難成寐。如今懊悔遲！定然娶一個夫人摟在懷裡。我還是他舊妻，這夫人該讓我做頭一位！」

12 〈潑水〉【忒忒令】。

13 〈潑水〉：「【好姐姐】嚐二十載黃連滋味，難道一朝榮貴，便忘炊扊扅？」

14 〈潑水〉：「【園林好】思蔡澤妻曾逼離·想蘇秦妻不下機·都受了鳳冠霞帔。」

15 〈潑水〉【園林好】。

16 〈潑水〉【清江引】。

17 反芻性思考（rumination）：牛羊等動物將食物吞入胃中之後，會將食物反回至口中重新咀嚼，再度嚥下入胃。「反芻性思考」便是形容思考過程如同動物反覆吞下吐出的過程，成為思考的循環。

18 另外也有部分企圖自殺者，主要來自於一時衝動，不一定具有自殺計畫。

19 目前較不使用「自殺成功」、「嘗試自殺失敗」等說法，成功與失敗等詞彙，帶有主觀價值與判斷，「自殺成功」較容易被誤會為具有鼓勵性質。

怎麼會鬥輸法海？白素貞少被討論的關鍵原因！

1 明代馮夢龍《警世通言》第二十八卷〈白娘子永鎮雷峰塔〉與清代方成培《雷峰塔》皆稱為許宣，至清代《義妖傳》稱作許仙後，近年文本影劇皆以許仙為名。為求易讀，本文也以許仙代稱文本中之許宣。

2 〈水鬥〉【北水仙子】。

3 六甲是甲子、甲寅、甲辰、甲午、甲申、甲戌共六個日子，傳說中上天創造萬物之日。

4 〈斷橋〉【商調．山坡羊】。

5 〈斷橋〉【商調集曲．金落索】。

6 〈端陽〉【鬧小樓】。

7 許士麟，又名許仕林、許夢蛟，是許仙和白素貞之子，傳為文曲星降世。又文曲星誕辰為二月初三，回推懷胎十月，約於清明到端午之間，與《雷峰塔》文本相合。

8 〈煉塔〉【錦漁燈】。

9 分娩前後發病（peripartum onset）之憂鬱在DSM-5的定義為：婦女在懷孕期間或產後四週內，出現符合鬱症診斷的臨床症狀。

戰或降？

這不是李煜能簡單決定的問題

1 清代吳任臣《十國春秋．卷二十四．南唐十．列傳》：「開寶時，李重進舉兵揚州，宋討平之，而淮南諸郡所守各不過千人。仁肇密言于後主曰：『宋淮南諸州戍守單弱，而連年出兵，滅西蜀，平荊朗，今又取嶺表，往返數千里，師旅罷敝，此在兵家為有可乘之勢。請假臣兵數萬，出壽春，渡淝淮，據正陽，因其思舊之民，累年之粟，復取淮甸，勢如轉丸。臣起兵日，仍馳聞北朝，言臣據兵竊叛，事成歸國，否則請族臣，以明陛下無二。』後主驚曰：『無妄言，宗社斬矣！』未幾，以仁肇為南都留守南昌尹。」

2 清代吳任臣《十國春秋．卷二十四．南唐十．列傳》：「宋太祖忌仁肇名，亦賂其侍者，竊取仁肇像懸別室。時南楚國公從善質于汴，引從善觀之，曰：『仁肇行且降，先持此為信耳。』又指空館曰：『將以此賜仁肇。』後主聞之，不知其行間也，潛使人酖仁肇。」

3 清代吳任臣《十國春秋．卷三十．南唐十六．列傳》：「開寶中，密說後主曰：『吳越仇讎，腹心之疾也。他日必為北兵羽翼，以攻我臣。屢與之角，知其易與，不如先事出不意滅之。』後主曰：『然則大朝且見討，奈何？』絳曰：『臣請詐以宣歙叛陛下，深言討賊，且賂吳越乞兵，吳越兵勢須為出，俟其來，拒擊之，而臣躡其後，國可覆也。滅吳越，則國威大振，北兵不敢動矣。』後主不聽。」

4 清代吳任臣《十國春秋．卷二十八．南唐十四．列傳》：「太平興國中，宋太宗問鉉：『卿見李煜否？』對曰：『臣安敢私謁。』宋太宗曰：『卿第往，且言朕有命，可矣。』……（李煜）忽復長吁曰：『當時悔殺卻潘佑。』鉉無語，辭出。頃之，有旨，詢後主何言，鉉具言其事。宋太宗銜之，又聞其『故國不堪回首』之詞，加怒焉，遂令秦王移具過飲，賜以牽機藥而坳。」

5 〈玉樓春．晚妝初了明肌雪〉。

6 〈浪淘沙．往事只堪哀〉。

7 〈浪淘沙．簾外雨潺潺〉。

8 〈望江南．閒夢遠，南國正芳春〉。

9 〈望江南．閒夢遠，南國正清秋〉。

10 〈相見歡．林花謝了春紅〉。

11 〈子夜歌．人生愁恨何能免〉。

12 〈相見歡．無言獨上西樓〉。

13 北宋馬令《南唐書．卷六》：「昭惠（大周后）感疾，后（小周后）常出入臥內，而昭惠未之知也。一日，因立帳前，昭惠驚曰：『妹在此耶？』后幼，未識嫌疑，即以實告曰：『既數日矣。』昭惠惡之，返臥不復顧。」

14 〈菩薩蠻．花明月暗籠輕霧〉：「花明月暗籠輕霧，今宵好向郎邊去。剗襪步香階，手提金縷鞋。畫堂南畔見，一向偎人顫。奴為出來難，教君恣意憐。」

15 宋代王銍《默記》：「龍袞《江南錄》有一本刪潤稍有倫貫者云：『李國主小周后隨後主歸朝，封鄭國夫人，例隨命婦入宮，每一入輒數日而出，必大泣罵後主，聲聞於外，多婉轉避之。』」

16 臺灣衛生福利部國民健康署的統計調查推估，約有將近百分之十的人有憂鬱症狀，換算約為兩百萬人，然僅有約三分之一的憂鬱症患者尋求協助。另外，在 COVID-19 疫情下，憂鬱症個案比例大幅增加。

17 大腦的中樞神經系統以及腸道神經系統之間有著複雜密切的訊息傳遞。

晏幾道憑什麼被說是「古之傷心人也」？

1 〈鷓鴣天·梅蕊新妝桂葉眉〉。

2 〈木蘭花·小蓮未解論心素〉。

3 〈破陣子·柳下笙歌庭院〉。

4 〈鷓鴣天·手捻香箋憶小蓮〉。

5 〈虞美人·秋風不似春風好〉。

6 〈虞美人·小梅枝上東君信〉。

7 〈臨江仙·淡水三年歡意〉。

8 〈清平樂·千花百草〉。

9 〈玉樓春·瓊酥酒面風吹醒〉。

10 〈木蘭花·阿茸十五腰肢好〉。

11 〈小山詞自序〉：「始時，沈十二廉叔、陳十君寵家，有蓮、鴻、蘋、雲，品清謳娛客，每得一解，即以草授諸兒。吾三人持酒聽之，為一笑樂。」晏幾道的詞作經常具有實指對象，以蓮、鴻、蘋、雲為多。

12 清代馮煦《宋六十一家詞選》：「淮海、小山，古之傷心人也。其淡語皆有味，淺語皆有致。」文中所指，淮海為秦觀，小山為晏幾道。

13 〈蝶戀花．碧玉高樓臨水住〉。

14 〈蝶戀花．醉別西樓醒不記〉。

15 〈鷓鴣天．彩袖殷勤捧玉鍾〉：「彩袖殷勤捧玉鍾，當年拚卻醉顏紅。舞低楊柳樓心月，歌盡桃花扇底風。從別後，憶相逢，幾回魂夢與君同。今宵剩把銀釭照，猶恐相逢是夢中。」

16 〈鷓鴣天．醉拍春衫惜舊香〉。

17 〈臨江仙．夢後樓臺高鎖〉。

18 〈鷓鴣天．彩袖殷勤捧玉鍾〉。

19 晏殊〈浣溪沙．一曲新詞酒一杯〉：「一曲新詞酒一杯，去年天氣舊亭臺。夕陽西下幾時回？無可奈何花落去，似曾相識燕歸來。小園香徑獨徘徊。」

20 晏殊〈浣溪沙．一向年光有限身〉。

21 晏殊的生卒年為西元九九一至一〇五五年，而晏幾道的生卒年分，目前仍有諸多討論。本文參照《東南晏氏重修宗譜》所述，將晏幾道之生卒年定為西元一〇三八至一一一〇年。《東南晏氏重修宗譜》：「殊公兒子幾道，字叔原，行十五，號小山……宋寶元戊寅（西元一〇三八年）四月二十三日辰時生，宋大觀庚寅（西元一一一〇年）九月歿，壽七十三歲。」

秦觀好愁

1 〈浣溪沙．漠漠輕寒上小樓〉：「漠漠輕寒上小樓。曉陰無賴似窮秋。淡煙流水畫屏幽。自在飛花輕似夢，無邊絲雨細如愁。寶簾閒掛小銀鉤。」

2 〈一叢花．年時今夜見師師〉。

3 〈減字木蘭花・天涯舊恨〉。

4 〈江城子・南來飛燕北歸鴻〉。

5 清代馮煦《蒿庵論詞》：「他人之詞，詞才也。少游，詞心也。得之於內，不可以傳。」

6 南宋曾季狸《艇齋詩話》：「秦少游詞云：『春去也，落紅萬點愁如海。』今人多能歌此詞。方少游作此詞時，傳至予家丞相（曾布），丞相曰：『秦七必不久於世，豈有愁如海而可存乎！』已而，少游果下世。」

7 〈醉鄉春・喚起一聲人悄〉。

8 〈飲酒詩四首〉其一。

9 〈飲酒詩四首〉其二。

10 〈飲酒詩四首〉其三。

11 蘇軾〈與歐陽元老〉：「少游過容留多日，飲酒賦詩如平常，……，至藤，傷暑困臥，至八月十二日，啟手足於江亭上。……然其死則的矣，哀哉痛哉，何復可言。當今文人第一流，豈可復得。此人在，必大用於世，不用，必有所論著以曉後人。前此所著，已足不朽，然未盡也，哀哉！哀哉！」

12 南宋胡仔《苕溪漁隱叢話》：「《冷齋夜話》云：少游到郴州，作長短句云。……東坡絕愛其尾兩句，自書於扇曰：『少游已矣，雖萬人何贖。』」

13 〈滿庭芳・碧水驚秋〉。

14 李白〈宣州謝朓樓餞別校書叔雲〉。

同樣被貶，黃庭堅硬是走出了自己的路

1 蘇軾〈惠州一絕〉。

2 秦觀〈千秋歲・水邊沙外〉。

3 〈竹枝詞二首〉其一：「撐崖拄谷蝮蛇愁，入箐攀天猿掉頭。鬼門關外莫言遠，五十三驛是皇州。」其二：「浮雲一百八盤縈，落日四十八渡明。鬼門關外莫言遠，四海一家皆弟兄。」〈夢李白誦竹枝詞三

疊〉其三：「命輕人鮓甕頭船，日瘦鬼門關外天。北人墮淚南人笑，青壁無梯聞杜鵑。」

4 〈和答元明黔南贈別〉：「萬里相看忘逆旅，三聲清淚落離觴。朝雲往日攀天夢，夜雨何時對榻涼？急雪脊令相並影，驚風鴻雁不成行。歸舟天際常回首，從此頻書慰斷腸。」

5 〈謁金門．示知命弟．山又水〉。

6 〈謫居黔南十首〉其三，語句化用自白居易〈花下對酒二首〉其一。

7 〈謫居黔南十首〉其一：「相望六千里，天地隔江山。十書九不到，何用一開顏？」語句化用自白居易〈寄行簡〉：「……。相去六千里，地絕天邈然。十書九不達，何以開憂顏？……」

8 白居易〈寄行簡〉：「……。渴人多夢飲，飢人多夢餐。春來夢何處？合眼到東川。」與黃庭堅〈謫居黔南十首〉其一化用自同一首詩。

9 〈書自作草後〉：「紹聖甲戌，在黃龍山中，忽得草書三昧，覺前所作太露芒角。若得明窗淨几，筆墨調利，可作數千字不倦，但難得此時會耳。」

10 〈跋唐道人編余草稿〉：「然山谷在黔中時，字多隨意曲折，意到筆不到。及來僰道，舟中觀長年盪槳、群丁撥棹，乃覺少進，意之所到，輒能用筆。」

11 南宋曾敏行《獨醒雜誌》：「紹聖中，謫居涪陵，始見懷素《自敘》於石楊休家。因借之以歸，摹臨累日，幾廢寢食。自此頓悟草法，下筆飛動，與元祐以前所書大異。」

12 〈任運堂銘〉：「或見僦居之小堂名『任運』，恐好事者或以藉口。余曰：騰騰和尚歌云：『今日任運騰騰，明日騰騰任運。』蓋堂取諸此。余已身如槁木，心如死灰，但作不除鬚髮一無能老比丘，尚不可邪？」

13 〈浪淘沙·荔枝·憶昔謫巴蠻〉：「憶昔謫巴蠻，荔子親攀。冰肌照映柘枝冠。日擘輕紅三百顆，一味甘寒。重入鬼門關，也似人間。一雙和葉插雲鬟。賴得清湘燕玉面，同倚闌干。」

14 〈書七言詩〉：「花氣薰人欲破禪，心情其實過中年。春來詩思何所似，八節灘頭上水船。」

15 〈南鄉子·今年重九，知命已向成都，感之，復次前韻·招喚欲千回〉。

16 〈寄賀方回〉：「少游醉臥古藤下，誰與愁眉唱一杯？解作江南斷腸句，只今唯有賀方回。」

17 〈次韻文潛〉。

18 〈雨中登岳陽樓望君山二首〉其一。

19 〈武昌松風閣〉：「……安得此身脫拘攣，舟載諸友長周旋。」

20 元代脫脫《宋史·黃庭堅傳》：「庭堅在河北與趙挺之有微隙，挺之執政，轉運判官陳舉承風旨，上其所作〈荊南承天院記〉，指為幸災，復除名，羈管宜州。」

21 〈虞美人·宜州見梅作·天涯也有江南信〉。

22 〈題自書卷後〉：「崇寧三年十一月，余謫處宜州半歲矣。官司謂余不當居關城中，乃以是月甲戌，抱被入宿於城南予所僦舍『喧寂齋』，雖上雨傍風，無有蓋障，市聲喧憒，人以為不堪其憂，余以為家本農耕，使不從進士，則田中廬舍如是，又可不堪其憂邪？」

23 元代脫脫《宋史·黃庭堅傳》：「三年，徙永州，未聞命而卒，年六十一。」

痛苦時，你傷「心」，那古人傷什麼？

1 杜甫〈病馬〉。

2 杜甫〈春望〉。

3 李白〈長相思三首〉其一。

4 李白〈行路難三首〉其一。

5 李清照〈聲聲慢・尋尋覓覓〉：「尋尋覓覓，冷冷清清，悽悽慘慘戚戚。乍暖還寒時候，最難將息。三杯兩盞淡酒，怎敵他、晚來風急？雁過也，正傷心，卻是舊時相識。滿地黃花堆積。憔悴損，如今有誰堪摘？守着窗兒，獨自怎生得黑？梧桐更兼細雨，到黃昏、點點滴滴。這次第，怎一個愁字了得！」

6 李清照〈一剪梅・紅藕香殘玉簟秋〉。

7 《世說新語》：「桓公入蜀，至三峽中，部伍中有得猿子者。其母緣岸哀號，行百餘里不去。遂跳上船，至便即絕，破其腹中，腸皆寸寸斷。公聞之怒，遂黜其人。」

8 李白〈怨歌行〉。

9 李白〈春思〉。

10 杜甫〈九日〉。

11 杜甫〈公安送韋二少府匡贊〉。

12 蘇軾〈江城子・乙卯正月二十日夜記夢・十年生死兩茫茫〉。

13 歐陽脩〈奉使道中作三首〉其三。

14 李清照失題逸句。

15 李清照〈點絳脣・閨思・寂寞深閨〉。

16 〈悶懷二首〉其二。

17 〈中秋聞笛〉。

18 〈謁金門・春半・春已半〉。

19 〈恨春五首〉其五。

20 〈舟行即事七首〉其六。

21 〈傷別二首〉其二。

22 〈問春〉。

23 〈清瘦〉。

24 〈秋夜聞雨三首〉其三。

25 〈菩薩蠻・詠梅・濕雲不渡溪橋冷〉。

26 〈睡起二首〉其一。

27 〈約游春不去〉。

28〈恨春五首〉其二。

29〈圍爐〉。

30〈訴春〉。

31 目前《精神疾病診斷與統計手冊》第五版（DSM-5）將此疾患稱為身體症狀及相關障礙症（somatic symptom and related disorder），可再細分為身體症狀障礙症、罹病焦慮症、功能性神經症狀障礙症、人為障礙症等。另外，身心症也包含「功能性身體症候群」（functional somatic syndromes, FSS），診斷上包含三種形式的身體症狀：(1)不同的疼痛部位（背部、頭部等）、(2)不同器官系統的症狀所造成干擾（如心悸、頭暈、腹瀉等）、(3)圍繞著疲憊和精疲力盡。

唐代詩人最痛苦，他說第二無人敢說第一

1 駱賓王〈詠鵝〉。

2 楊炯〈夜送趙縱〉。

3 杜甫〈戲為六絕句〉其二：「王楊盧駱當時體，輕薄為文哂未休。爾曹身與名俱滅，不廢江河萬古流。」

4〈贈益府群官〉：「一鳥自北燕，飛來向西蜀。單棲劍門上，獨舞岷山足。昂藏多古貌，哀怨有新曲。群鳳從之遊，問之何所欲？答言寒鄉子，飄飆萬餘里。不息惡木枝，不飲盜泉水。常思稻粱遇，願棲梧桐樹。智者不我邀，愚夫余不顧。所以成獨立，耿耿歲雲暮。日夕苦風霜，思歸赴洛陽。羽翮毛衣短，關山道路長。明月流客思，白雲迷故鄉。誰能借風便？一舉凌蒼蒼。」

5〈贈益府群官〉：「群鳳從之遊，問之何所欲？」

6〈贈益府群官〉：「智者不我邀，愚夫余不顧。」

7〈釋疾文．粵若〉。

8《黃帝內經．素問．風論》：「黃帝問曰：風之傷人也，或為寒熱，或為熱中，或為寒中，或為癘風，或為偏枯，或為風也，其病各異，其名不同。或內至五臟六腑，不知其解，願聞其說。岐伯對曰：風氣藏在皮膚之間，內不得通，外不得洩。風者，善行而數變，腠理開，則灑然寒，閉則熱而悶。其寒也，則衰食飲；其熱也，則消肌肉。故使人怢慄而不能食，名曰寒熱。」

9孫思邈《備急千金要方．論雜風狀第一》：「岐伯曰：中風大法有四，一曰偏枯，二曰風痱，三曰風懿，四曰風痺。……偏枯者，半身不遂，肌肉偏不用而痛，言不變智不亂，病在分腠之間。……風痱者，身無痛，四肢不收，智亂不甚。言微可知，則可治。甚則不能言，不可治。風懿者，奄忽不知人，咽中塞窒窒然。……風痺、濕痺、周痺、筋痺、脈痺、肌痺、皮痺、骨痺、胞痺，各有證候。形如風狀，得脈別也，脈微澀，其證身體不仁。」

10〈釋疾文序〉：「余羸臥不起，行已十年，宛轉匡床，婆娑小室，未攀偃蹇桂，一臂連蜷；不學邯鄲步，兩足匍匐，寸步千里，咫尺山河。」

11〈五悲文．悲窮通〉：「形枯槁以崎嶬，足聯踡以緇釐。……骸骨半死，血氣中絕，四支萎墮，五官欹缺。皮襞積而千皺，衣聯褰而百結。毛落鬚禿，無叔子之明眉；唇亡齒寒，有張儀之羞舌。仰而視睛，翳其若瞢；俯而動身，羸而欲折。……鱗傷羽折，筋攣肉蠹。……」

12痲瘋病為漢生病（Hansen's disease）之俗稱，又被稱作痲風、癩病等，古時也稱為厲、癩、大風及大痲風，痲瘋病是由痲瘋分枝桿菌（Mycobacterium leprae）所引起的一種緩慢病變傳染性疾病。

13 〈羈臥山中〉。

14 〈與洛陽名流朝士乞藥直書〉。

15 〈釋疾文〉共三篇，分別為〈粵若〉、〈悲夫〉、〈命曰〉，表達了盧照鄰以死了之的絕望心境，被認為是盧照鄰絕筆作。

16 〈五悲文〉共分為五篇，為盧照鄰生命末期之散文，五篇分別為〈悲才難〉、〈悲窮通〉、〈悲昔遊〉、〈悲今日〉、〈悲人生〉。前文所引用的〈悲窮通〉即是〈五悲文〉之一。

17 〈哭明堂裴主簿〉：「客散同秋葉，人亡似夜川。」

18 北宋歐陽脩《新唐書・盧照鄰傳》：「病既久，與親屬訣，自沉潁水」；後晉劉昫《舊唐書・盧照鄰傳》：「照鄰既沉痼攣廢，不堪其苦，嘗與親屬執別，遂自投潁水而死，時年四十。」

19 〈病梨樹賦序〉。

20 〈釋疾文・粵若〉。

21 〈五悲文・悲昔遊〉。

22 或說〈曲池荷〉為盧照鄰早年作品。

孟浩然失意沮喪時怎麼度過？

1 〈過故人莊〉。

2 〈長安早春〉，或為唐代張子容所作。

3 〈清明即事〉。

4 〈秦中苦雨思歸，贈袁左丞、賀侍郎〉。

5 〈秦中感秋寄遠上人〉。

6 〈洛中送奚三還揚州〉。

7 〈南歸阻雪〉。

8 〈姚開府山池〉。

9 王維〈送別〉：「下馬飲君酒，問君何所之。君言不得意，歸臥南山陲。但去莫復問，白雲無盡時。」

10 〈同曹三御史行泛湖歸越〉。

11 〈遊江西留別富陽裴、劉二少府〉。

12 〈宿桐廬江寄廣陵舊遊〉。

13 〈家園臥疾，畢太祝曜見尋〉：「伏枕舊遊曠，笙歌勞夢思。平生重交結，迨此令人疑。冰室無暖氣，炎雲空赫曦。隙駒不暫駐，日聽涼蟬悲。壯圖哀未立，斑白恨吾衰。夫子自南楚，緬懷嵩汝期。顧予衡茅下，兼致稟物資。脫分趨庭禮，殷勤伐木詩。脫君車前鞅，設我園中葵。斗酒須寒興，明朝難重持。」

14 北宋歐陽脩《新唐書．孟浩然傳》：「維私邀入內署，俄而玄宗至，浩然匿床下，維以實對，帝喜曰：『朕聞其人而未見也，何懼而匿？』詔浩然出。帝問其詩，浩然再拜，自誦所為，至『不才明主棄』之句，帝曰：『卿不求仕，而朕未嘗棄卿，奈何誣我？』因放還。」

王維面對哀愁時，靠什麼來安定自己的心？

1 〈雜詩三首〉其二。

2 杜甫〈春望〉。

3 李白〈南奔書懷〉。

4 北宋歐陽脩《新唐書．王維傳》：「安祿山反，玄宗西狩，維為賊得，以藥下利，陽瘖。祿山素知其才，迎置洛陽，迫為給事中。祿山大宴凝碧池，悉召梨園諸工合樂，諸工皆泣，維聞悲甚，賦詩悼痛。」

5 〈菩提寺禁，裴迪來相看，說逆賊等凝碧池上作音樂，供奉人等舉聲，便一時淚下，私成口號誦示裴迪〉。

6 〈菩提寺禁口號又示裴迪〉。

7 三吏三別為杜甫在安史之亂時其中六首古詩的總稱，詩中描寫戰亂與動盪中百姓的生活概況，六首分別為分別為〈新安吏〉、

〈石壕吏〉、〈潼關吏〉、〈新婚別〉、〈無家別〉、〈垂老別〉。

8 李白〈早發白帝城〉：「朝辭白帝彩雲間，千里江陵一日還。兩岸猿聲啼不住，輕舟已過萬重山。」

9 〈終南山〉。

10 〈積雨輞川莊作〉。

11 〈山居秋暝〉：「空山新雨後，天氣晚來秋。明月松間照，清泉石上流。竹喧歸浣女，蓮動下漁舟。隨意春芳歇，王孫自可留。」

12 〈山中〉。

13 〈使至塞上〉。

14 〈輞川閒居贈裴秀才迪〉：「寒山轉蒼翠，秋水日潺湲。倚杖柴門外，臨風聽暮蟬。渡頭餘落日，墟里上孤煙。復值接輿醉，狂歌五柳前。」

15 〈與魏居士書〉。

跌宕起伏一年後，柳宗元想方設法讓生活更精彩

1 領導永貞革新的十位士大夫，於新皇帝憲宗即位後，十人皆被貶謫外州，是為二王八司馬事件。「二王」分別為為王叔文與王伾；「八司馬」為韋執誼、韓泰、陳諫、柳宗元、劉禹錫、韓曄、凌準、程異等八人，分別被貶至異地擔任司馬職位。

2 〈哭連州凌員外司馬〉。

3 〈與楊京兆憑書〉：「自遭責逐，繼以大故，荒亂耗竭，又常積憂恐，神志少矣，所讀書隨又遺忘。」

4 〈寄許京兆孟容書〉：「雖欲秉筆覼縷，神志荒耗，前後遺忘，終不能成章。」

5 〈寄許京兆孟容書〉：「殘骸餘魂，百病所集，痞結伏積，不食自飽。或時寒熱，水火互至，內消肌骨，非獨瘴癘為也。」

6〈與蕭翰林俛書〉：「居蠻夷中久，慣習炎毒，昏眊重膇，意以為常。忽遇北風晨起，薄寒中體，則肌革瘮懍，毛髮蕭條，瞿然注視，怵惕以為異候，意緒殆非中國人。」

7〈與李翰林建書〉。

8〈寄許京兆孟容書〉：「年少氣銳，不識幾微，不知當否，但欲一心直遂，果陷刑法，皆自所求取得之，又何怪也？」

9〈與史官韓愈致段秀實太尉逸事書〉：「今孤囚廢錮，連遭瘴癘羸頓，朝夕就死，無能為也。」

10〈寄許京兆孟容書〉：「煢煢孑立，未有子息，荒隅中少士人女子，無與為婚。世亦不肯與罪大者親昵，以是嗣續之重，不絕如縷。每當春秋時饗，孑立捧奠，顧眄無後繼者，懍懍然，欷歔惴惕，恐此事便已，摧心傷骨，若受鋒刃。」

11〈永州八記〉分別為〈始得西山宴遊記〉、〈鈷鉧潭記〉、〈鈷鉧潭西小丘記〉、〈至小丘西小石潭記〉、〈袁家渴記〉、〈石渠記〉、〈石澗記〉、〈小石城山記〉，其中，前四記作於元和四年（西元八〇九年），後四記作於元和七年（西元八一二年）。

12〈鈷鉧潭記〉：「孰使予樂居夷而忘故土者，非茲潭也歟？」

13〈至小丘西小石潭記〉：「潭中魚可百許頭，皆若空游無所依。日光下澈，影布石上，佁然不動；俶爾遠逝，往來翕忽，似與遊者相樂。」

14〈登柳州城樓，寄漳汀封連四州〉。

15以偏概全，中文正式翻譯為「過度類化」（overgeneralization），意指把某件事件產生的極端信念，不恰當地應用在不相似的事件或環境中。

16斷章取義，中文正式翻譯為「選擇性摘要」（selective abstraction），意指僅從整個事件之中的單一細節下結論，而失去整個內容的重要性。

17 非黑即白，中文正式翻譯為「二分法思考」（dichotomous thinking）。

李賀，哩賀，希望你能好好的！

1 如歐陽脩所作之〈減字木蘭花．傷懷離抱〉、孫洙所作之〈河滿子．悵望浮生急景〉與賀鑄所作之〈行路難．縛虎手〉，皆化用「天若有情天亦老」詩句。

2 司馬光《溫公續詩話》：「李長吉歌『天若有情天亦老』，人以為奇絕無對；曼卿對『月如無恨月常圓』，人以為勁敵。」

3 李賀詩作想像豐富、意境特殊，他擅長寫神仙鬼魅的題材，運用神話傳說創造出天馬行空的鮮明形象，因此被稱作「詩鬼」。

4 杜牧〈太常寺奉禮郎李賀歌詩集序〉，篇名又作〈李長吉歌詩敘〉，結尾段落：「世皆曰：使賀且未死，少加以理，奴僕命〈騷〉可也。」

5 李商隱〈李賀小傳〉：「長吉生時二十七年，位不過奉禮太常，時人亦多排擯毀斥之。又豈才而奇者，帝獨重之，而人反不重耶？又豈人見會勝帝耶？」

6 韓愈〈諱辯〉：「父名晉肅，子不得舉進士，若父名『仁』，子不得為人乎？」

7 〈示弟〉。

8 〈南園十三首〉其九。

9 〈潞州張大宅病酒，遇江使，寄上十四兄〉。

親愛的杜牧，你有好好休息嗎？

1 宋玉〈九辯〉。

2 杜甫〈登高〉。

3 〈早秋〉。

4 〈秋思〉。鉗鈦，兩者皆為古代刑具。鉗為用來鎖住犯人脖子的鐵器，鈦為加之於犯人腳上的鐵鐐。

5 〈遣懷〉。杜牧赴揚州做牛僧孺之幕僚約二至三年。

6 〈上吏部高尚書狀〉：「三守僻左，七換星霜。拘攣莫伸，抑鬱誰訴。」杜牧前後擔任三個郡州的刺史，總共七年，三處分別為黃州、池州、睦州。

7 杜牧為求外放，分別寫了〈上宰相求杭州啟〉、〈上宰相求湖州第一啟〉、〈上宰相求湖州第二啟〉、〈上宰相求湖州第三啟〉等。其中，杜牧於〈上宰相求杭州啟〉寫到「今秋已來，弟妹頻以寒餒來告。某一院家累，亦四十口，狗為朱馬，縕作由袍，其於妻兒，固宜窮餓。是作刺史，則一家骨肉，四處皆泰；為京官，則一家骨肉，四處皆困。」

8 〈早秋客舍〉：「風吹一片葉，萬物已驚秋。獨夜他鄉淚，年年為客愁。別離何處盡，搖落幾時休。不及磻溪叟，身閒長自由。」

9 〈湖州正初招李郢秀才〉：「行樂及時時已晚，對酒當歌歌不成。千里暮山重疊翠，一溪寒水淺深清。高人以飲為忙事，浮世除詩盡強名。看著白蘋芽欲吐，雪舟相訪勝閒行。」

10 〈八月十二日得替後，移居霅溪館，因題長句四韻〉。

11 〈長安秋望〉。

從憂鬱始祖屈原到抗鬱達人蘇東坡

1 司馬遷《史記．屈原賈生列傳》：「屈原至於江濱，被髮行吟澤畔。顏色憔悴，形容枯槁。」

2 司馬遷《史記．屈原賈生列傳》：「屈原曰：『吾聞之，新沐者必彈冠，新浴者必振衣，人又誰能以身之察察，受物之汶汶者乎！寧赴常流而葬乎江魚腹中耳，又安能以皓皓之白，而蒙世之溫蠖乎！』乃作〈懷沙〉之賦。於是懷石，遂自投汨羅以死。」

3 屈原〈離騷〉：「忳鬱邑余侘傺兮，吾獨窮困乎此時也。寧溘死以流亡兮，余不忍為此態也。」

4 屈原〈九章．懷沙〉：「知死不可讓，願勿愛兮。明告君子，吾將以為類兮。」

5 屈原〈九章．惜往日〉：「臨沅湘之玄淵兮，遂自忍而沉流。卒沒身而絕名兮，惜壅君之不昭。」

6 司馬遷《史記．屈原賈生列傳》：「推此志也，雖與日月爭光可也。」

7 賈誼〈弔屈原賦〉：「已矣，國其莫我知，獨堙鬱兮其誰語？」

8 司馬遷《史記．屈原賈生列傳》：「（賈生）居數年，懷王騎，墮馬而死，無後。賈生自傷為傅無狀，哭泣歲餘，亦死。賈生之死時年三十三矣。」

9 司馬遷《史記．屈原賈生列傳》：「太史公曰：余讀〈離騷〉、〈天問〉、〈招魂〉、〈哀郢〉，悲其志。適長沙，觀屈原所自沉淵，未嘗不垂涕，想見其為人。及見賈生弔之，又怪屈原以彼其材，游諸侯，何國不容，而自令若是。讀〈鵩鳥賦〉，『同死生，輕去就』，又爽然自失矣。」

10 司馬遷〈報任少卿書〉。

11 《史記．孝武本紀》：「天子益怠厭方士之怪迂語矣，然終羈縻弗絕，冀遇其真。自此之後，方士言祠神者彌衆，然其效可睹矣。」

12 蘇軾〈屈原廟賦〉：「嗚呼！君子之道，豈必全兮？全身遠害，亦或然兮。嗟子區區，獨為其難兮。雖不適中，要以為賢兮。夫我何悲？子所安兮。」

13 蘇軾〈賈誼論〉：「夫謀之一不見用，則安知終不復用也？不知默默以待其變，而自殘至此。嗚呼！賈生志大而量小，才有餘而識不足也。」

14 蘇軾〈寒食雨二首〉其一：「自我來黃州，已過三寒食。年年欲惜春，春去不容惜。今年又苦雨，兩月秋蕭瑟。臥聞海棠花，泥汙燕支雪。暗中偷負去，夜半真有力。何殊病少年，病起頭已白。」其二：「春江欲入戶，雨勢來不已。小屋如漁舟，濛濛水雲裡。空庖煮寒菜，破竈燒濕葦。那知是寒食，但見烏銜紙。君門深九重，墳墓在萬里。也擬哭途窮，死灰吹不起。」

15 從〈寒食雨〉詩中「已過三寒食」，推算為元豐五年，寒食節為清明節的前一天，應為農曆三月；〈定風波．莫聽穿林打葉聲〉，則於詞序上寫上「三月七日」。由此推斷兩個作品應為前後幾日之作品。

16 根據衛生福利部中央健康保險署統計，二〇二一年全臺灣約有六十四萬人經就醫診斷為憂鬱症。另外，衛生福利部國民健康署過去曾以「臺灣人憂鬱症量表」做兩萬多人的人口普查社區調查，從調查中回推臺灣人口比例去估算，顯示接近十分之一（8.9%）的臺灣民眾有憂鬱症狀，換算後約為兩百萬人。從實際就醫診斷人數與調查回推總人數估算，僅有三分之一憂鬱症狀個案尋求就醫協助。

聯經文庫

古人解憂療鬱帖

2023年7月初版
2023年11月初版第三刷

定價：新臺幣420元

著者 廖泊喬
校對 吳美滿
內文排版 吳郁嫻
封面設計 吳郁嫻

出版者	聯經出版事業股份有限公司
地址	新北市汐止區大同路一段369號1樓
叢書編輯電話	(02)86925588轉5322
台北聯經書房	台北市新生南路三段94號
電話	(02)23620308
郵政劃撥	帳戶第0100559-3號
郵撥電話	(02)23620308
印刷者	文聯彩色製版印刷有限公司
總經銷	聯合發行股份有限公司
發行所	新北市新店區寶橋路235巷6弄6號2樓
電話	(02)29178022

副總編輯	陳逸華
總編輯	涂豐恩
總經理	陳芝宇
社長	羅國俊
發行人	林載爵

行政院新聞局出版事業登記證局版臺業字第0130號

本書如有缺頁，破損，倒裝請寄回台北聯經書房更換。 ISBN 978-957-08-6910-1 (平裝)
聯經網址：www.linkingbooks.com.tw
電子信箱：linking@udngroup.com

國藝會 NCAF

本書由財團法人國家文化藝術基金會贊助創作

國家圖書館出版品預行編目資料

古人解憂療鬱帖/廖泊喬著．初版．新北市．聯經．2023年7月．
344面＋1張彩色摺頁．14.8×21公分（聯經文庫）
ISBN 978-957-08-6910-1（平裝）
[2023年11月初版第三刷]

1.CST：中國文學 2.CST：憂慮 3.CST：文學心理學

820.7 112006327